훼방해
드립니다

훼방해 드립니다

1판 1쇄 **찍음** 2016년 11월 23일
1판 1쇄 **펴냄** 2016년 11월 30일

지은이 | 국슬기
펴낸이 | 고운숙
펴낸곳 | 봄 미디어

기획·편집 | 김민지, 김자우, 홍주희

출판등록 | 2014년 08월 25일 (제387-2014-000040호)
주소 | 경기도 부천시 원미구 소향로17, 304(두성프라자)
영업부 | 070-5015-0818 **편집부** | 070-5015-0817 **팩스** | 032-712-2815
E-mail | bommedia@naver.com
소식창 | http://blog.naver.com/bommedia

값 9,000원

ISBN 979-11-5810-259-3 03810

훼방해 드립니다

국슬기 장편 소설

Contents

프롤로그

프롤로그

카레군이 바란 건 이런 생소한 홍대가 아니었다.

"이건 아니야……."

화려한 불빛이 꺼지지 않는 번화가. 그에게 홍대는 오로지 그런 곳이었다.

그는 차왕의 눈치를 살폈다. 오늘도 그녀의 얼굴은 무표정했다. 뚱한 표정과 빠글거리는 폭탄 머리. 그 두 가지는 대학 시절부터 차왕의 트레이드마크였다.

"아저씨, 저 건물이에요?"

"네, 맞습니다."

차왕의 물음에 대답하는 중개인의 표정도 그들 못지않게

좋지 않았다.

사무실을 보러 다닌 지 한 달, 코딱지만 한 건물 하나 얻는 주제에 따지고 드는 게 너무 많았다. 그들이 원한 조건은 15평 남짓에 창문이 큰, 되도록 높은 층의 사무실이었다.

결과적으로 지난 한 달 동안 홍대에서 안 가 본 건물이 없었다. 높은 층에 15평짜리인 사무실을 수차례 보여 주었지만 저 폭탄 머리의 여자는 번번이 고개를 저으며 퇴짜를 놓았다.

"창문이 너무 작아요."

중개인은 그들이 대체 얼마나 큰 창문을 원하는 건지 감조차 잡을 수 없었다.

한 달 즈음 지켜본 두 사람은 부부나 연인 같지 않았다. 주로 남자가 졸졸 따라다니며 말을 붙이면 여자는 대강 대답이나 할 뿐이었다. 얼굴 근육 하나 움직이지 않는 여자의 표정으로 보건대 절대 사랑하는 남자를 대하는 얼굴은 아니었다.

중개인과 차왕, 카레군은 나란히 승강기에 올랐다. 홍대의 아주 깊은 골목에 있는 이 건물은 중개인이 그들에게 보여 주는 최후의 건물이었다. 카레군은 승강기 밖으로 멀리 보이는 홍대의 핫플레이스를 아련하게 보며 말했다.

"차왕, 이번에는 진짜 결정하자."

그러면서도 부디 이곳은 아니기를 바랐다.

승강기가 5층에 도착했다. 차왕이 가장 먼저 승강기에서 내렸고 중개인이 서둘러 차왕을 앞장서며 말했다.

"저깁니다."

"차왕, 저기? 저기?"

카레군은 차왕에게 바짝 붙으며 물었다. 중개인은 그들의 호칭을 들을 때마다 인상이 찌푸려졌지만, 이 밥맛없는 손님들의 이상한 별명에까지 관심을 주고 싶지 않았다. 그건 중개인에게 하나 남은 자존심이자 그들의 이상한 세계에 동화되지 않기 위한 마지막 발버둥이었다.

처음엔 중개인도 그들에게 이름을 물은 적이 있었다.

"이름이 어떻게 돼요?"

차왕은 눈도 마주치지 않은 채 답했다.

"계약하면요."

폭탄 머리 여자의 대답은 단호했다.

중개인의 눈에 차왕은 극도의 무심증 같았다. 비단 중개인 뿐만 아니라 누구에게나 표정이 없는 것은 기본, 매사에 시큰둥하고 반응이 없는 것 같았다. 그런 사실이 이상하게도 약간의 위로가 되는 중개인이었다.

중개인이 그들에게 권한 마지막 건물은 5층짜리 신축 건물이었다. 지어진 지는 1년 남짓, 직접 발품을 팔아 찾아낸 곳이었다. 분양 관련 현수막이나 부동산 정보도 없었다. 반신반의하며 혹시 임대하고 싶은 사무실이 없느냐고 물었더니, 건물 주인은 5층에 딱 한 칸이 남아 있다고 답변을 해 왔다.

"와서 보는 것은 괜찮습니다. 다만 어떤 직종으로 임대를 원하는 건지가 중요해요. 여긴 주로 예술가들이 사용하고 있어요."

자상하지만 단호한 중년 남자의 목소리였다.

중개인이 5층의 오른쪽 사무실의 문을 열며 말했다.

"왼쪽은 누가 쓰는지 모르겠고, 우리가 볼 물건은 오른쪽에 있는 거예요."

차왕과 카레군은 사무실 안으로 들어갔다. 중개인은 불안한 시선으로 그들을 지켜보며 생각했다.

오늘이 끝이야. 다시 볼 리가 없잖아!

그는 지푸라기라도 잡는 심정으로 생각했다. 그럼에도 차왕과 카레군 앞에서 느끼는 불안은 어느새 습관이 되어 그들의 작은 몸짓과 목소리에도 신경을 곤두세우고 있었다.

"와우."

그때였다. 중개인은 자신의 귀를 의심했다. 그것은 카레군의 입에서 나온 감탄사였다.

카레군은 어느새 테라스에 나가 있었고 차왕은 여전히 무심한 얼굴이었지만 지금까지와는 다른 신중한 태도로 사무실 안을 둘러보고 있었다.

세 면이 통유리 창으로 된 사무실이었다. 창 너머로 보이는 전경은 말 그대로 장관이었다. 홍대의 작고 세밀한 모습들이 한눈에 들어왔다. 보고 있으면 숨이 트이는 찬란한 풍경이었다.

중개인은 그제야 그들의 원했던 공간의 느낌을 어렴풋이 알 것 같았다. 그곳은 5층인데도 지대가 높아서 마치 홍대 전체를 품고 있는 느낌을 주었다.

중개인은 밀려오는 뿌듯함이 당황스러우면서도 자꾸만 웃음이 나려 했다. 드디어 해방이다. 이 지긋지긋하게 까다로운 인간들에게서 해방이라니! 중개인은 만세 삼창이라도 하고 싶은 심정이었다.

차왕도 말없이 창가로 가더니 창밖의 풍경을 보며 중얼거렸다.

"찾았네."

중개인은 듣고도 믿기지 않아 차왕이라 불리는 그녀를 보았다. 좀처럼 듣기 힘든 목소리였다.

그때 카레군이 마지막 딴지를 걸었다.

"근데 차왕, 여기 너무 멀지 않아?"

그녀는 귀찮다는 듯 대꾸했다.

"네 말대로 홍대잖아."

하지만 그는 이내 그녀에게 찰싹 달라붙더니 조잘거리기 시작했다.

"그래도 여기는 뭐랄까…… 지역 표기상으로만 홍대지. 핫 플레이스가 없단 말이야."

늘 그랬듯, 그들 사이에서 중개인의 존재는 자연스레 잊히고 있었다. 차왕은 한심하다는 듯 말했다.

"아무튼 연애에 미친 놈."

"야, 연애는 뭐 나만 하냐?"

그가 발끈해서 소리쳤지만 그녀는 눈 한 번 깜박거리지 않고 말했다.

"난 화려한 연애는 안 해."

그도 지지 않고 말했다.

"그래, 으슥하고 음침한 연애해서 좋겠다."

순식간에 싸늘한 정적이 흘렀다. 카레군은 눈을 빠르게 깜박거렸고, 중개인은 자신도 모르게 마른침을 삼켰다.

카레군은 눈알을 굴리며 도망칠 곳을 찾다가 냉큼 테라스 문을 붙들었다. 여차하면 그 안으로 들어가겠다는 의지였다. 문을 꼭 붙든 채 그녀의 눈치를 살피는 모습이 영락없는 초등학생이었다. 차왕은 한심하다는 듯 보더니 다시 창밖으로 시선을 돌렸다.

중개인은 입이 바짝 타고 있었다. 아직 확실히 계약할 수 있는 건 아니라고 말을 해 줘야 하는데……. 그의 입은 열릴 줄 몰랐다. 그들의 표정이, 너무 만족스러워하는 태도가 주는 성취감이 마음을 압도한 탓이었다.

그는 다시 조심스러운 태도로 그들에게 물었다.

"근데 여기서 무슨 장사를 하려고 그래요? 위치가 좋진 않은데."

그나마 정상으로 보이는 여자에게 물었지만 생각에 잠긴 듯 대답이 없었다. 그러자 카레군이 말했다.

"이별 대행업체요."

중개인은 머릿속이 하얘졌다. 10년 전, 그가 택시 기사를 그만둬야 했을 때도 이 정도의 충격은 아니었다.

"이별…… 뭐라고요?"

홍대가 저 멀리 보이는 한적한 건물 5층, 폭탄 머리 여자

와 바람둥이 남자가 나란히 입성을 알렸다. 누구 하나 몰라
도 이상할 것 없을 것 같은 홍대의 변두리에서, 포부는 원대
했지만 끝은 미약할지도 모를 이별 대행업체 '훼방꾼들'은
시작되고 있었다.

1. 서열 정리

1. 서열 정리

차왕과 카레군의 역사는 스무 살 때부터 시작되었다. 그들
은 같은 대학의 국문학과 학생이었고 동시에 국문학과에서
가장 어울리지 않는 인간들이었다.

카레군은 연애 사업으로 인해 주로 학교에 나오지 않는 인
간이었고 차왕은 수업은 잘 들었지만 불현듯 똘끼를 발휘하
는 요상한 여자였는데, 한마디로 차왕과 카레군은 국문학과
의 이단아 같은 존재들이었다. 카레군이 차왕의 존재를 인지
하기 시작한 건 '분노의 뜀박질 사건' 때문이었다.

고전 문학 강의가 느슨하게 진행되고 있던 고요한 강의실
안이었다. 카레군이 웬일로 수업에 들어와 있었고, 몇몇 열

혈 대학생들을 제외한 대부분의 학생들은 졸거나 지루한 얼굴로 겨우 강의를 듣고 있었다.

끼익!

의자가 바닥에 긁히는 소리와 함께 카레군의 정신도 돌아왔다.

그가 잠에서 깨어 고개를 들었을 때 강의실 안 학생들의 시선은 한군데로 쏠려 있었다.

폭탄 머리.

그가 본 차왕의 첫 이미지였다. 폭탄 머리는 어깨까지 들썩이며 가쁜 숨을 내쉬었고, 그때까지는 누구도 그녀가 눈물까지 흘리고 있다는 것은 알지 못했다.

"무슨 일이야?"

고상하다 못해 거룩한 말투의 고전 문학 교수가 물었을 때 차왕의 턱 아래로 눈물이 뚝뚝 떨어지기 시작했다.

순간 서늘해진 카레군은 가슴을 쓸어내리며 생각했다.

너무 많은 여자를 울린 거지, 내가.

마치 바람둥이 인생의 트라우마처럼, 그는 괜히 죄지은 기분이 되어 산발을 한 채 눈물만 흘리는 여자에게서 눈을 떼지 못했다.

"한윤이, 무슨 일 있어?"

교수가 다시 물었지만 폭탄 머리에게서 돌아오는 대답은

없었다.

폭탄 머리는 이내 책상 위의 물건들을 가방에 넣었고, 다른 학생들도 당황하긴 했으나 그녀의 행동을 말리진 못했다. 그들 중 윤이와 친한 사람이 없었으므로, 모두들 그녀가 이상하다고 생각할 뿐이었다.

가방을 다 챙긴 윤이는 교수님에게 꾸벅 고개를 숙여 보이더니 눈물을 훔치며 강의실을 뛰쳐나갔다. 윤이가 나간 뒤 얼마 지나지 않아 강의실 곳곳에서 피식 피식 웃음이 터지기 시작했다.

카레군은 여전히 난감한 기분이 들어 괜히 눈썹 언저리만 긁어 대다가 다시 책상에 엎드렸다. 뱃속에서 솟구친 쓴 물이 목구멍을 타고 넘어온 듯 비릿하고 찜찜한 기분이었다. 그저 바람둥이의 숙명 같은 것이라고 생각했을 뿐, 그것이 자신에게 닥쳐올 불행에 대한 본능적인 직감일 거라곤 조금도 생각할 수 없었다.

얼마 지나지 않아 두 사람은 담당 교수실 앞에서 마주쳤다. 둘 다 수업 태도 불량으로 불려 간 것인데, 카레군은 그녀를 보자마자 화들짝 놀랐지만 윤이는 무심한 얼굴로 시선을 외면했다.

교수 연구실에 들어간 이현은 교수에게서 내내 윤이와 비교를 당했다.

"야, 이현. 윤이는 학점이라도 좋지. 넌 이대로라면 전 과목 F야. 대체 뭘 하고 다니는 거야?"

그의 이름은 이현. 외자지만 주로는 성까지 붙여서 불리기 때문에 이름이 이현이라고 아는 사람들도 많다.

그는 교수에게 아주 당당한 기세로 말했다.

"소문 못 들으셨어요? 저 완전 소문난 바람둥이인데."

그의 입꼬리가 미세하게 올라가는 바람에 교수의 얼굴이 붉으락푸르락해졌다. 반항을 하려고 한 말은 아니었다. 있는 그대로의 사실을 전달하려고 했을 뿐. 그가 바람둥이라는 소문은 학과 안에서 이미 파다했다.

그렇게 이현은 교수에게서 관심 밖의 인물이 되었다. 이현은 승강기에 올라 거울을 보며 어깨를 으쓱 올린 뒤 말했다.

"뭐, 어쩌라고."

그 무렵 이현의 연애 신조는 같은 과 여자는 건드리지 않는다는 것이었다. 안 그래도 툭하면 과 사무실 앞에서 **뺨**을 얻어맞고 발로 차이는 그였다.

그의 연애 신조는 과 안에서라도 평화로운 상태를 유지하자는 취지에서 세워졌지만, 그마저도 무참히 깨 버린 소문은 이미 스멀스멀 피어오르는 중이었다.

그 소문은 1학년 2학기 중간고사가 끝나던 무렵 완전히 실체를 드러냈다.

당시 그들 또래 사이에선 메신저가 유행이었다. 과 학생들의 정보란에도 메신저 아이디를 적는 칸이 있을 정도였다. 이현은 그때를 포함해 지금까지도 메신저 혹은 SNS 계정조차 만들어 본 적이 없었다.

만들지 않는 쪽보단 만들지 못하는 쪽이었는데, 그의 계정은 발각되는 순간 그가 울린 수많은 여자들의 방문 테러를 받을 수도 있었다. 그로선 메신저나 SNS의 재미를 포기하는 쪽이 더 나았다.

반면 윤이의 경우, 자처한 아웃사이더임에도 메신저 아이디는 있는 쪽이었다. 어울리지 않게 자신의 정보란에도 메신저 아이디를 적어 놓은 탓에 몇몇 과 동기들과 메신저상으로는 친구가 맺어져 있었다. 그즈음의 윤이는 분노의 뜀박질이 꽤 잦아져서 학과 안에서 모르는 사람이 없을 정도였다.

그러던 어느 날 윤이의 메신저 상태 메시지는 '이 나쁜 새끼야!'로 바뀌었고, 순식간에 그 '나쁜 새끼'로 이현이 지목되기 시작했다.

"걔밖에 없지 않아?"

그들의 생각은 억측이었지만, 그들 나름 논리적으로 추론을 한 결과가 그랬다.

그들은 늘 여자들에게 정강이를 걷어차이고 머리를 쥐어

뜯기는 이현이 아니면 도대체 누가 윤이의 나쁜 새끼겠냐고, 이제 이현이 과 안까지 손을 뻗친 것이라고 생각했다.

더군다나 두 사람 모두 과 활동에 참여하지 않았다 보니, 그 시간에 둘이 만나고 있었던 게 아니냐는 추측이 가정사실화 돼 있었다.

소문은 순식간에 이현의 귀까지 들어갔다.

"한윤이도 쟤한테 걸렸나 봐."

"하여튼 둘 다 과 생활 안 하고 뭐하나 했더니. 둘이 연애질하고 있었네?"

이현은 그들이 말하는 '쟤'가 자신일 거라고는 생각하지 못했다. 그저 한윤이? 그 폭탄 머리? 하고 생각했을 뿐이었다.

그새 또 분노의 뜀박질을 했나 보네.

이야기는 그가 간간이 학교를 오고 가는 사이, 두 사람이 같은 수업을 듣던 어느 날로 이어졌다.

"저것 봐. 쟤들 어색하지? 그치?"

"진짜 사실인가 봐."

기말고사가 얼마 안 남은 시점이었다. 이현은 그래도 시험은 봐야지 하는 마음으로 수업에 나온 것인데 그런 소리가 들려온 것이었다. 그는 주변을 불현듯 주변을 둘러보았고, 비로소 그 수군거림이 자신을 향해 있었다는 것을 깨달았다.

뭐야, 이 분위기.

그제야 그는 사태 파악에 들어갔다. 그러는 사이에도 윤이는 누구에게 대차게 차인 건지, 애들이 수군거리거나 말거나 책상에 엎드려 슬픔으로 휘청거리는 중이었다.

이현으로선 미치고 환장할 노릇이었다. 과 내 연애라니, 그는 왜 자신이 소문의 주인공인지도 납득하기가 어려웠다. 오피스텔로 돌아온 이현은 분노에 차 중얼거렸다.

"아니, 내가 어떤 심정으로 과 내 연애를 금기시했는데 나의 신성 구역에서 그런 추접한 스캔들을! 거기다 그 상대가 폭탄 머리? 툭하면 강의실을 뛰쳐나가는 미치광이 그 여자애?"

이건 그의 연애 경력에 흠이 가는 것이나 다름이 없었다. 그는 고민 끝에 윤이와 대면하기로 결심했다.

이현은 윤이와 겹치는 전공 수업에 들어가 직접 해명하기로 결심했다. 자신을 보며 수군거리던 애들에게 제대로 보여 줄 생각이었다.

나는 절대 한윤이의 나쁜 새끼가 아니다! 나는 절대 과 내 연애를 하지 않았다!

그는 심지어 5분이나 일찍 강의실에 도착했다. 이현이 도착함과 동시에 강의실 내의 시선이 죄다 그에게로 쏠렸다. 그리고 그 시선들은 이내 윤이에게로 옮겨 갔다.

이현은 최대한 당당히 윤이에게 다가갔다. 수군거림은 점차 웅성웅성하는 소리로 바뀌었지만 아랑곳하지 않았다.

그가 윤이의 앞에 섰을 때 가장 먼저 보인 것은 그녀의 무시무시한 폭탄 머리였다. 폭탄 머리고 뭐고 나는 이 억울한 누명을 벗어야겠다며 그는 그녀의 어깨를 흔들었다.

순간 윤이의 어깨가 움찔거렸다. 그는 한 발 물러섰다. 그녀의 머리가 터지기 직전의 폭탄처럼 보인 탓이었다. 윤이는 고개를 들어 그를 보았다.

뭐야. 그 바람둥이?

그는 잔뜩 긴장한 얼굴로 자신을 보고 있었다. 윤이는 그가 자신의 옆에 서 있는 이유를 알 수 없었다.

왜 저래?

현의 머릿속도 그녀 못지않게 복잡했다.

쟤, 원래 눈이 저렇게 컸나? 피부는 또 왜 저렇게 하얘?

현이 처음으로 윤이의 얼굴을 가까이서 본 것이었다. 그토록 위협적이었던 폭탄 머리와는 어울리지 않게, 그녀는 선한 큰 눈과 고운 피부 결을 갖고 있었다.

"뭔데."

그토록 청초한 얼굴과 달리 그녀의 목소리는 한껏 잠겨 걸

걸했다. 이별의 후유증으로 몇 주째 매일 술을 퍼마신 데다 잠도 별로 자지 못한 탓이었다.

"이따가 잠깐 좀 볼 수 있어?"

이현은 겨우 말을 하고는 마른침을 삼켰다. 윤이가 허리를 펴고 앉자 그의 불안감을 더 커졌다.

"내가 너랑 왜."

"어?"

무심한 윤이의 태도 앞에서 이현의 몸은 뻣뻣하게 굳어 가고 있었다. 처음 느끼는 기분이었다. 배꼽 위로 손이 공손히 올라갈 뻔했다는 건 지금까지도 윤이에게는 비밀이었다.

"왜 따로 보냐고."

윤이가 또다시 위협적으로 물었지만 이현도 해야 할 일이 있었다.

위기가 기회가 된다고 했어. 이왕 관람객도 많은 김에 제대로 보여 주겠어.

이현은 필요 이상으로 야심 차게 말했다.

"너, 우리 소문 몰라?"

하지만 마음만 앞섰을 뿐, 목소리는 윤이의 귀에 겨우 들릴까 말까 했다. 윤이가 귀찮다는 듯 대꾸했다.

"뭔 소문."

당시 윤이는 이별로 인해 괴로운 상태여서 과 안에 퍼진

소문 같은 건 관심도 없었다.

그럼에도 이현이 소문난 바람둥이라는 건 알고 있었다. 이현이 과 사무실 앞에서 빨간 하이힐을 신고 있던 여자에게 가방으로 등이 터지게 맞는 장면을 윤이도 직접 본 적이 있었다. 그녀의 입꼬리가 미세하게 올라갔다.

"왜, 왜 웃어?"

그는 말까지 더듬으며 소리쳤고, 그녀는 웃음을 참으며 무표정한 얼굴로 노트를 펼쳤다.

그때였다. 뒤에서 다시 수군거리는 소리가 들렸다.

"역시 쟤들 사귀었다 깨진 거 맞나 봐."

"아직 좋아하는 거 같지?"

"어쩐지 이현이 과에선 조용하다 했다."

이현은 속이 터지기 직전이었다. 자신이 얼마나 당당하게 이 폭탄 머리에게 말을 걸었는데, 그걸 눈으로 보고도 소문이 사실이라 수군거리다니! 정말 머리가 이상한 애들이 아니고서는 이렇게 생각할 순 없는 거라고, 그는 주먹을 불끈 쥐었다.

그러나 그는 자신의 등이 다소 구부정하다는 걸 몰랐다. 그 모습이 마치 애인 앞에서 뭔가를 잘못했다며 반성하고 있는 남자의 뒷모습으로 비춰질 수 있다는 것까지는 더더욱 알 수 없었다.

그가 그러거나 말거나 윤이는 노트를 내밀었다. 그녀가 내민 노트의 구석엔 번호가 적혀 있었다.

"어디서 볼 건지 찍어 보내."

이현은 윤이가 무슨 소리를 하는 건지 잠시 고민하다가, 약속을 잡자는 거구나 생각하며 자신의 휴대폰을 꺼냈다. 하지만 그녀는 위협적인 말투로 말했다.

"그냥 사진으로 찍어. 내 번호 저장해서 뭐하게?"

그는 얌전히 고개를 끄덕이며 재빨리 휴대폰의 카메라를 작동시켰다.

폭탄 머리를 휘날리며 다니던 윤이는 과 내에서 이현의 눈에 가장 먼저 띈 여자였다. 그러니까 어디까지나 가장 눈에 띈 것뿐이었다.

그때 윤이의 폭탄 머리는 적절한 부피를 찾지 못한 시행착오 단계여서 지금보다 한참 더 부풀어 있었다. 누가 봐도 시선을 강탈할 만한 머리 크기였지만 이현처럼 굳이 폭탄 머리라고 칭해 부르는 사람은 없었다. 어쩌면 그의 관심은 그때부터 시작되었는지도 모른다.

어쨌든 그런 이유로 현은 그녀의 머리가 다소 클 거라고 생각했는데 마주하고 보니 윤이의 얼굴 크기는 평범한 수준이었고, 폭탄 머리 때문인지 오히려 평균보다 작아 보이기까지 했다.

그가 윤이를 불러낸 곳은 학교에서 30분 거리에 있는 카페였다. 그녀로선 처음 듣는 카페여서 30분이면 갈 거리를 한 시간 반이나 걸려서 도착할 수 있었다.

윤이가 겨우 카페에 도착했을 땐 쌀쌀한 가을 날씨에도 불구하고 이마에 송골송골 땀이 맺혀 있었다.

"야, 이 머저리 같은 새끼야!"

그녀는 그를 보자마자 욕지거리를 내뱉었고, 이현은 조금 전까지 윤이를 기다리느라 느꼈던 짜증을 순식간에 잊고 말았다.

"카페가 여기밖에 없어? 학교 근처에 널린 게 카페 아니야!"

그는 너무 어이가 없어서 할 말을 잃었다가 겨우 그녀에게 물었다.

"길을 못 찾아서 늦은 거야?"

윤이가 그렇다고 했고, 그는 여전히 미안한 마음 반 의아한 마음 반으로 물었다.

"근데 왜 전화를 안 받아?"

그사이 그는 열 통이 넘는 전화를 건 상태였다.

윤이는 당당하게 말했다.

"너도 답답하라고."

윤이의 폭탄 머리가 후광을 내뿜기 시작했다. 그는 멍하니 자신의 눈에만 보이는 그 빛을 보며 말했다.

이거 완전 또라이구만.

하지만 같은 종족을 찾은 기쁨 때문이었을까. 그는 이내 웃음을 터뜨리고 말았다.

❖   ❖   ❖

윤이는 매 학기 새로운 염색을 시도하곤 했다. 빨강부터 파랑, 초록 등등 일곱 빛깔 무지개는 기본이었다. 중요한 건 그런 염색을 시도하는 와중에도 폭탄 머리는 한결같은 길이와 부피를 유지한다는 점이었다.

그녀의 폭탄 머리는 대학교 1학년 1학기를 지나면서 적절한 길이와 부피를 찾았는데, 그것을 찾아내고 유지시켜 주는 사람은 윤이네 동네 미용실 원장이었다.

언젠가 이 이야기를 들은 이현이 물었다.

"실력이 좋은 건가. 어쩜 이렇게 매번 똑같은 머리를 해 줘?"
"거기는 그 굵기 롤밖에 안 쓰니까."
"응?"
"롤 굵기가 그거 하나 밖에 없어."

윤이네 동네 미용실의 단골은 주로 할머니들이었다. 한마디로, 할머니들의 폭탄 머리를 어깨선 길이로 맞춰 놓으면 정확히 윤이의 머리였다.

그 이야기를 들은 후, 이현은 할머니들의 파마머리를 볼 때마다 윤이가 생각나 한숨이 나왔다. 할머니들 사이에 껴 머리를 말고 있을 한윤이의 자태란……. 생각만 해도 몸서리가 쳐지는 것이었다.

이현의 상상은 맞았다. 그 미용실의 젊은 고객은 그녀뿐이었다. 그는 간곡히 부탁했다.

"그냥 좋은 미용실에 가서 하면 안 돼?"
"그런 돈지랄을 왜 해. 그런 곳이 얼마나 비싼 줄 알아?"

그는 자신이 돈을 준다고도 해 봤지만 돌아오는 대답은 같았다.

"네 돈은 돈이 아니고 똥이냐?"

이현은 결국 포기했다. 그들이 처음 만난 스무 살부터 스물아홉까지 늘 지는 쪽은 이현이었다.

이현이 보기에 윤이의 고집은 쇠심줄, 혹은 옹고집 같은 고전적인 표현과 닮아 있었다. 그렇게 세련되지는 않은 것 같은데 무시하기엔 아주 단단한 힘이 있었다. 윤이는 자신의 머리 모양을 이렇게 정의했다.

"내 머리는 극도의 단순함을 표방하는 내 인생관과 닮은 거야."

자주 바뀌는 머리 색은 그녀 스스로 염색약을 사서 한 올 한 올 바르는 것이었는데, 거품 염색약이 등장하면서부터 수고가 한결 줄었다.

한참 회사에 다니던 무렵에도 윤이는 매직 스트레이트 펌 대신 가발을 쓰고 다닐 정도로 그 머리를 사랑했고, 현재의 머리색은 빨간색이었다. 덕분에 윤이의 머리 모양은 애니메이션 주인공 메리다*와 거의 흡사했다.

❖   ❖   ❖

한 시간 반 만에 카페에 도착한 윤이가 겨우 한숨을 돌리

---

*애니메이션 〈메리다와 마법의 숲〉의 주인공.

고 있을 때, 이현은 정말 모르겠다는 듯 물었었다.

"머리는 왜 그러고…… 다녀?"

윤이는 좀 의외라는 듯 대꾸했다.

"소문처럼 바람둥이는 아닌가 보네?"

여자를 잘 꼬시는 바람둥이라더니, 면전에 대고 머리는 왜 그러고 다니느냐고 묻는다. 그는 뒤늦게 아차 싶었다. 스스로 생각해도 그답지 않은 질문이었다.

그러거나 말거나 윤이는 이내 의자에 등을 기대며 여유롭게 말했다.

"내 취향."

"그래도 남자들이 그런 머리 안 좋아하지 않아?"

현은 그녀의 분노의 뜀박질을 떠올리고 있었다. 나름 진지한 조언으로 머리 모양이라도 좀 바꿔 보는 게 어떠냐고 말한 것인데, 윤이는 코웃음을 치며 대꾸했다.

"난 남자가 좋아하는 머리 안 해. 내 머리를 좋아하는 남자를 만나면 그만이야."

윤이의 폭탄 머리가 또다시 광채를 품기 시작했다.

이현은 좀 혼란스러웠다. 제법 큰 눈 때문인가, 뽀얀 살결 때문인가. 이현은 그녀가 자신감을 뽐을 만한 부위를 찾기 위해 찬찬히 살펴보았지만 결국 시선이 향하는 곳은 폭탄 머리였다.

인정하고 싶지 않았지만 그의 손은 저 폭탄 머리카락 한 올을 죽 잡아 당겨 보고 싶은 욕망으로 근질거렸다. 그는 모든 욕망을 떨쳐 내며 말했다.

"술이나 한잔하자!"

윤이는 냉랭한 표정으로 그를 보았다.

"술?"

"어! 술!"

현은 굴복하지 않겠다는 듯 눈에 힘을 주었다. 그녀는 팔짱을 끼며 다시 물었다.

"자신 있어?"

그도 소파에 등을 기대며 턱을 치켜들었다.

"당연하지."

차왕과 카레군. 그들의 운명이 걸린 서열 정리가 시작되고 있었다.

그들은 근처 호프로 자리를 옮겼다. 약간의 기 싸움과 함께 별말 없이 맥주 500cc를 비운 둘은 다시 주문한 맥주를 앞에 두고 마주 앉은 채였다. 하지만 이현의 입장에선 뭔가 잘못돼 간다는 느낌이 들었다.

사실 그는 윤이와 똑같은 양의 술을 비울 생각이 아니었다. 내 잔은 최소한 적게, 여자의 잔은 되도록 많이. 이것이 이현의 술자리 원칙이었다.

　물론 윤이를 다른 여자들처럼 꼬셔 보려는 의도는 아니었
지만 최소한 술로 이길 생각이라면 똑같은 양의 술을 먹어서
는 어림도 없었다.

　그러나 윤이는 호프집에 앉자마자 맥주 500cc를 주문하더
니 맥주가 도착하자마자 건배를 제안했다.

　"처음 술 나눠 마시는 기념으로 원 샷."

　이현은 얼결에 건배를 했지만 골치가 아팠다. 그녀를 대차
게 술집으로 끌고 온 값은 해야 할 것 같아서 대범한 척 맥주
잔을 들긴 했는데, 지금껏 맥주 500cc도 다 비워 본 적이 없
었다. 그는 윤이와 잔을 맞부딪치는 순간에도 오만 가지 생
각으로 잔머리를 굴렸다.

　먹다가 뱉어? 밑으로 흘려 버려야 하나.

　그런 이현의 마음을 간파라도 한 듯 윤이가 말했다.

　"왜 안 마셔?"

　이현이 잔머리를 굴리는 사이 윤이의 잔은 깨끗하게 비워
져 있었다. 그녀의 시선을 벗어날 방법 같은 건 없었다. 윤이

는 마치 모든 것을 꿰뚫어 보고 있는 것처럼 이현을 빤히 보고 있었다.

결국 이현은 생애 최초로 맥주 500cc를 원샷했고, 그제야 자신에게서 시선을 떼는 윤이를 보며 고개를 절레절레 저었다.

아까 본 폭탄 머리의 후광 같은 건 개나 주라고. 잠시나마 사슴 같은 두 눈망울에 홀렸던 자신이 미친놈이라고 생각했다. 500cc를 원샷한 지 5분도 지나지 않아 혀가 꼬이기 시작했다. 그러더니 혼자 허리를 흔들며 주정을 부렸다.

"아…… 어지러워. 누가 자꾸 날 흔드는 거야아……."

윤이는 어이가 없어서 맥주 500cc 한 잔을 더 비운 뒤 그가 입도 대지 않은 맥주 500cc도 죄다 마셔 버렸다. 그는 테이블 위에 이마를 댄 채 쓰러져 있었다.

"이모, 여기 500cc 하나 더요!"

윤이의 주량으로 말하자면, 그의 아버지에게서 물려받은 것으로 대대로 길고 긴 역사를 자랑했다. 그녀에게 술을 가르쳐 준 사람도 아빠였다. 아빠의 가르침은 오로지 하나였다.

"먹어 보고 주량이 약하다 싶으면 그냥 먹질 마. 술은 한 번 시작하면 못 멈춰. 찔끔찔끔 먹고 취할 거면 먹지를 말아야지. 먹으

려면 대차게, 술맛을 알고 먹어야지! 물론 네가 날 닮았으면 주량
이 어마어마할 거야."

윤이에게 아빠는 다소 사고뭉치였지만 자상한 사람이었
다. 엄마가 고지식한 가정주부였다면, 아빠는 가족들을 먹여
살리기 위해 40년 가까이 직장 생활을 하면서도 늘 자유를
꿈꾸는 사람이었다.

"언젠가는 세계 일주를 할 거야. 광활한 대지 위에서 죽는 게
내 꿈이야."

윤이의 폭탄 머리를 보고 박수를 친 것도 그의 아빠였다.
윤이가 혼자 맥주를 또 한 잔 비웠을 때, 현이 불현듯 물
었다.
"별명이 뭐냐."
그의 이마에 빨간 자국이 선명했고 코도 빨간 것 같았지
만, 그때는 윤이도 약간의 취한 상태였다.
"차왕."
그녀는 대답과 동시에 맥주잔을 들었다. 그는 별명에 대해
선 듣는 둥 마는 둥 다시 물었다.
"그 나쁜 새끼는 누구냐?"

윤이는 반쯤 풀린 눈으로 한숨을 내쉬었다. 술맛이 다 떨어지는 기분이었다. 이현이 다시 물었다.

"바람둥이?"

그러면서 손은 자연스럽게 자신을 가리키고 있었다. 윤이는 고개를 저었다. 그는 얼굴을 바짝 들이밀며 물었다.

"그럼? 응? 그러엄!"

한 대 쥐어박고 싶은 그의 애교에 윤이의 술맛은 거짓말처럼 달아나 버렸고, 그녀는 깊은 한숨과 함께 말했다.

"그냥 아주 평범한 남자였어."

메신저를 통해 만난 사람이었다. 다섯 살 연상으로 살가운 말투에 반했었다. 윤이의 폭탄 머리 사진을 보고도 최고라고 치켜세우던 그였다. 석 달 정도 만나다 차였는데 이유는 윤이가 스킨십을 거절했다는 이유였다.

고등학생 때부터 이성에 눈을 뜬 윤이는 그때부터 연애를 멈춘 적이 없었다. 이현은 그 사실을 믿을 수 없어 했지만 윤이와 친구가 된 지 1년도 지나지 않아 인정할 수밖에 없었다.

실제로 윤이에겐 남자들이 잘 꼬이는 편이었다. 대부분의 만남이 석 달을 넘지 못한다는 게 흠이었지만 말이다.

현은 만취 상태로도 다소 이상하다며 고개를 갸웃거렸다. 그녀의 메신저 상태 메시지의 강도로 봐서는 최소한 양다리는 걸친 배신남일 거라고 생각한 탓이다.

"여자들은 왜 아무 이유 없이 남자를 미워하는 건데?"

윤이는 그새 한 잔의 맥주를 또 주문하더니 말했다.

"이별이 분한 데 이유가 어디 있어. 그냥 분한 거지."

그때까지 이현은 무수한 연애를 했지만 진짜 연애다운 연애는 해 본 적이 없었다. 그럼에도 연애를 하면서 할 수 있는 건 다 한 것 같은데 헤어질 때마다 그녀들은 자신을 두들겨 패지 못해 안달이었다.

분명 만날 때만 해도 온순하고 순종적이었던 그녀들이 이별이라는 탈을 쓰고 자신에게 서슴없이 폭행을 가하는 것이 이상했다. 서로 즐거웠고 즐겼으면 그만 아닌가.

불현듯 윤이의 손가락 하나가 맥주잔 손잡이에 붙었다 떨어지길 반복했고, 이현은 마치 최면에 걸린 사람처럼 그 가늘고 흰 손가락에 붙들리고 말았다.

"더 이상 날 사랑하지 않으니까."

그의 시선은 손을 지나 손목에서 팔로, 어깨를 따라 목선으로 움직였다. 그러다 보았다. 생각에 잠긴 채 뭔가를 골똘히 생각하고 있는 그녀를.

이현은 눈을 바로 뜨기 위해 눈을 한 번 깊게 깜박였다. 그럼에도 선명하게 보이지 않았다.

그는 윤이를 제대로 보기 위해 다시 한 번 눈을 깜박였고, 자신도 모르는 새 그녀의 얼굴로 다가가고 있었다. 그러다 입술에 말캉한 뭔가가 닿았을 때, 그는 취기로 정신을 잃고 그대로 쓰러져 버렸다.

다음 날 아침, 이현이 눈을 떴을 때 가장 먼저 떠오른 단어는 차왕이었다.

"차왕, 이게 단어야?"

이현은 그런 요상한 단어를 어디서 들었는지 기억하지 못했다. 그러다 냉장고에서 아침 겸 해장용으로 먹을 카레를 꺼내다 그 말을 떠올렸다.

"너는 참 별명도 더럽다."

어제 먹은 술로 인해 퉁퉁 부어 제대로 떠지지도 않던 그의 눈이 순간 번쩍 뜨였다.

"뭐? 더러워?"

그는 그제야 자신이 폭탄 머리와 함께 호프집에 갔었다는 사실을 기억해 냈다. 여자하고 술을 마셔 놓고 내 집에서 눈을 뜨다니. 스무 살의 그에겐 있을 수 없는 일이었다.

"설마 그 개 싸가지가 날 데려다줬다고?"

이제 이현에게 윤이는 폭탄 머리에서 개 싸가지로 바뀌어 있었다. 왜 갑자기 바뀐 것인지는 그조차도 정확히는 몰랐다.

"차왕?"

눈을 뜨자마자 떠올렸던 그 단어도 다시 생각이 났다.

"아, 그 폭탄 머리 별명이었지."

그 사실이 떠오른 동시에 무슨 그런 별명이 다 있나 싶어 헛웃음이 나왔다. 에라 모르겠다는 심정으로 카레를 데우려는데, 불현듯 자신이 지난밤 잔뜩 꼬인 혀로 지껄였던 말들이 떠올랐다.

"그데 차와이 무스 뜨시냐."

그는 다시 카레를 내려놓았다. 순간 떠오른 기억들이 현실이었는지 꿈이었는지, 헷갈리기 시작한 것이다.

"차이다 플러스 왕."

순간 윤이의 목소리가 귓가를 맴돌았다.

"차이다, 플러스, 왕?"

그는 그 말을 다시 한 번 중얼거려 보았다. 모든 기억이 수면 위로 떠오르고 있었다.

지난밤, 이현은 반문했었다.

"엥? 뭐?"

윤이는 여전히 무심한 얼굴로 대꾸했다.

"거기서 앞 글자만 떼서 읽어 봐."

윤이의 별명은 정확히 '차이기 왕'이었다. 이현은 웃음을
터뜨렸다.
"푸하하하!"
그는 다시 카레를 데우며 중얼거리기 시작했다.
"뭐? 남자가 좋아하는 머리는 안 해? 그러니까 차이고 다
니지."
하지만 이현의 기억을 강타한 또 다른 사건이 있었다. 냄
비 속 카레를 젓던 이현의 손이 멈췄다.
"엥?"
이현은 설마 이게 진짜 기억인가 싶었다.
"내 왕."
그는 충격과 공포로 제 입을 틀어막더니 소리쳤다.

"내 왕위!"

그 기억이 떠오른 순간, 그는 다리에 힘이 풀려 주저앉고
말았다.

윤이의 별명을 들었을 때 그는 정신이 거의 나간 상태였
다. 자신도 모르는 사이 맥주를 계속 들이킨 탓이었다. 그때
는 윤이의 별명이 무슨 뜻이든 간에 웃음도 나지 않았다. 그
의 귀에 거슬린 건 오로지 한 글자의 그 단어, 왕이었다.

"근데 니가 왜 와이야! 왕은 난데? 나 캬레왕."

그는 다짜고짜 우기기 시작했다. 윤이는 뭐 어쩌라는 거
냐며 또다시 맥주를 들이켰다. 그러더니 윤이가 한마디를 했
다.

"너는 참 별명도 더럽다."
"뭐?"

이현은 눈을 부릅뜨며 시비조로 대꾸했다.

"뭐가! 뭐가!"

하지만 그의 의도가 그랬을 뿐, 반쯤 감긴 눈이 잠깐 제 모양을 찾았다가 또 감기는 모양새는 조금도 위협적이지 않았다. 심지어 혀도 꼬여 있었다.

"뭐가 이산하냐꼬."

맥주를 물처럼 마시던 윤이도 그즈음엔 꽤나 취해 있었는데, 취한 덕인지 그의 말을 용케도 알아들었다.

"설사병 있냐?"

윤이의 말에 그는 맥주를 뿜어내고 말았다.

윤이는 그때까지 카레를 먹어 본 적이 없었다. 카레의 색깔이 맘에 들지 않는다는 게 그 이유였다. 학교 급식으로 간혹 카레가 나와도 급식을 거부할 정도였다. 그가 믿기지 않는다는 투로 물었다.

"그래서 한 번도 안 먹어 봤다고?"

얼마나 놀랐는지, 그때는 혀도 정상으로 돌아와 있었다.

"그렇게 이상한 색깔의 인도 음식을 한국인인 내가 굳이 먹어 야 해?"

윤이는 카레를 이렇게 표현했다. 누런 색깔에 당근, 감자, 고기들이 섞여 마치 설사 같다고. 현은 그가 차서는 그녀의 의견에 조목조목 반박했다.

"카레가 얼마나 영양이 많고 건강에 좋은 음식인데!"

그가 열변을 토하든 말든 윤이는 맥주만 들이킬 뿐이었다. 그는 자신과 얽힌 카레의 역사까지 보태면서 결코 카레의 이 름을 더럽혀선 안 된다고 신신당부했다.

"우리 엄마가 유일하게 만드는 음식이 카레라고! 눈물 섞인 카 레의 맛을 네가 알아?"

이현의 엄마는 커리어 우먼이었다. 여자가 결혼을 하면 당 연히 전업주부가 된다고 여겼던 사회 분위기 속에서, 그의 엄마는 광고 회사에서 밤낮을 가리지 않고 카피를 썼다. 이 현을 낳고도 겨우 3일 쉬고는 출근을 한 여자였다. 밤낮없이 일만 하던 그의 엄마가 유일하게 하는 집안일이 카레를 끓이는 일이었다. 그는 그 순간의 엄마를 좋아했다.

그에게 엄마는 늘 집에 없는 사람, 호적상으로는 엄마로 기재되지 않은 여자였지만 카레를 끓이는 순간만큼은 온전히 이현을 위한 엄마였다. 그의 엄마마저 지겹지 않느냐고 물을 정도로, 지금까지 카레를 좋아했다.

그가 그 말과 동시에 또다시 테이블 위로 이마를 박고 쓰러졌기 때문에, 윤이는 그의 뒤통수를 보며 홀로 중얼거렸다.

"우리 엄마는 전형적인 전업주부야. 밥에 국에 반찬을 얹어야 밥상이라 생각하는 여자라 카레는 끓여 준 적이 없어."

그러나 이현은 그 말을 듣고 있었다. 집을 가꾸고 밥을 짓고, 이현에게는 운명적으로 주어지지 않은 엄마의 모습이었다. 그렇다고 그가 전업주부인 엄마들을 부러워한 것은 아니었다. 그에게 엄마는 매력적인 여자였다.

그는 엄마에게서 어디에도 얽매이지 않아도 될 자유를 배웠다. 그러니까 자신의 별명이 카레왕인 것에 불만을 갖지 말라고, 그는 다시 말하려다가 불현듯 정신이 번쩍 들었다.

그가 다시 고개를 들었을 땐 윤이도 눈을 깜박이는 속도가

현저히 느려진 상태였다. 현은 미소를 지으며 자신 있게 말
했다.

"야, 아무튼 이 세상에 왕이 둘일 순 없는 거야."
"그래서 어쩌라고."

윤이는 술에 취해도 목소리만큼은 차분했다.

"가려야지!"
"뭘."
"진짜 왕을!"

그즈음엔 두 사람 모두 만취 상태였기 때문에, 그들은 후
에도 그날 누가 먼저 야구 배팅을 제안한 것인지는 알지 못
했다.

사실 야구 연습장에 들어간 건 우연히 일어난 일이었다.
그들 중 누구랄 것도 없었다. 어깨동무를 한 채 신이 나서 걷
던 그들의 눈에 가장 먼저 들어온 게 야구 연습장이었다. 윤
이는 그때까지 야구를 본 적도 해 본 적도 없었지만 흔쾌히
야구 방망이를 잡았고, 현은 술에 취한 상태에서도 본능적으
로 자신이 이기는 싸움이라고 생각하며 미소를 지었다.

결과적으론 야구 배팅 시합에서 이현은 두 개, 윤이는 다섯 개를 쳤다.

　이현은 지금까지도 그 기록이 이해되지 않는데, 윤이는 지금도 술에 취하지 않으면 야구공을 단 한 개도 맞추지 못했다. 술만 마시면 공을 맞힌다는 얘긴데 그는 지금껏 그런 여자를 간접적으로도 접해 본 적이 없었다.

　윤이를 알고 지낸 지난 10년 사이, 이현은 무수한 연애를 했다. 간혹 술 마시고 야구 배팅 한 번 안 해 보겠냐며 나름의 실험을 한 적도 있었는데, 대부분의 여자들은 한 개나 겨우 맞히면 다행이다 싶은 수준이었다. 한 여자는 팔뚝에 날아오는 야구공을 맞고 이현의 정강이를 걷어차기도 했다.

　아무튼 그로선 서러운 결과였지만, 그들의 서열 정리는 그렇게 끝이 났다. 그녀가 왕이었고 그가 군이었다.

　이현은 그제야 왜 지난밤 꿈에서 자꾸만 야구공이 날아 왔는지를 깨달았다.

　그는 끓기 시작한 카레를 보다가 대충 던져 놓은 휴대폰으로 시선을 옮겼다. 그는 가스레인지의 불을 껐고, 이내 휴대폰을 들어 번호를 검색했다.

　"폭탄 머리."

　아마도 그렇게 저장했을 거라고 생각했는데 아니었다. 그의 휴대폰 속 윤이의 이름은 차왕이었다. 그는 분하다는 듯 힘을 주더니 통화 버튼을 눌렀다.

"아주 세뇌를 시켰다 이거지."

신호가 얼마쯤 가다가 통화가 연결됐지만 들리는 건 숨소리뿐이었다.

이현은 왕위를 뺏겼다는 약간의 슬픔과 분노, 동시에 그녀가 차이기에 왕이어서 차왕이라는 사실에 묘한 복수심을 느끼며 말했다.

"야, 차왕. 아직 자냐? 해장이나 하자."

그날 이후 그들은 각자의 생일마다 왕위를 지키기 위해, 혹은 왕위를 빼앗기 위해 만취 야구 배팅 시합을 해 왔다.

결과적으론 이현은 한 번도 왕위를 되찾지 못했다. 만취한 윤이의 배팅은 나날이 좋아져 최근에는 열 개까지 치는 데 성공했다.

그런 그들이 이별하지 못한 지 햇수로만 10년째였다. 윤이는 여전히 이현의 문란한 연애에 혀를 찼고, 이현은 없어도 너무 없는 윤이의 남자 보는 눈에 경악하면서. 그들은 때때로 서로의 보기 싫은 꼴을 마주하며 아슬아슬한 듯 견고한 관계를 지속해 왔다.

그사이, 그들이 주고받은 훼방은 오랜 역사의 중심에 있는 에피소드였다.

언제쯤 이현이 왕위를 되찾게 될지는 모른다. 다만 그는 윤이가 제 머리 꼭대기에 앉아 있는 것이 싫지만은 않았다.

이제 두 사람의 나이는 스물아홉, 10년간 친구로 지냈지만 각자의 인생을 살았던 그들이 이제 같은 지점에서 만나려 하고 있었다. 바로 그들이 함께 시작하는 이별 대행업체 훼방꾼들을 통해서 말이다.

2. 훼방의 역사

2. 해방의 역사

윤이가 이별 대행업을 상상하기 시작한 건 한 TV 방송 때문이었다.

"요즘은 문자로 이별 통보를 한다면서요?"

한 패널이 말하자 진행자가 웃음기 어린 얼굴로 덧붙였다.

"톡으로 하겠죠. 깨똑! 하고 울려서 열어 보면 뜬금없이 '우리 헤어져'라고 메시지가 도착해 있는 거죠."

그들은 동시에 몸서리를 쳤다. 윤이 역시 마찬가지였다. 언제부터 세상이 이렇게 된 거냐고, 사랑했던 사람한테 예의가 아니라고 말하는 그들을 보며 그녀는 자신도 모르게 고개를 끄덕이고 있었다.

하지만 얼마 뒤 그들 중 패널로 참석한 연예인 P를 보며 생각했다.

저 사람이라고 문자로 이별을 통보한 적이 없을까?

P는 그 방송 내내 눈에 거슬리는 사람이었다. 윤이의 머릿속은 자신에게 이별 통보를 했던, P와 꽤 닮은 외모의 S로 채워지고 있었다.

그날 윤이는 몇 번째인지도 모를 직장에서 해고를 당했고, 홀로 터덜터덜 길을 걷고 있었다. 주머니에 있던 휴대폰 진동이 울리기에 또 이현이려니 생각하며 액정을 봤을 때였다.

〈그동안 고마웠다. 우리 헤어지자.〉

그녀가 문자의 내용을 이해하기까진 얼마 걸리지 않았다. 그 순간 거짓말처럼 바로 옆 상점에서 '우리 헤어지자 그만 만나자'로 시작하는 대중가요가 울려 퍼졌다. 그녀는 이건 또 무슨 코미딘가 싶어 가게를 노려보다가 이내 문자의 주인공에게 전화를 걸어 소리쳤다.

"너 어디야! 당장 만나!"

만난 지 고작 두 달이었다고 해도 이딴 식의 이별 통보가 어디 있냐고, S에게 노발대발을 했던 그녀였다.

"생각하니까 또 열 받네."

윤이는 TV를 끄며 다시 중얼거렸다.

"거지 같은 새끼."

그러다 그 밤에 생각이 난 것이다. 윤이는 언젠가 보았던 연애를 대행해 준다는 영화를 떠올렸다.

현실에도 있을까?

검색을 해 보니 실제로 그런 업체가 있었다. 윤이는 눈이 휘둥그레져서는 생각했다.

이별 대행.

그때 그녀는 벌써 열 번째 회사를 때려치우거나 잘린 뒤였다. 이건 아무래도 내 길이 아니라며 다른 길을 찾아야 한다는 쪽으로 결론을 내려가는 중이었다.

가능할까?

그때까지 윤이가 열정을 가진 직장 같은 건 없었다. 국문학과를 다닐 당시에도 교직 이수를 하는 방법도 있었지만 그 역시 열정이 생기지 않았다. 그녀는 이미 자신이 누군가를 가르치는 일에 관심도, 재주도 없다는 것을 잘 알고 있었다.

그로부터 석 달 뒤, 윤이는 자신의 입을 원망했다. 전날 저녁 윤이와 현, 두 백수는 늦은 밤까지 술을 나눠 마시며 흥이 올라 있었다. 그러다 헤어진 기억만 있었는데, 다음 날 아침 그에게서 전화가 걸려 온 것이다.

─만나자. 해장하면서 사업 구상하게!

그녀는 자신의 귀를 의심했다.

사업……?

어쩌다 그 자식에게 이별 대행업체를 같이 하자고 말한 걸까. 윤이는 제 입을 원망할 수밖에 없었다. 술김에 멋대로 말을 한 모양인데 그가 윤이의 아이디어에 덥석 손을 얹은 것이었다.

그와 함께하는 사업 같은 건 꿈도 꿀 수 없었다. 10년 동안 참 꾸준히도 문란한 연애를 즐긴 그는 그녀에게 체질적으로 맞지 않는 인간이었다. 스무 살 때 처음 만나 느꼈던 것과는 체감하는 정도가 달랐다. 그러는 사이 윤이 역시 무수한 바람둥이들을 만났고 그 녀석들에게 신물이 났다.

이상한 놈들과의 연애에 지쳐 윤이가 연애 중단 선언을 했을 때, 이현은 박수를 치며 환영했다.

"야, 성격대로 산다더라. 남자 없으면 어떠냐? 정 필요한 날엔 나라도 갖다 써. 나 완전 열린 남자잖아."

순간 윤이는 자신의 머릿속에 떠오른 한 장면 때문에 몸서리를 쳤다. 발가벗은 자신과 그가 침대에 몸을 포개고 누운 장면이었다.

물론 그것은 어디까지나 상상 속에서 벌어진 일이었지만 그런 상상을 했다는 게, 그런 상상이 가능하다는 게 믿을 수 없었다.

"됐고, 제발 너부터 나한테서 좀 떨어져."

최근 윤이는 이현에게 이제 우리 좀 그만 만나자고, 어쩌다 너랑 나랑 십년지기가 된 거냐고 한탄을 늘어놓고 있었다. 하필 동시에 백수가 되는 바람에 그들의 만남은 더더욱 잦았다.

나이는 먹어 가고, 만날 보는 게 바람둥이 이성 친구다 보니 제 눈이 점점 더 낮아지고 있다며 윤이는 푸념에 푸념을 얹어 댔다.

그럴 때마다 그는 걱정스러운 눈빛으로 말했다.

"너 참 새삼스럽다. 뭐야, 벌써 노처녀 히스테리가 시작되는 거야?"

결국 윤이의 주먹이 이현의 팔뚝에 꽂혔다.

"스물아홉에 노처녀라니! 너 연애는 아주 개방적인데 생각이 아주 고지식하다? 노처녀? 노처녀?"

그는 주먹으로 얻어맞으면서도 주장을 굽히지 않았다.

"그래도 그게 생리적으로 다 근거가 있는 말이라고. 이제 좀 있음 너도 상당히 하고 싶은 시기가 온다니까? 나를 갖다 쓰라고. 이제 와 날 밀어내서 뭐하게. 그냥 두고 필요할 때마다 갖다 써."

사실 윤이는 요즘 들어 부쩍 늘어난 이현의 장난스런 추파가 이상했다. 지금껏 수많은 장난을 쳤지만 이렇게 노골적인 말은 한 적이 없었다.

간혹 내가 남자로 보이긴 하냐는 둥, 나랑 사귈까 같은 소리는 했지만 잠자리 상대가 필요하면 나를 갖다 쓰라는 말 같은 건 그 무렵이 처음이었다. 그런 이현에게 이별 대행업에 대해 말하다니, 윤이는 자신의 입을 원망할 수밖에 없었다.

최근 주량이 준 건지 술에 너무 쉽게 취했다. 인생에 무수한 실패들이 쌓여 갔다. 정말 아홉수인가 싶은 날들이 그녀를 느리게 지나가고 있었다.

엄마의 표정은 나날이 굳어 가고 있었고, 그나마 힘이 돼 주던 아빠는 회사 일이 그렇게 바쁜 지 통 얼굴을 볼 수 없었다.

연애도 일도 제대로 되는 건 하나 없는 스물아홉을 맞았고, 곁에는 시시껄렁한 추파나 던지는 십년지기 이성 친구가 있었다. 모든 것이 너무 위험했다.

한윤이, 정신 차려야 돼.

이대로 그와 함께 사업까지 할 순 없었다. 술을 나눠 먹은 무수한 밤들도 버거웠다. 윤이는 그에게 선포했다. 이별 대행이라는 사업 자체를 하지 않겠다고. 그러나 현은 눈 하나 깜박하지 않고 말했다.

"나랑 같이하는 게 무서워서?"

윤이는 몇 번이고 눈만 깜박거리다 겨우 반박했다.

"내가 왜? 내가 왕인데. 넌 군이잖아."

그러나 그도 지지 않고 말했다.

"나한테 넘어올까 봐."

아니라고 해야 하는데, 윤이는 차마 거짓말까진 할 수 없었다. 이현이 특유의 미소를 지으며 말했다.

"잘 생각해 봐. 너랑 나랑 왜 이렇게 오래 붙어 있는지."

윤이는 발끈하며 말했다.

"내가 너랑 언제 붙어 있었는데? 그냥 시간이 흐른 거야. 어쩌다 보니 시간이 흐른 거라고. 난 친구도 별로 없고!"

그가 윤이의 말을 끊으며 말했다.

"난 친구 많은데."

윤이는 또다시 말문이 막혀서 눈만 깜박거렸다. 그는 지그시 보며 말했다.

"나는 왜 폭탄 머리 여자랑 10년째 친구를 하고 있을까?"

그건 그 스스로에게 던지는 질문 같기도 했다.

"넌 안 궁금해?"

그의 눈빛에 윤이는 흔들릴 뻔한 마음을 겨우 추스르며 딴청을 피웠다.

"네 이상형 말이야. 너의 폭탄 머리를 사랑해 줄 남자."

하지만 그의 입에서 이상형이라는 단어가 나오는 순간, 그녀는 차마 외면할 수 없어서 현을 보았다.

"정말 없다고 생각해?"

이제 윤이는 깊은 한숨을 내쉬었다. 그녀는 어떤 날을 떠올리고 있었다.

그의 말을 있는 그대로 믿기엔 그의 연애는 너무나 화려했다. 윤이는 그 화려한 연애의 산증인이었다.

❖   ❖   ❖

"차왕! 내 눈 좀 봐!"

눈물이 그렁그렁한 눈으로 자신을 보던 표정과 엄청나게 컸던 그의 목소리도 모두 기억했다. 학교 도서관 열람실에서였다. 그때 윤이는 졸업 논문을 준비를 하느라 한참 바쁠 때였다.

그의 오른쪽 눈은 실명이 됐대도 이상하지 않을 만큼 시퍼렇고 커다란 멍이 들어 있었다.

또 뭐야.

윤이는 징글징글한 심정으로 그를 끌고 나왔다. 주변의 시선이 너무 따갑기도 했고, 이 한심한 인간이 또 뭔 짓을 저지른 건가 싶었다.

"대체 그 눈은 또 뭐야. 이게 무슨 일이냐고."

이현이 복학을 한 지 한 달이 지났을 즈음이었다. 그는 전

역하자마자 복학을 한 덕에 놀 시간도 없었다며 투덜거렸었다.

그럼에도 어쩐 일인지 지각 한 번 안 하던 그는 결국 부지런함을 학업에만 쓰는 것은 너무 아까운 일이라며 그새 여자를 침대에 들이 눕힌 후였다.

"나 완전 잘못 걸렸어. 걔 취향이 완전 SM*이야."

이현의 말에 의하면 처음 그 여자는 너무나 순종적이고 온순하게 침대에 누워 주셨다. 그래서 그는 군 생활 중 휴가 기간에 찔끔찔끔 해결하던 욕정을 마음껏 해소할 수 있었고, 찐빵 같은 그녀의 가슴을 마음껏 탐닉했다. 문제는 관계가 지속된 지 몇 주가 지나서부터였다.

여자는 슬슬 본색을 드러내기 시작했다. 자신이 하고 싶은 게 있는데 한 번 흉내만 내보자는 게 그 시작이었다.

그는 기껏 해 봤자 자기 수준을 능가하겠냐며 그러자고 했다. 여자는 자신이 가방에 고이 간직하고 있던 채찍과 야구 방망이를 꺼냈다.

그는 야구 방망이를 보며 윤이와의 만취 야구 배팅을 떠올렸다. 매해 왕권 복위에 실패하는 그에게 야구 방망이는 신

---

*가학성 음란증을 일컫는 새디즘(saddism)의 S와 피학성 음란증을 일컫는 매커키즘(masochosm)의 M의 합성어.

분 상승의 대표적인 도구였다.

이내 이현의 손엔 야구 방망이가 들렸고, 여자는 자신을 때려 달라며 발가벗은 몸으로 고양이 자세를 취했다. 그는 그제야 정신이 번쩍 들었다.

설마?

결국 이현은 그 밤의 사명감으로 그녀가 건넨 야구 방망이를 번쩍 들어 올렸지만, 차마 여자의 엉덩이를 내리칠 엄두는 나지 않았다. 참다못한 여자가 시범을 보여 주겠다며 야구 방망이를 들었을 때, 이현은 울며 겨자 먹기 식으로 고양이 자세를 취했다. 하지만 후회는 일말의 망설임도 없이 찾아왔다.

"잠깐!"

그러면서 고개를 돌렸는데, 동시에 야구 방망이가 그의 눈을 내리친 것이었다.

이현의 눈은 실명 직전까지 갈 정도로 퉁퉁 부어올랐고, 여자는 다시 친절하고 온순한 얼굴로 그를 데리고 병원으로 갔다.

"병원 가는 내내 미안하다고 얼마나 애교를 부리는지…… 야, 나 도무지 혼자서 못 떼어 내겠어. 걔가 또 미니스커트에 검정 스타킹 신고 나타나는 날엔 난 그 자리에서 맞아 죽을 거야."

윤이는 기가 차서 할 말을 잃었다. 그의 말은 한마디로 그 여자가 너무 섹시해서, 아무리 이상한 취향이라도 내가 벗어날 방법이 없으니 도와 달라는 소리였다.

열람실로 들어가던 무리들이 두 사람을 힐끗거렸다. 그들의 시선은 아무래도 여자가 남자를 때린 모양이라며 수군대는 것 같아 윤이는 재빨리 그에게서 돌아서며 말했다.

"나 졸업 논문 준비해야 돼. 네 연애는 네가 알아서 정리해."

윤이가 열람실로 가려는 순간, 그는 잽싸게 윤이의 등에 달라붙었다.

"야! 안 놔? 어딜 만져!"

그의 팔이 윤이의 허리를 세게 휘어 감았다.

"그냥 가면 어떡해! 난 살려 줘야지!"

윤이는 팔꿈치로 그의 복부를 세게 내리쳤다. 복부를 찔린 그는 으윽, 하는 괴상한 신음 소리와 함께 바닥에 주저앉았다.

윤이는 그의 머리통을 내리치며 소리쳤다.

"나는 네가 내 친구라는 사실로도 벅차! 그 지저분하고 요상한 여자관계는 알아서 처리해!"

그러면서 열람실로 들어가는데, 윤이는 자신의 가슴이 어떤 이유로 이렇게 빠르게 뛰는 건지 알 수 없었다. 열람실의 투명한 통유리 너머로 그가 보였다. 그는 여전히 배를 감싼 채 주저앉아 있었다.

정말 어디가 잘못된 거 아니야?

윤이가 다시 나가 봐야 하나 고민하는 순간, 그가 엉덩이와 무릎을 털더니 자리에서 일어났다. 윤이는 밀려오는 짜증을 느끼며 그를 째려보았다. 그는 유리 너머에서 싱긋 웃어 보고는 손을 흔들며 사라졌다.

그때도 지금도, 윤이는 그런 그가 자꾸만 불쾌했다. 내가 대체 왜 저런 자식을 신경 써야 되나 싶고, 언제까지 그에게 휘둘릴 것인가 매번 한탄하면서도 결국 이현을 외면하지 못했다.

몽둥이로 나머지 눈을 얻어맞고도 웃을 수 있나 보자.

그러면서도 또다시 그 여자에게 얻어맞을까 봐 가슴이 부글거렸다.

그 후로도 윤이가 졸업 논문을 준비하는 내내 그는 계속 지원 요청을 했다. 윤이는 그의 요청을 외면하면서도 약간의 불안감은 느끼고 있었다. 또다시 한쪽 눈이 터져 올 그가 상상이 된 탓이었다.

그렇게 한 달 즈음 지났을까. 윤이는 졸업 논문에 마지막 마침표를 찍었고, 기다렸다는 듯 그에게서 또 한 통의 문자가 도착했다.

〈H 호프집.〉

윤이는 문자를 노려보았다.

어디서 감시하고 있는 거 아니야?

도대체 어떻게 알고 딱 맞춰서 문자를 보낸 건지. 그러니까 그 가슴이 **빵빵**한 여자랑 지금 H 호프집에 있다는 뜻이었다.

"내가 갈 줄 알고?"

윤이는 휴대폰을 껐다.

"어후 피곤해. 졸업 논문 준비하느라 잠을 못 잤더니. 집에 가서 좀 자야겠다."

윤이는 자신을 설득하고 있었다. 나는 당장 집에 가서 쉬어야 한다고, 여기서 발걸음을 돌려 H 호프집으로 가는 일은 없어야 한다고 말이다.

"집에 가는 길에 편의점에서 맥주 한 캔 사 가서 샤워 다 하고 마신 뒤에 자면 되겠다. 딱이네."

윤이는 편의점에서 맥주를 사는 자신을 떠올렸다. 정말 생각만으로 짜릿한 휴식이라며 가슴이 한껏 들떠야 하는데 어쩐지 기분이 축 가라앉았다.

그녀의 신경은 온통 학교 후문에서 5분 거리에 있는 H 호프집으로 향해 있었다. 결국 그녀는 걸음을 멈췄다.

"미친 새끼."

생각하면 할수록 돌은 자식이었다.

"아악! 내가 이 또라이 새끼를 죽여 버릴 거야. 언제고 내가 이 자식을 잡아먹을 거야."

그렇게 교정이 떠나가라 소리치는데 또다시 드는 의문이 있었다.

"뭘 먹어. 먹긴 뭘 먹어!"

갖다 버리는 것도 아니고 먹는다니, 윤이는 짜증으로 몸서리를 치며 다시 소리쳤다.

"으악!"

윤이가 H 호프에 도착했을 때, 이현은 이미 가슴이 빵빵한 여자와 맥주를 마시고 있었다. 여자는 그의 맞은편에 앉아 치킨 살을 입에 넣어 주고 있었고, 윤이는 그 모습이 기도 안 차 지켜보았다.

윤이에게 그는 늘 찬밥 덩어리 그 이상도 이하도 아니었다. 여자를 만나느라 연락이 되지 않을 때를 제외하고, 곁에 있을 땐 부려 먹기 좋은 인간. 그 정도로 정의해도 충분한 녀석이었다.

이제 그의 눈에 멍은 파란 기는 빠지고 붉은색과 노란색이 섞인 기묘한 형태로 바뀌어 있었다. 눈탱이를 밤탱이로 만든 죄책감 때문인가.

여자는 이현의 말처럼 정말 순종적으로 보였다. 그가 말하는 '순종적인 여자'는 그녀만은 아니었다. 언젠가 그가 말했다.

"여자들이 순종적이라고? 너한테?"

윤이가 믿기지 않는다는 듯 다시 물었을 때, 그는 턱까지 치켜들고 말했다.

"네가 몰라서 그렇지. 여자들이 나 엄청 좋아해."

윤이는 콧방귀를 끼며 말했다.

"나한테는 너처럼 여자를 막 만나고 다니는 남자가 가장 우습고 만만해."

그러자 그가 음흉한 얼굴로 대꾸했다.

"내가 남자로 보이긴 하나 봐?"

윤이는 그날을 떠올리며 다시 주먹을 쥐었다.

다른 한쪽 눈도 밤탱이로 만들어 줄까 보다.

그때 그가 윤이를 발견하고는 번쩍 손을 들었다. 마치 잃어버렸던 엄마를 찾은 애처럼, 그는 재빨리 윤이에게 다가와 어깨를 감쌌다.

"뭐하는 거야."

윤이는 여자에게 들리지 않을 정도로 작게 말했고, 그는 어깨를 잡은 손에 더 힘을 실으며 말했다.

"지금부터 우린 애인이다."

윤이는 그를 눈으로는 째려보면서도 입꼬리를 올리며 물었다.

"여기서 뭐하고 있었어?"

윤이가 제법 자연스럽게 말을 꺼내자 너무나 태연한 얼굴로 그는 이렇게 대답했다.

"자기 왔어?"

윤이는 자신의 귀를 의심했다.

"뭐라고?"

윤이는 본능적으로 다시 물었고, 현은 그런 그녀의 반응이 재밌어서 한 번 더 강조해서 말했다.

"왜, 뭐가 이상해? 우리 자기?"

그러면서 윤이를 확 잡아당겨 안는 그였다. 그의 가슴팍에 얼굴이 닿자 윤이는 온몸이 굳어 버리는 기분이었다.

"앉아, 자기!"

그는 터지려는 웃음을 꾹 참으며 윤이를 보았다. 그때 그녀의 눈빛은 '아우, 이걸 진짜. 확 들어 엎어 버려?'라고 말하는 것 같았지만, 맞은편에 독특한 성적 취향의 그녀가 앉아 있었으므로 그들은 상황에 집중해야 했다.

여자는 가슴만 큰 게 아니라 체구 자체가 큰 편이었다. 앉은키도 꽤나 컸는데 키가 170cm가 넘는다고 했다. 이런 거구의 여자를 이 말라깽이 남자애가 침대에서 감당한다니, 납득하기 쉽지 않은 조합이었다.

그들은 여자의 맞은편에 나란히 앉았다. 윤이는 그의 손을 떼어 내기 위해 작게나마 몸부림을 쳤지만 그는 조금도 힘을 빼 주지 않았다.

그들을 어이없는 시선으로 보던 여자의 눈은 분노로 이글거리고 있었다.

최근 이 남자가 자신을 자꾸 피하는 것 같더니 결국 이별을 통보하는구나, 생각하는 중이었다.

지금 여자의 눈에 이현은 자신이 아는 모습과 많이 달랐다. 침대 위가 아니면 미소조차 짓지 않았던 그가 저 여자에겐 실없다 싶을 정도로 헤픈 웃음을 보이고 있었다. 심지어 폭탄 머리를 한 여자에게 말이다.

여자의 가슴은 점점 더 뜨거워졌다. 더군다나 저 둘은 자신이 있거나 말거나 그 어떤 설명도 없이 자기들만의 세계에 빠져 있었다.

부글부글 끓는 속만큼 손도 덩달아 떨렸다. 여자의 한 손에는 500cc 맥주잔이 들렸다. 여자가 맥주잔을 머리 위로 드는 순간, 그가 윤이를 품으로 끌어안았다.

찰싹.

맥주가 어찌나 찰지게 그의 뺨을 강타했던지, 파도가 부서지는 소리처럼 청량하기까지 했다. 그의 턱을 타고 흘러내린 맥주는 윤이의 가슴께를 적시고 있었다.

"으윽."

윤이는 찜찜한 기분에 그를 밀어냈고, 현도 뺨에서 흐르는 맥주를 손등으로 훔쳐 냈다. 그래봤자 이미 두 사람은 맥주로 홀딱 젖어 있었다.

"너 뭐야. 너 뭐냐고!"

그들이 맥주를 수습하기도 전에 여자가 소리쳤다. 윤이가 짜증스럽게 그녀를 보았다. 그녀는 펑펑 울며 말했다.

"나쁜 자식!"

윤이는 여자가 안쓰러웠다. 그래서 더 단호하게 말할 수 있었다.

"이쯤에서 헤어지세요."

여자는 헤어질 수 없다고 난리였다.

"내가 니들을 그냥 둘 줄 알아? 어?"

윤이도 물러서지 않고 말했다.

"얘 얼굴 이렇게 만든 거, 폭행으로 고소할 수도 있어요."

이현이 깜짝 놀라 고개를 돌려 쳐다봤지만 윤이는 오로지 그 여자만을 보고 있었다.

여자는 이제 현에게 소리쳤다.

"이 나쁜 새끼야! 내가 널 얼마나 사랑했는데! 내가 지금까지 만난 남자 중에 나보다 덩치 작은 남자는 너뿐이었다고!"

순간 윤이는 웃음이 터질 뻔하여 재빨리 제 입을 틀어막았다.

하지만 그다음, 이현이 한 말이 가관이었다.

"좋다며! 어? 내가 가늘고 날씬해서 좋다며! 내가 몸만 슬림하지, 거기도 슬림한 게 아니라고!"

윤이는 순간 짜증스런 표정으로 그를 보았다.

어우, 내 고막. 뭐? 뭐가 슬림하고, 뭐 어째?

그는 여자와의 말싸움을 계속하고 있었다. 여자가 소리쳤다.

"그래서 좋아했다고! 몸은 가늘고 날씬한데 힘이!"

윤이는 더는 들어 줄 수 없어서 소리쳤다.

"아무튼! 얘 내 거니까 그만하고 가요!"

자꾸만 그들의 모습이 상상됐다. 윤이는 빨리 이 상황을 끝내고 싶었다.

하지만 이내 정적이 흘렀다. 분위기가 영 이상하기에, 윤이는 현을 보았지만 멍청할 정도로 멍한 표정을 짓고 자신을 쳐다보고 있었다.

얘는 또 왜 이래.

그때 여자가 자리에서 일어섰다. 가뜩이나 큰 키에 힐까지 신은 여자는 상당히 위협적인 풍채로 윤이와 현을 내려다보았다.

윤이는 괜히 눈이 아래로 깔리려는 걸 꾹 참으며 이현에게 바짝 어깨를 붙이고 앉았다. 그는 여전히 얼떨떨한 얼굴로 윤이를 보고 있었다.

여자는 말했다.

"당신도 곧 차일 거예요. 쟤 완전 바람둥이니까."

순간 현이 여자를 봤다. 여자는 잠시 그를 째려보더니 이내 호프집을 뛰쳐나갔다.

윤이는 여자를 보며 생각했다.

내가 강의실을 뛰쳐나갈 때도 저런 꼴이었겠지.

연애라는 게 자기들은 신파여도 남들이 보기엔 코미디라고, 윤이의 눈에 여자의 뜀박질은 꼴사나움 그 자체였다. 그럼에도 윤이는 여자가 나간 문을 한참이나 보고 있었다.

"간 거야? 진짜 간 거야?"

그가 눈치 없이 물어 대는 통에 정신이 번쩍 들었지만 말이다.

윤이는 그를 노려보며 말했다.

"이 나쁜 개새끼야."

그리고는 그대로 호프집을 나왔다.

"어? 차왕!"

그의 목소리가 들렸지만 윤이는 돌아보지 않았다. 기분이 영 찜찜했다.

문을 열고 나오자 시원한 바람이 윤이의 뺨을 스쳤다. 그 여자도 이 바람을 맞으며 갔을까. 가슴께에 드는 한기를 느끼며 잠시 걸음을 멈췄다. 허겁지겁 호프집을 나온 현이 그녀의 팔을 붙들었다.

"야, 술이라도 한잔하고 가지 왜 그냥 가."

윤이는 한심하다는 얼굴로 그를 보았다. 그는 얘가 왜 이러나 싶은 표정이었다. 그의 눈가에 멍을 보며 윤이는 생각했다.

그래, 끼리끼리 논 거겠지.

여자 역시 즐기는 쪽이었다는 건 분명해 보였다. 끼리끼리 만나 즐거운 시간을 갖다가 헤어진다는데, 그게 뭐 그렇게 잘못인가 싶기도 했다.

"됐어."

그런데도 윤이는 화가 났다. 화가 나는 건 어쩔 수 없었다.

현이 다시 그녀의 앞을 막아섰다. 윤이가 그의 어깨를 세게 밀치며 말했다.

"비켜."

윤이의 얼굴은 분노로 불타고 있었다. 현이 그 표정을 모를 리 없었다. 그가 물었다.

"왜 자꾸 나한테 화내는데."

윤이는 여전히 그를 노려보고 있었다. 가슴이 부글거려 조금만 건드리면 눈물이 튀어나올 것 같은 기분이었다.

"네가 원하면 언제든지 그만둘 수 있어."

그가 말했고, 그녀의 눈시울이 순식간에 붉어졌다.

"나도 마냥 즐겁기만 한 건 아니거든."

그들은 진짜 이야기를 하고 있었다.

그러나 지금보다 한참 더 어렸던 윤이는 그의 진심에 진심으로 대답할 수 없었다. 아니, 어쩌면 그것이 그녀의 진심이었을지도 모른다.

그가 다시 한 번 그녀의 팔을 잡았다. 윤이는 그에게 말했다.

"놔."

하지만 그는 놓을 수 없었다. 그런 그를 경멸하듯 그녀가 말했다.

"그것 봐. 넌 내가 원한다고 해도 그만두지 못해."

순간 이현의 손에 힘이 풀렸다.

"내가 원하면 언제든 그만둔다고?"

윤이는 방금 전 이 길을 뛰어갔을 거구의 여자를 떠올리며 피식 웃었다. 결코 유쾌한 웃음이 아니었다.

"그게 의지로 되겠니? 의지로도 안 되는 게 있는 거야."

결국 현은 그녀의 팔에서 손을 뗐다. 그것이 그날의 결말이었다.

그 후 고백 비슷한 것은 없었다. 한동안 어색했던 그들은 또다시 자연스럽게 만나기 시작했고, 헤어지지 않은 채 많은 시간이 흘렀다.

분명 그때가 마지막이었을 거라고 생각했는데. 그는 다시 장난을 빙자해 마음을 표현하고 있었다.

대체 무슨 생각인 거야.

사실 의도가 무엇인지는 중요하지 않았다. 분명한 건 오랜 시간을 지나면서 그녀에게도 그때와 같은 경멸은 거의 남아 있지 않다는 것이었다. 대신 경멸이 사라진 자리에 불안감이 들어섰을 뿐이다. 이제 윤이는 불안해하고 있었다.

아직 답을 내리지 못한 탓이었다. 그가 또다시 성큼성큼 다가온다면 어떻게 해야 하는 걸까. 윤이는 불안함과 동시에 깊은 떨림을 느꼈다.

❖　　❖　　❖

윤이는 이별 대행업의 현실성에 대해 고민이 많았다. 구상은 했는데 도무지 실현 가능성이 보이지 않은 것이다. 그런 이별 대행업을 구체화시킨 사람이 이현이었다. 마침 그도 그 무렵에 백수였던 탓도 있었고, 그 역시 직장 생활에 큰 흥미를 느끼지 못할 때였다.

그도 윤이처럼 많은 직장을 오갔다. 전공을 살려 학원과 출판사에서도 일해 보았지만 영 체질에 맞지 않아 그만두기를 반복했었다.

그래도 이현은 자유로운 집안 분위기 속에서 자란 덕에 취업에 관한 스트레스는 적은 편이었다. 그렇다고 미래에 대한 고민이 없었던 건 아니라 그녀가 이별 대행업에 대해 말했을 때 귀가 번쩍 뜨이는 것을 느꼈다.

그에게 이별은 언제나 일어날 수 있는 일이었다. 오히려 처음 아이디어를 낸 윤이보다 이현이 구체적으로 사업 구상을 할 수 있었던 것은 그가 자란 환경 때문이었는지도 모른다.

그의 부모는 호적상으론 남남이었는데, 그의 부모는 이현을 갖게 되면서 사실혼 관계를 시작했을 뿐, 끝내 결혼이나 혼인신고는 하지 않았다.

현은 그런 부모의 선택을 적절히 이해하는 편이었다. 동시에 그들이 언제고 헤어질 수 있는 관계라는 것을 인식하고 있었다.

그런 관점에서 이별 대행은 연애 대행보다 더 많은 의뢰인을 모을 수 있다고 생각했다. 지금 이 시간에도 세상 곳곳에서는 이별이 이루어지고 있었기에.

문자로 이별을 고하는 것이 익숙한 가벼운 만남의 시대였다. 그 만남의 중심에 바로 그가 있었다.

윤이는 이별을 문자로 주고받는 것에 노발대발하는 눈치였지만, 사실 이현은 그런 이별 통보를 한 적이 있었다. 만남도 문자로 시작하는 마당에 이별이라고 문자로 못할 건 뭐냐고, 그는 대수롭지 않게 생각했다.

더군다나 이제부터 그들은 자신들의 잠재적인 의뢰인이

될 것이었다. 제대로 이별하지 못하는 사람들, 그들이 있어 그들의 이별 대행은 현실이 될 것이었다.

그렇게, 윤이의 상상으로 끝날 뻔했던 이별 대행 사업이 현실이 된 건 그의 판단력과 추진력 덕분이었다. 그는 자료를 모았고 아이디어를 내기 시작했으며, 이 사업을 시작해야 하는 이유에 대해 윤이에게 수시로 설명했다. 윤이는 오히려 황당하다는 얼굴로 되물었다.

"진짜 하자고?"

이현은 윤이에게 자신의 통장 잔고를 내밀며 말했다.

"정 안 되면 내가 오피스텔 전세 뺀다."

이현은 스무 살 때부터 독립을 해서 살았는데, 오피스텔 전세금은 그의 엄마가 해 준 것이었다.

"맘대로 빼도 돼?"

"그 정도도 내 맘대로 못 해? 자기들은 자기들 맘대로 살면서 나까지 낳았으면서."

그는 자기 상처에 솔직한 편이었다. 제멋대로 사는 부모를 만나 맘고생도 했지만, 동시에 자유롭게 사는 법도 터득했다.

다행히 이현이 전세를 뺄 일은 없었다. 윤이도 특별히 돈 쓰는데 취미가 없어 직장을 자주 갈아 치우면서도 모아 둔 돈이 몇 백은 있었고, 이현도 월급으로 받았던 돈은 대부분

모아 둔 상태였다.

윤이는 그가 그 많은 연애를 하고도 돈을 모았다는 사실이 믿기지 않아 물었다.

"여자를 그렇게 만나면서 어떻게 돈을 모아?"

"생활비는 아빠 카드로 쓰니까."

"설마 아직도 그 카드를 써?"

윤이가 아는 척을 하자 그가 화들짝 놀라며 되물었다.

"그걸 아직도 기억해?"

윤이라고 기억하고 싶어서 기억하는 건 아니었다. 카드와 관련된 그의 연애사라면 당연 명품백녀가 으뜸 에피소드였다.

"어디 그것만 기억하겠냐?"

윤이는 지겹다는 듯 대꾸했고, 현은 부탁조로 말했다.

"좀 잊어 주라."

윤이는 오히려 황당하다는 얼굴로 되물었다.

"내가 기억을 하고 싶어서 하는 걸까?"

그는 고개를 끄덕이며 마치 한풀이를 하듯 말했다.

"그래 다 내 탓이야. 네가 연애 못하는 것도 내 탓이고, 너한테 남자로 안 보이는 것도 내 탓이고."

윤이는 주먹을 날릴 수밖에 없었다.

"너야말로 잊어! 내 처절했던 연애사에 대해."

그는 피식 웃으면서도 끝내 자신을 남자로 안 본다는 것에 대해선 해명조차 않는 그녀가 섭섭했다.

하여튼 무심한 여자.

그런데도 그는 윤이의 마음이 자꾸 궁금했다. 그녀와 함께 하면 할수록 더 그랬다.

고심 끝에 그들은 이별 대행업을 하기에 좋은 사무실을 물색하기로 했다. 일단 보증금은 그간 모아 둔 돈으로 해결하면 됐으니 일단 알아보자는 게 그 시작이었다.

덕분에 나이 많은 중개인 아저씨를 고생시킨 했지만, 좋은 사무실을 얻은 덕에 사업을 시작할 수 있었다. 넓은 창과 높은 지대에 있었던 그 사무실에서 그들은 둥지를 틀고 사업에 대해 자세히 이야기를 나누기 시작했다.

누군가 들으면 어이없겠지만 그들의 사업 자체가 황당 그 자체였으므로 그들은 덜컥 사무실부터 얻고 봤다. 결과적으로 그들의 방식은 괜찮았다. 사무실을 얻자 이젠 발을 뺄 수도 없게 돼서, 그들은 빠르게 사업의 틀을 잡아 가기 시작했다.

홍대에 사무실을 얻은 뒤 그들이 가장 궁금했던 건 건물주의 실체였다. 계약을 할 때도 비서라며 대리인이 나와 건물주의 얼굴은 볼 수 없었다. 비서가 있는 걸 봐서는 돈이 꽤 있는 사람인가 보다 하고 추측했을 뿐. 그들이 사무실에 책상과 의자, 테이블 같은 것을 들이느라 요란을 떨 때도 주인은 보이지 않았다.

매일 아침, 윤이는 사무실로 가기 전 반대편에 있는 사무실을 봤다. 한 층에 두 개의 사무실이 있는 작은 규모의 건물이었다. 대부분이 예술가라더니 실제로 그들이 입주한 지 한 달이 지나도록 마주치는 사람은 한 사람도 없었다.

"진짜 입주를 하긴 한 걸까?"

그들은 의심하지 않을 수가 없었다. 그래도 밤이면 각 층마다 불이 들어오는 걸 보니 누군가 있긴 한 모양이었다.

그들이 입주를 하고 가장 먼저 한 일은 사업명을 짓는 것이었다. 고민 끝에 '훼방꾼들'이라는 사업명을 완성했다. 그 이름을 결정하기까지도 꽤 많은 충돌이 있었다. 현은 두 사람의 별명 앞 글자를 딴 '창카 이별 공작소'라고 짓자고 우기기도 했고, 무식한 이별을 예찬한다는 의미에서 '무별찬 이별 공작소'를 추천하기도 했다.

윤이는 특별히 생각나는 것은 없었지만 그런 이름은 절대 아니라고 생각해 그의 의견을 번번이 퇴짜 놓았다. 그러다 떠올린 단어가 훼방이었다.

두 사람의 10년 역사에 있어 훼방이라는 단어는 **빼놓을 수**

없었다. 윤이가 '훼방꾼?' 하고 운을 뗐을 때 이현이 눈을 반짝이며 '훼방꾼들!' 하고 고개를 끄덕였다. 그들은 퍼즐 조각을 제대로 맞춘 기분을 느꼈다.

이내 훼방꾼들의 커뮤니티 카페와 SNS 계정이 만들어졌다. 그들은 계정을 통해 연애 상담부터 시작해 이별 대행 문의를 받았다.

단순히 상담과 문의만 받기엔 카페와 SNS 계정을 채울 수가 없어서 고민 끝에 사랑과 이별에 대한 글을 쓰기 시작했다. 두 사람 모두 국문학과를 졸업한 덕에 글을 쓰는 일엔 큰 어려움이 없는 편이었다.

훼방꾼들의 카페와 SNS 계정은 점차 입소문을 타기 시작했다. 과거 블로그와 카페 홍보 대행 일을 해 보았던 윤이의 주도로 유명한 커뮤니티에 홍보 글을 올리기 시작했고, 현은 많은 인맥을 동원해 SNS 계정 홍보를 맡았다.

다행히 이별 대행업이라는 생소한 사업체라는 사실이 홍보 효과를 만들어 냈다. 방문하는 사람들도 반신반의하며 글을 남겼다.

진짜 이별 대행을 한다고요?

그것은 두 사람도 확답할 수 없는 질문이었다. 그러나 그들이 카페와 SNS 계정 홍보만 한 지 두 달이 지났을 때, 거짓말 같은 일이 벌어졌다.

의뢰 문의에 처음으로 새 글이 등록된 것이다. 처음엔 윤이와 현, 모두 믿지 못했다.

"저거 내 눈에만 보이니?"

먼저 발견한 건 이현이었다. 어리둥절한 목소리에 윤이는 또 뭔가 싶어서 그의 자리로 갔다.

하지만 그가 보고 있던 모니터를 보던 윤이의 눈도 이내 휘둥그레지고 말았다.

"나도…… 보이는 거 같은데?"

보고 있었음에도 나도 분명 보인다고, 그렇게 말할 수밖에 없을 만큼 얼떨떨하고 동시에 벅찬 순간이었다.

사실 그들은 딱 반년만 버텨 보자는 심정이었다. 반년이 지나도 영 가망이 없어 보이면 과감하게 때려치우자고 생각했다.

어차피 취업은 적성에 안 맞고, 나이도 먹어가고, 직장을 나노 단위로 그만둔 우리를 누가 또 뽑아 주겠냐며, 그들은 뭉쳤다. 마지못해 함께하는 듯했지만 실은 아주 자연스러운 결합이었다.

두 사람은 모니터로 들어갈 기세였다. 그들은 머리를 맞대고서는 연신 중얼거렸다.

"헐."

"와."

그들 중 누구도 확신할 수 없었던 일이 벌어진 것이었다. 그것은 훼방꾼들의 진짜 시작을 알린 순간이었다. 기다리고 기다렸던 첫 의뢰가 들어온 것이다.

3. 훼방의 이유

3. 해방의 이유

이별은 늘 불결했다. 윤이가 아는 이별은 그랬다. 언제나 찜찜함을 남기고 나중에 실체가 드러나는 수순을 밟았다.

한 번은 웹 서핑을 하던 중 불과 1년 전에 사귀었던 남자가 아이의 돌 사진을 찍은 걸 본 적도 있었다. 윤이는 한참이나 고민했다. 하지만 아무리 조산을 한다 하더라도 아기는 최소 7개월 이상은 배 속에 있어야 한다는 사실을 부인할 수 없었다.

윤이는 사진 속 그의 시계에서 눈을 뗄 수 없었다. 데이트를 할 때마다 차고 나왔던 시계였다. 꼭 예물 같아 보인다고 했더니 그다음부터는 시계를 차고 나오지 않았었다.

"애가 있었어. 애가."

그는 사정이 있어서 더는 만날 수 없다고 말했었다. 그 사정이 아기였을까, 생각하며 자신의 연애 중단 선언은 옳았다고 여겼다.

"이런 썩은 눈으로 무슨 남자를 만난다고."

윤이는 이 얘기만큼은 현에게 들키지 않기 위해 원래의 주량을 회복하려 단련하고 있었다.

윤이는 최근 안나를 만났다. 안나는 윤이가 처음 입사한 광고 대행업체 직장 동기였다. 그녀는 윤이가 L군 사건으로 인해 그 회사에서 잘린 뒤 비슷한 규모의 다른 광고 대행사로 이직했다. 그녀는 윤이가 당한 L군 사건의 부조리함에 대해 깊은 정의감을 느낀 것이었다.

처음 그녀의 문자가 도착한 건 퇴사하고 며칠이 지나서였다.

〈윤이 씨, 나 최안나예요. 입사 동기. 기억해요?〉

안나는 푸근한 인상을 가진 여자였는데, 윤이 바로 옆에 앉았었다. 그녀는 윤이보다 세 살이나 많았지만 지금도 존댓말을 썼다.

안나는 정해 둔 선을 정확히 지키는 여자였는데, 당시 지금보다 한참 어렸던 윤이의 눈엔 그녀가 다소 정이 없어 보였다. 그런 이유로 그들은 함께 인턴을 하면서도 대화 한 번제대로 나눈 적이 없었다.

하지만 회사 밖에서 만난 그녀는 의외로 의리 있고 뚝심이 있었다. 현재는 당시 옮긴 직장에서 팀장이 됐다고 했다.

"작은 회사라 금방 팀장이 되더라고요."

오랜만에 만난 그녀들은 그간의 회포를 풀었다. 윤이는 그녀에게 자신이 하게 된 이별 대행업체에 대해 이야기했다. 안나는 의외로 놀라지 않았다. 그러면서 뭔가를 이야기하고싶은 눈치였는데 윤이는 주량 단련에 실패해 상당히 취해 있었다.

결국 안나는 어떤 이야기도 하지 못했고, 몸도 가누지 못하는 윤이를 택시에 태워 집까지 데려다준 뒤 자신의 집으로 돌아갔다.

그래서 윤이는 그 자리에서 안나를 만나게 될 거라곤 생각도 못 하고 있었다.

그날은 훼방꾼들이 첫 의뢰인과 만나는 날이었다. 한껏 멋을 낸 이현과 웬일로 폭탄 머리를 단정히 빗어 묶은 윤이는 초긴장 상태로 대기 중이었다.

얼마 뒤 사무실 문이 열렸을 때, 현은 재빨리 문으로 달려갔다. 윤이는 자리에서 일어서다 말고 멍하니 문 너머를 보았다.

현은 어느새 의뢰인의 두 손을 꼭 붙든 채 반가워하고 있었다. 윤이의 입에서 나온 한 단어에 현도 놀랄 수밖에 없었다.

"언니……."

그가 화들짝 놀라며 두 여자를 번갈아 보았다.

"아는 사이?"

그는 윤이에게 물었고, 윤이는 고개를 끄덕이더니 안나에게 다가갔다.

"언니, 설마…… 아니죠?"

윤이는 그때까지도 우연의 일치라고만 생각했다. 도대체 이 시간에 어떻게 언니가 온 거냐고 물으려는 순간 안나가 말했다.

"나 맞아요."

윤이는 믿기지 않아 다시 물었다.

"뭐가요?"

그녀가 무안한 미소로 말했다.

"훼방꾼들의 첫 번째 의뢰인?"

안나와 윤이, 이현이 실내 포장마차에 마주 앉았다.

"그러니까 5년 사귄 남자 친구랑 헤어지고 싶다는 거예요?"

윤이에게 5년을 사귄 남자 친구 같은 건 없었다. 그건 그녀가 갖고 싶었지만 지금껏 가져 본 적이 없는 것 중 하나였다. 윤이는 그런 사랑을 끝내려는 그녀의 선택이 다소 아쉬웠다.

그러나 훼방꾼들에게 의뢰인이 필요한 건 사실이었다. 이현은 어찌 됐든 첫 의뢰인이 왔고, 이 의뢰를 잘 성사시키는 것이 훼방꾼들의 초석이 될 거라고 생각했다.

"어떤 식의 이별이 좋겠어요?"

윤이는 그를 째려보며 말했다.

"지금 그게 중요해?"

하지만 안나는 현의 말에 대답했다.

"그 친구가 내 선택으로 인해 좌절하지 않는 쪽이면 좋겠어요. 이제 막 새로운 인생을 시작했는데 비참하게 만들고 싶지 않아요."

윤이는 알 수 있었다. 안나는 이 이별 대행을 정말 할 생각이었다. 5년의 사랑을 왜 굳이 이별을 대행하면서까지 끝내려 하냐고, 헤어질 수 없는데도 이유가 있지 않느냐 묻고 싶었지만 윤이는 입을 꾹 다물어야 했다.

"아름다운 이별을 원한다는 거예요?"

이현이 물었다. 안나는 고개를 끄덕였다. 그가 윤이를 보며 물었다.

"여자들은 다 그래?"

윤이는 그를 째려보았다.

아름다운 이별과 무식한 이별. 이별 대행 사업을 구상하면서 윤이와 이현이 가장 대립한 부분이었다. 윤이 역시 안나처럼 아름다운 이별을 선호했다. 윤이는 추억이라도 아름다워야 한다는 입장이었다. 그런 이별을 해 본 적이 없었기 때문에 더 그랬을지도 모른다. 그러나 이현은 결코 가능하지 않다고 대답했다.

"그건 두 사람이 합의하에 해도 될까 말까야."

그들의 이별 대행에 아름다운 이별이 가능하지 않은 이유는 하나, 한쪽만 이별을 원하기 때문이었다. 그러나 실은 대부분의 이별이 그랬다. 주로는 쌍방 합의가 어려운, 그래서 지저분하게 끝날 수밖에 없는 것.

훼방꾼들의 카페나 SNS 계정에 올라오는 상담 글도 대부분 그랬다. 남들이 보기엔 찌질하고 코미디 같은 이야기들이었다. 애인이 바람을 피웠다, 여자 친구 덕분에 무성욕자가 되어 가고 있다 등등. 훼방꾼들의 하루 일과는 카페와 SNS에 도착한 상담들을 검토하며 시작됐다.

저는 제 여자 친구를 정말 사랑하는데 가족들이 반대해요. 헤어져야 할까요?

글을 본 이현이 가족들이 왜 반대를 하는 거냐고 물었더니 다시 글이 달렸다.

부모님을 만나서 식사하는 자리에 너무 긴장이 된다고 소주를 한 병 마시고 왔더라고요.

이현은 그 여자 참 매력 있다고 중얼거리며 답을 달았다.

놓치지 마세요. 지금 당장 결혼할 것도 아닌데 뭘 헤어져요?

또 다른 경우의 글도 달렸다.

남친이 제 성형 사실을 알아 버렸어요. 헤어지자는데 어떡하죠?

윤이는 거침없이 답변을 달았다.

헤어지세요. 성형하느라 돈도 들고 고생도 했을 텐데 그걸 몰라주는 남자라니.

그러나 이런 경우 딱 봐도 헤어질 생각보다는 헤어지고 싶지 않은 쪽으로, 훼방꾼들의 고객이 될 가능성은 적은 사람들이었다. 그럼에도 그들의 이야기를 읽고 댓글을 다는 이유는 하나 그들의 이야기 속에서 힌트를 얻을 수도 있기 때문이다.

어떤 상담자는 여자인데 나이가 서른여덟이라 최근 소개팅도 거절당했다는 사연을 적어 왔다. 이별과는 관련이 없는 상담이었지만 어차피 상담 내용에 제약이 있는 것도 아니었다.

서른여덟이라 소개팅도 퇴짜를 맞았습니다. 지금껏 제 인생을 잘 살아왔다고 믿었는데, 요즘엔 연애를 너무 늦게 시작해 이 지경이 된 건 아닌가 싶어 자괴감이 들어요. 서둘러 결혼하고 싶은데 무엇과 이별해야 할지 모르겠네요. 이제는 주변의 친구들까지 저에게 스트레스를 줘요.

그러면서 마지막엔 이별에 대한 주제를 놓치지 않는 그녀
의 센스는 꽤나 탁월해 보였다. 이 글에 답변을 단 것은 윤이
였다.

뭘 잘못하신 것 같지 않은데요. 그때까지 본인의 인생을 잘 사
셨다면서 왜 굳이 결혼을 필수로 생각하시나요? 결혼은 선택의
문제입니다. 남자도 없는데 결혼부터 생각하는 건 시간 낭비 아
닐까요? 지금껏 해 오신 대로 자신의 인생에 더 집중하세요. 헤
어져야 하는 사람은 당신에게 스트레스를 주는 친구들일지도 모
릅니다. 새로운 친구들을 만드세요. 당신의 인생과 닮은 인생을
사는 친구들도 좋아요. 당신을 지지해 주는 친구들이 분명 있을
거예요.

그러면서 윤이는 같이 사무실 안에 있던 이현을 흘끗 바라
보았다.
내 인생을 지지해 주는 친구…….
윤이에게는 늘 그가 있었다. 그녀가 구상만 하고 있던 이
별 대행업체에 진심으로 뛰어든 친구.
생각해 보면 그는 언제고 그녀의 곁을 떠날 수 있었다. 진
정한 사랑을 찾을 수도 있고, 다른 일을 할 수도 있고. 그러

다 보면 자연스럽게 멀어질 수도 있었다. 언제까지고 그들의 관계가 이어질 수 있다는 보장은 없었다.

물론 지금처럼 계속 살아갈 수도 있겠지만.

윤이는 스스로 이현을 떠나는 걸 생각은 하지 못한 채, 그가 사라질 자신의 일상에 대해서 생각하고 있었다. 윤이는 처음으로 알았다. 그가 없는 일상에 불안함을 느낀다는 것을.

윤이의 생각이 잠시 멈춰 있는 사이, 이현은 안나에게 상담자들의 이야기를 들려주며 단호하게 말했다.

"동시에 마음이 식어 버리는 관계가 없는 것처럼, 동시에 이별을 원하는 커플은 없어요. 그래서 안나 씨도 훼방꾼들을 찾아온 거잖아요."

단호한 의미와 다르게 이현은 부드러운 어조로 말했다. 윤이는 그에게 있는 특유의 자상함에 대해 익히 알고 있었으나 어쩐지 불편해서 괜히 딴청을 부렸다.

"이현 씨 말이 맞네요."

안나가 이현의 말에 동의했다.

"이미 몇 번 시도했지만 헤어질 수 없었어요."

그녀는 자신의 이야기를 시작했다.

안나의 집은 원래도 넉넉하지 못한 형편이었지만 개인의 인생을 포기해야 하는 정도는 아니었다. 문제는 3년 전에 벌어졌다.

그녀의 아버지가 교통사고로 척추를 다친 것이다. 아버지가 일을 그만두게 된 것은 기본, 안나의 어머니가 번 돈 대부분은 병원비로 들어가게 됐다.

안나는 월급의 반을 집에 보태게 됐고, 결혼 준비는커녕 생활도 빠듯해졌다. 그럼에도 애인을 사랑했고 또 믿었다. 그가 고시에만 붙으면 모든 것이 수월해질 거라고, 희망찬 미래를 만들어 낼 수 있다고 말이다.

"근데 고시에 붙는 게 참 어려운 일이더라고요."

그는 재수, 삼수, 사수를 했지만 결국 고시에 붙지 못했다. 그녀는 점차 지쳐 갔고, 결국 그는 안나를 위해 취업을 선택했다. 그러나 그마저도 정규직이 보장되지 않은 인턴에 박봉이었다.

듣다 못한 이현이 말했다.

"인턴 기간이 끝나면 정규직으로 채용될지도 모르잖아요."

하지만 안나는 그 정도로는 자신의 상황이 바뀌지 않는다고 생각했다.

"나는 안정적인 직장을 가진 사람과 결혼하고 싶어요. 내 나이가 벌써 서른둘이에요. 이러다 결국 헤어지지 못하고 그 사람이랑 결혼하게 될까 봐 두려워요."

안나는 그토록 사랑하는 그와의 결혼이 재앙이 될까 봐, 그래서 사랑했던 시간마저 원망으로 묻혀 버릴까 봐 두려웠다.

윤이와 현은 서로를 보았다. 그녀의 이야기는 글로 읽는 것과는 체감부터 차원이 달랐다.

다음 날 아침, 윤이는 이현에게 문자를 보냈다.

〈나 오늘 좀 늦어.〉

이미 사무실에 도착해 있었던 이현이 무슨 일인가 싶어 전화를 걸었지만 윤이는 받지 않았다.

이현은 우선 안나가 원하는 이별 방식을 두고 고민을 시작했다. 훼방꾼들이 생각하는 이별 시나리오는 기본적으로 5가지 분류였다.

1. 다른 사람이 생겼다.
2. 의뢰인의 건강에 문제가 생겼다.
3. 집안의 반대가 심하다(혹은 집안사람들이 이상하다).
4. 나는 문제가 많은 사람이니 네가 떠나라.
5. 의뢰인이 원하는 시나리오대로 구성한다.

안나의 경우는 3번을 원했다. 그럼에도 1번은 피하고 싶다는 게 안나의 생각이었다.

이현은 고민을 시작했다.

집의 반대…….

두 사람은 벌써 5년을 사귄 연인이었다.

서로의 부모님을 한 번은 봤을 거고…….

이현의 펜 끝이 책상에 부딪혔다 떨어지기를 반복했다.

3번만으론 좀 약한데.

이현이 시나리오와 씨름하는 사이 오전이 지났다.

"얜 왜 이렇게 안 와?"

그가 다시 전화를 걸려던 차였다.

불현듯 사무실 문이 열리더니 한 여자가 머리를 찰랑거리며 들어왔다. 그는 기겁을 하며 자리에서 일어났다.

"야, 너…… 머리!"

그 여자는 윤이였다. 찰랑거리는 머리는 둘째치고 옷차림부터 달랐다.

예상했던 반응이지만 윤이라고 제 머리카락이 자연스러운 건 아니어서 모른 척 재빨리 자리로 가 앉았다.

한참 동안 넋 놓고 윤이를 쳐다보던 이현은 갑자기 자리에서 벌떡 일어났다. 그는 윤이의 곁으로 바짝 다가가더니 물었다.

"진짜 머리야?"

윤이가 짜증스럽게 말했다.

"왜, 가발일까 봐?"

하지만 현은 듣는 둥 마는 둥 다시 물었다.

"소개팅이라도 해?"

늘 뽀글뽀글하게 부풀어 있던 머리카락들이 저렇게 한순간 두피에 붙어 버리다니. 현은 믿기지 않아 그녀의 머리카락을 들춰 보았다. 윤이는 귀찮다는 듯 그를 밀어냈다.

"저리 가."

윤이는 계속해서 목덜미에 달라붙는 거추장스러운 머리카락을 손으로 쓸어 넘겼다. 그는 그럴 때마다 찰랑거리는 머리카락에서 눈을 뗄 수 없었다.

"그만 봐!"

기어코 윤이가 소리를 친 후에야 그는 서둘러 자리로 돌아갔다.

그날 아침 윤이가 단골 미용실의 문을 열고 머리를 부탁했을 때도 원장도 현과 똑같은 표정으로 되물었었다.

"매직을 한다고?"

그녀는 눈이 휘둥그레져서 묻더니, 이내 앉으라고 말하고 는 창고로 사라졌다.

5분 즈음 기다렸을까. 창고에서 나온 원장의 양손에는 둥 그런 통에 든 파마약과 검은색 고데가 들려 있었다.

현은 윤이의 말을 들으며 기겁했다.

"그 미용실에서 머리를 폈다고? 할머니 파마만 하는 곳이 라며."

윤이는 뭘 모른다며 혀를 차더니 말했다.

"너 매직 해 본 적 없지."

이현은 멍하니 고개를 끄덕였다.

"매직의 포인트는 고데를 누르는 힘이야. 그 아줌마 팔뚝 이 내 허벅지만 하다고."

그러면서 제 허벅지를 가리키는 그녀였다. 현은 윤이의 허 벅지를 물끄러미 보다가 물었다.

"네 허벅지는 가늘잖아."

윤이가 답답하다는 듯 말했다.

"그래도 이게 팔뚝에 있으면 굉장한 굵기라니깐."

"흠……."

그는 최대한 상상해 보려 애쓰는 중이었다.

"그런 팔뚝으로 고데를 꾹꾹 누르니까 순식간에 다 펴지 더라고."

사실 현은 윤이의 이야기에 집중할 수 없었다. 그녀가 자신의 허벅지를 가리켜서도 아니었고, 아줌마의 팔뚝이 그 허벅지만 해서는 더더욱 아니었다.

　심경에 변화가 생긴 건가?

　스무 살 이후, 윤이의 머리 모양이 바뀐 건 처음이었다. 거기다 옷차림은 또 어떻고. 윤이는 단정한 흰색 블라우스에 검정색 스키니 진을 입고 있었다. 원래도 마른 줄은 알았지만 지금껏 펑퍼짐한 티셔츠나 롱스커트를 입고 다닌 탓에 몸매가 잘 드러나지 않았었다. 현은 그녀가 문을 열고 들어오는 순간부터 어디에 시선을 둬야 할지 알 수 없었다. 찰랑거리는 머리카락에 시선을 고정시킨 건 그로선 최선의 선택이었다.

　반면 윤이는 언제고 머리를 펼 수 있는 입장이었다. 현이 폭탄 머리라고 부르던 그 머리도 스스로 원해서 한 것이었고, 사실상 그녀로선 늘 생머리로 살다가 스무 살 무렵 처음으로 파마를 한 것이었다. 윤이로선 머리를 펴고 나니 마치 어린 시절로 돌아간 것 같아 재밌기도 하고, 좀 쑥스럽기도 했다.

　그녀는 늘 뽀글거리는 머리에 맞춰 펑퍼짐한 셔츠나 롱스커트를 즐겨 입었지만, 머리 모양이 바뀌었으니 옷도 바뀌는 건 당연했다.

사실 그녀의 옷장은 온통 뽀글거리는 머리에 적합한 옷들 분이었지만 다행히 그날 아침 옷장 깊숙한 곳에서 어깨가 딱 맞아떨어지는 단정한 흰색 셔츠와 신축성이 좋은 검은색 스키니 진을 발견할 수 있었다. 회사에 다닐 때 입었던 옷 중 하나였다.

　여전히 고민 중이던 현이 다시 물었다.

　"솔직히 말해 봐. 이번엔 훼방 안 놓을게. 소개팅해?"

　윤이는 이제야 그의 시선이 무엇을 의미했는지 이해할 수 있었다.

　"하면 뭐 어쩔 건데?"

　그가 당황한 얼굴로 말했다.

　"아니, 뭐. 응원해 주려고 그러지!"

　윤이가 코웃음을 치며 말했다.

　"똥으로 메주를 쑨다고 해라."

　그는 어쩐지 웃을 수 없었다. 갑작스런 변화가 심정을 대변해 주는 것 같아 아주 심란했다. 윤이가 연애 중단 선언을 한 지도 1년이 지나고 있었다. 현은 그녀가 또 어떤 놈팡이한 테 빠졌기에 곧 죽어도 안 바꿀 것 같던 머리 모양까지 바꿨나 싶었다.

　연애 중단을 선언하기 직전, 그녀는 자신에겐 왜 이상한 남자만 꼬이는 거냐며 불만을 털어놨었다.

"내가 쉬워 보이나?"

그녀의 말에 이현이 단호하게 말했다.

"세상에 너처럼 파격적인 폭탄 머리를 한 여자를 쉽게 보는 남자는 없어."

윤이는 다시 고민하더니 말했다.

"그럼 좀 쉬워 보여야 하나?"

그 후로 얼마 지나지 않아 윤이는 연애 중단을 선언했다. 제대로 된 연애를 하기 위해 당분간 연애를 멈추겠다는 것이었다.

이현은 대찬성이었다. 그가 보기에 윤이는 연애를 멈출 필요가 있었다. 별 볼 일 없는 남자를 만나 겨우 석 달을 만날까 말까 하다가 헤어지고, 또 헤어지고.

그녀의 연애는 한마디로 끈기가 없었다. 상대가 별로라는 것도 문제였지만 윤이 스스로도 오래가는 관계를 필요로 하지 않는다는 것도 문제였다.

간혹 그녀에게 관심을 갖는 남자들 중 괜찮은 사람도 분명 있었다. 윤이가 나 몰라라 했을 뿐.

그럴 때마다 이현은 그녀의 보는 눈이 정말 형편없다는 것을 확신했었다. 그러나 윤이의 기억에 그가 괜찮다고 말한 남자들은 대부분 우유부단하고 주관이 없는 사람들이었다. 그들은 외강내유의 그녀에겐 연애 상대로 고려할 대상이 될 수 없었다.

현은 갑작스럽게 머리를 핀 모습이 연애할 준비가 되어 있다는 의미로 느껴져 불안해졌다.

"연애 중단 선언, 이제 끝난 거야?"

마우스를 막 잡았던 윤이의 손이 바들바들 떨리기 시작했다. 진동이 이현의 책상까지 느껴질 정도였다.

그는 머리에 뭔가가 날아올 것을 각오하며 방어 자세를 취했다. 무선 마우스를 잡은 윤이의 손이 몇 번이고 움찔거렸다. 그럴 때마다 그의 몸도 움찔거렸다. 그녀는 참다못해 소리쳤다.

"아, 진짜! 이제부터 진짜 일을 해야 할 거 아니야. 앞으로 계속 의뢰인이 온다는 전제하에! 내가 파마 머리를 휘두르고 이별 대행을 다니면 너무 눈에 띌 거 아니야. 그래서 바꿨어! 연애 중단을 그만두냐고? 야! 남자가 있어야 그만두지! 그건 내 의지로만 관둘 수 있는 게 아니라고!"

그는 모니터 아래로 머리를 숨겼다. 윤이는 한바탕 쏟아내고도 속이 시원하지 않아 한마디를 더 쏘아붙였다.

"아, 진짜 이상하네. 내 머리에 왜 이렇게 관심이 많아!"

그러면서 신경질적으로 마우스를 휘두르는데 그가 또다시 눈치 없는 말을 던졌다.

"나 원래 네 머리에 관심 많잖아."

윤이는 이글거리는 눈으로 째려보았지만 다시 모니터 아래로 고개를 숙인 그의 입가엔 미소가 번지고 있었다.

안나의 이별 시나리오는 그녀가 원한 3번과 이현이 추가한 4번이 결합된 구성으로 완성됐다. 훼방꾼들 카페의 상담 글 중 부모님을 만나는 자리에 여자 친구가 술을 먹고 왔다던 사연에서 아이디어를 얻은 것이었다.

"한마디로 안나 씨가 애인의 부모님을 만나는 자리에서 진상을 피우는 시나리오지."

윤이는 식겁하며 되물었다.

"그게 말이 돼? 연기를 해야 한다는 소리잖아. 안나 언니가 이런 연기를 어떻게 해?"

하지만 그녀의 우려와 달리, 안나는 시나리오를 훑어보더니 결연한 표정으로 말했다.

"해 보죠."

윤이는 말도 안 된다며 고개를 저었고, 이현은 역시 그럴 줄 알았다는 듯 위풍당당한 미소를 지어 보였다.

시나리오는 나쁘지 않았다. 안나는 수혁에게 최소한의 상처만 주기를 원했는데, 이현의 시나리오는 안나의 캐릭터를 조금 망가뜨리는 대신 수혁에게 상처를 덜 주는 방향으로 짜여 있었다.

이현은 안나의 요구에 따라 시나리오를 작성하면서도 그 입장을 완전히 이해하는 건 아니었다. 안정적인 직장을 가진 남자를 통해 안정적인 미래를 꿈꾼다.

그는 안정적인 직장 같은 것을 믿지 않는 사람이었다. 이현도 그랬지만 윤이 역시 안정적인 직장이라는 걸 다녀 본 적이 없었다. 세상엔 안정적이지 않은 직장이 더 많이 존재하는 법이었다.

불현듯 이현이 말했다.

"좀 기다려 주는 건 어때요? 석 달만. 안나씨 애인도 많이 노력하고 있잖아요."

하지만 그녀는 단호했다.

"맞아요. 근데 나는 스무 살 때부터 일을 해서 너무 지쳐 있거든요. 결혼하면 당분간 좀 쉬고 싶어요. 적어도 나한테 그래도 된다고 말이라도 해 줄 수 있는 사람과 결혼하고 싶어요. 안정적인 직장을 가진 남자요."

"안나 씨가 말하는 안정적인 직장을 얻는다는 건 결국 공무원이나 대기업에 정직원이 되거나, 그런 거예요?"

그녀는 부정하지 않았다.

"맞아요."

그는 안쓰러운 마음으로 말했다.

"후회할지도 몰라요."

그러자 안나도 진심으로 말했다.

"후회하겠죠. 그 사람, 좋은 사람이거든요."

두 사람의 신경전을 지켜보던 윤이는 기분이 묘했다. 마치 자신이 두 사람 사이에 끼어 있는 오묘한 기분이었다.

이현은 이내 수긍하며 말했다.

"좋아요. 그럼 일단 애인의 부모님을 만나기로 약속을 잡아요. 그리고 그 자리에서 안나 씨를 찾아갈 불량한 남자가 있어야 하는데…… 제가 할게요. 빚 독촉을 하는 남자."

구체적인 시나리오는 이랬다.

안나가 애인의 부모와 만나는 자리에 대부업자가 찾아온다. 안나의 집안 형편이 어렵다는 개연성을 살려 대부업자를 등장시켰다.

좀 독한 상황이 필요한 것도 하나의 이유였다. 안나는 그 자리에서 독한 연기를 펼치면서 자신의 빚이 몇 억은 된다는 식으로 애인의 부모님을 놀라게 해야 했다.

이현은 시나리오에 대해 더 설명하려다가 문득 물었다.

"근데 애인 이름이 뭐예요?"

그는 내내 안나의 애인을 '안나 애인'으로 표기하고 있었다.

"수혁이요."

안나의 입술이 파르르 떨렸다.

"아아."

이현은 대수롭지 않게 그 이름을 시나리오에 적었고, 안나는 한 번 더 나지막이 그 이름을 말했다.

"정수혁."

그런 그녀의 표정을 윤이가 보고 있었다.

안나가 돌아간 뒤 두 사람은 늦은 저녁을 먹을 겸 사무실을 나왔다. 첫 의뢰부터 불편한 마음이 한가득이었다. 늦은 저녁을 핑계 삼아 그들은 찜닭과 소주를 시켜 놓고 마주 앉았다.

윤이는 내내 안나의 표정이 마음에 걸렸다.

"정수혁."

이름을 말하면서 파르르 떨리던 입술이 걸렸다. 얼굴에 비친 슬픔이 너무 짙어 윤이는 마음이 편하지 않았다. 안나가 여전히 수혁을 사랑하고 있다는 방증이나 다름없었다.

하지만 안나의 결심은 확고했다. 그녀가 확고하다는데 멋대로 마음을 짐작할 수도 없었다.

"어떤 사람일까?"

"글쎄. 몇 년째 고시 준비를 했다고 하니까 좀 어두운 느낌이려나?"

그들은 창가 자리에 앉아 있었다. 윤이는 뿔테 안경을 쓰고 추리닝을 입은 남자 고시생을 떠올려 보았다. 창밖으로 삼삼오오 모여 어디론가 향하는 사람들이 보였다.

윤이는 저 거리 어딘가에서 안나와 아직 얼굴을 모르는 수혁이 나란히 걷고 있는 모습을 상상해 보았다. 무려 5년이라는 시간을 함께한 그들이었다.

윤이의 머리카락이 조명 아래서 차르르 빛나고 있었다.

계속 봐도 적응이 안 되네.

이현의 시선이 자연스레 머리카락이 닿은 가는 목으로 옮겨 갔다.

윤이가 돌아봤을 땐 그는 멍하니 목 아래 어딘가를 보고 있었는데, 그 시선을 따라 고개를 숙이다 제 가슴을 보고 이를 꽉 물었다. 그녀의 손이 자연스레 숟가락을 집었고, 그는 자신을 향해 들린 숟가락에 식겁하며 소리쳤다.

"뭐야! 왜!"

하지만 숟가락은 여전히 공중에 들려 있었다.

"왜 그러는데, 내가 또 뭘 잘못했냐고!"

윤이가 숟가락을 휘두르며 말했다.

"어딜 봐, 어딜 보냐고. 이 음탕한 자식 진짜!"

그는 그제야 자신의 시선이 윤이의 가슴 언저리에 머물러 있었다는 것을 알았다. 하지만 이런 상황에선 일단 아니라고 잡아뗄 필요가 있었다.

"야, 아니야! 안 봤어. 진짜야!"

그녀는 완전히 믿진 못하면서도 차라리 그의 말이 진실이길 바라며 천천히 숟가락을 내렸다. 그가 그 말만 하지 않았어도, 숟가락은 얌전히 테이블 위에 안착했을 것이었다.

"뭣 좀 생각하다가 그냥 눈이 멈춘 게 거기야. 솔직히 난 거기가 가슴인지도 몰랐다고!"

결국 숟가락은 이현의 이마로 날아갔다.

"으악!"

식당 안의 모든 시선이 그들에게로 향했다. 부끄러운 건 이현의 몫이었다. 그는 새빨개진 이마를 문지르며 주변을 둘러보았다.

"아우, 진짜 쪽팔려서."

그가 그러거나 말거나, 윤이는 열불이 나서 찬물만 벌컥벌

컥 들이켰다.

곧 주문한 것들이 나오고 소주가 테이블에 놓이자마자 윤이는 잔을 채우기 시작했다. 그 모습이 그리 낯선 것도 아니어서 그는 윤이의 앞에 숟가락과 젓가락을 반듯하게 놔주었다. 설마 아직까지 가슴 얘기에 화가 나 있는 건가 생각할 뿐이었다.

윤이는 내리 몇 잔을 들이켠 후에야 입을 열었다.

"사랑하는데 헤어지기도 해? 그런 건 드라마 속에서나 보던 거잖아."

그는 그제야 윤이의 자작을 이해하며 이마를 긁적였다. 그러니까 안나와 수혁의 이별이 안타깝다는 얘기였다. 현이 말했다.

"너도 좋아하지만 차여 봤잖아."

"비슷한 거라고?"

"심정은 비슷한 거 아닐까?"

"그래도 5년인데."

윤이가 깊은 한숨을 내쉬었고, 현은 대수롭지 않다는 듯 말했다.

"글쎄. 수십 년을 산 부부도 헤어질 때 이유가 성격 차이인데, 5년을 연애했다고 헤어지지 못할 건 없지."

얼마의 기간을 만났든 이별은 비슷한 모양이었다. 흔한 이혼 사유가 성격 차이이듯이, 사랑할 때는 보이지 않거나 참을 수 있었던 것들이 감정이 식으면서 헤어져야 할 이유가 됐다. 대부분의 이별 사유가 성격 차이인 건 이별이 잘잘못의 기준으로 따질 수 있는 문제가 아니라는 뜻이었다.

현은 그녀의 잔을 채워 주었다.

"서로를 알아 온 시간이 아깝다."

그녀가 잔을 비우다 불현듯 이현을 보며 질문을 했다.

"결혼을 꼭 해야 돼?"

그는 흠칫 놀라 윤이를 보았다.

순간 자신의 엄마가 떠오른 탓이었다. 아빠와 사랑했고 아들인 자신을 낳았지만 끝내 결혼을 거부했던 여자. 이현은 어쩐지 가슴이 서늘해져 자신의 잔을 채웠다.

그러나 윤이는 그의 기분을 알아차릴 수 있는 상태가 아니었다.

"5년을 사랑한 사람이었는데, 지금도 사랑하고 있는데 대체 왜!"

그새 술에 취한 윤이를 보며 현은 정말 믿을 수 없다는 듯이 중얼거렸다.

"머리를 피더니 주량이 줄었나?"

삼손이 머리카락을 밀고 힘이 사라진 것처럼 윤이도 폭탄머리를 제거하니 주량이 줄어 버린 것 같았다. 윤이는 자꾸만 감기려는 눈을 겨우 뜨며 말했다.

"인생이 원하는 대로 흘러가는 게 아니야."

그는 그런 윤이가 귀여워 손가락을 들고는 그녀의 눈앞에서 흔들어 보았다.

"야, 너 완전 취한 거 같다? 차왕 한윤이가?"

윤이는 눈앞에서 흔들리는 손가락 같은 건 볼 수 없었다. 그때 그녀의 머릿속은 온통 미용실 원장뿐이었다. 머리를 펴 주며 주절주절 자신의 이야기를 그치지 않던, 짧은 파마머리의 원장 아줌마.

"내 머리 펴 준 아줌마 말이야. 강남 한복판에서 미용실을 하고 싶었대. 근데 우리 동네에서 이발소 같은 미용실을 운영하면서 산단 말이야. 몸뻬 바지 입고, 몸뻬 바지 입은 할머니들 머리해 주면서."

현은 아까 하다 만 상상을 다시 재개해야 했다. 팔뚝이 윤이의 허벅지만 하다던 그 원장 아줌마.

"처음엔 좀 서글펐는데, 생각해 보니 그것도 아줌마 성격 따라 사는 게 아닌가 싶어. 그 아줌마의 최고 영업 무기는 수다거든. 그래서 동네에 심심한 할머니, 아줌마들이 죄다 그 미용실에 모여. 동네 사랑방 같은 거지. 그런 아줌마가 여건이 된다고 강남에서 머리를 하며 살 수 있을까?"

그러면서 불현듯 이현의 눈을 뚫어져라 보는 윤이였다. 그는 그런 윤이의 눈을 물끄러미 보면서 말했다.

"모르지. 자리가 사람을 만든다는 말도 있잖아."

그는 커다란 눈을 보고 있었다. 그녀의 눈동자 속에 비친 자신의 표정이 낯설었다.

내가 이런 표정으로 얘를 보고 있구나.

하지만 윤이의 눈동자가 이내 빙글빙글 돌더니 흰자를 보였으므로, 이현은 깊은 한숨과 함께 본론으로 돌아올 수밖에 없었다.

그는 몸뻬 바지의 아줌마가 하이힐을 신은 채 젊은 손님의 머리를 펴 주고 있는 모습을 떠올렸다. 상상 속에서도 굵은 팔뚝은 가늘게 위조되지 않았다. 머리를 펴는데 그렇게 힘이 중요하다고 하니, 그 아줌마가 자신의 꿈을 이뤘다고 해도 팔뚝은 두꺼울 수밖에 없었을 것이었다.

"동네 미용실을 운영하다 보니까 그런 방식을 찾게 된 걸지도 몰라. 그게 아니면 살아남기 힘들잖아. 워낙 죄다 대형화돼 가고 있으니까."

그의 말과 동시에 윤이의 동공이 원위치를 찾았다. 그러나 이현은 보지 못한 상태였다. 그의 손은 이미 윤이의 매끄러운 머리카락으로 뻗어 있었다.

윤이가 멈칫하며 손을 봤을 땐 이미 그는 그녀의 머리카락 몇 올을 손가락에 돌돌 감아 잡아당겨 보는 중이었다. 윤이

의 눈빛이 날카로워졌고 그는 태연하게 머리카락을 내려놓
으며 중얼거렸다.

"진짜 머리네."

윤이의 눈썹이 꿈틀 하고 움직였다. 그제야 그는 그녀가
자신을 보고 있다는 것을 알았다. 이현이 재빨리 몸을 뒤로
빼며 말했다.

"아니, 나는 하도 안 믿겨 가지고. 가발인가 싶기도 하고.
너 왜 전에 취업했을 때도 가발 쓰고 그랬잖아."

"이 미친 새끼가 돌았나!"

윤이가 버럭 소리를 질렀고, 그는 자신도 모르게 눈을 질
끈 감았다.

하지만 날아온 것은 없었다. 최소한 숟가락이 날아들 줄
알았던 그는 뭔가 싶어서 천천히 눈을 떴고, 윤이는 눈물까
지 글썽거리며 말했다.

"야! 이거 잘못하면 다시 말린다고! 돌돌 감아? 너 지금 내
머리카락을 지금 돌돌 감았나?"

"아……."

그는 그제야 윤이가 분노한 이유를 정확히 알 수 있었다.
어이는 없었지만 윤이가 눈물까지 글썽였으므로 아무튼 자
신이 잘못한 것이라 생각하기로 했다.

"알았어! 다신 안 말게. 내가 잘못했어!"

"이 머리 펴느라 아줌마랑 나랑 얼마나 고생을 했는데!"

그는 순간 터진 웃음에 제 입을 틀어막아야 했다. 자신도 모르게 윤이의 머리카락이 용수철처럼 돌돌 말리는 상상을 하고 만 것이다.

"너 웃었지! 어?"

그는 목구멍을 비집고 올라오는 웃음을 참느라 한참이나 고개를 숙이고 있어야 했다.

❖ ❖ ❖

늦은 밤 윤이는 집으로 돌아왔다. 새벽 1시가 지난 시간이었다. 평소라면 모두가 잠들었을 시간인데 집에 들어가는 순간부터 느낀 인기척에 윤이는 주변을 두리번거렸다.

아직 안 자나?

집 안이 온통 어두웠다. 어둠이 눈에 익지 않아서 윤이는 벽을 더듬어 스위치를 찾았다.

"왔냐."

그녀의 엄마였다. 어둠에 눈이 익자 형태가 보이기 시작했다.

"엄마, 안 자고 뭐해?"

그녀의 엄마는 부엌에 있었다. 자세히 보니 소주 한 병과

유리컵, 김치 그릇이 보였다.

"야 이 딸년아, 엄마가 술을 마시면 좀 앉는 시늉이라도 해라."

윤이는 엄마의 맞은편에 앉으며 중얼거렸다.

"내가 왜 그렇게 입이 거친가 했는데, 다 모태에서부터 시작된 거였네."

모녀가 마주 앉자 어색한 기류가 흘렀다.

어릴 적, 윤이는 엄마에게 꽤나 얻어맞으며 자랐다. 엄마의 스파르타식 교육 때문이었다. 청소년기를 지나면서 다소 분위기가 바뀌어 티격태격하기 시작했지만 사이가 친밀해지거나 편해진 것은 아니었다.

"왜 이러고 있는데."

윤이가 퉁명스럽게 묻자 진숙이 물었다.

"일은 잘돼 가고?"

윤이가 이별 대행을 한다고 했을 때 진숙은 매서운 눈초리로 딸을 흘겨보았다. 왜 그런 말도 안 되는 사업을 하느냐고, 이제라도 마음을 제대로 먹고 취업을 해서 붙어 있으라고. 그런 잔소리도 이제 소용이 없다는 것을 잘 알고 있었다. 그래서 오로지 째려보는 것 외엔 딸에 대한 분을 풀 방법이 없었다.

그 마음을 알기에 윤이는 진숙에게 사업에 관한 이야기는 일절 하지 않았다.

"뭔가 되는 기미가 보이긴 해. 아직 확실한 건 없지만."

최대한 긍정적으로 말해 보려고는 했는데 윤이는 꾸며 말하는 재주가 없었다.

의뢰인이 지인이라는 부분도 다소 걸려 말하기가 애매했다. 하지만 다른 방향에서는 서로 알아 껄끄러운 부분이 있음에도 불구하고 직접 의뢰를 했다는 건 사업에 가능성이 있는 거라고 생각하고 싶었다.

"정말? 뭐가 돼 가긴 해?"

진숙이 반색을 했다.

"아니, 그러니까 뭐……."

반면 윤이는 불안했다. 그렇게 희망적으로 말한 건 아닌데 엄마가 너무 기대를 하는 것 같았다. 그러나 진숙은 더 이상 관심 없다는 듯 툭 내뱉었다.

"그래도 뭐가 돼 간다니 다행이네."

진숙은 늘 윤이가 걱정이었다. 취업을 하면 석 달을 못 넘기고 때려치우는 것은 기본, 연애도 하는 것 같긴 한데 제대로 된 연애로는 보이지 않았다. 외동이라고 너무 많은 기대를 떠안긴 탓일까.

진숙은 그 모든 것이 자신의 탓인 것 같아서 괴로웠다. 그런 딸이 비로소 하고 싶은 일을 찾은 것이었다. 처음부터 믿

어 주는 시늉조차 하지 못한 게 내내 마음에 걸렸던 그녀였
다.

"들어가서 자. 내일도 출근해야 할 거 아니야."

딸에게 '출근'이라는 단어를 쓸 수 있는 것도 다행이었다.

"불 좀 키고 마셔."

윤이는 자리에서 일어섰다. 그녀는 엄마에게 뭔가를 묻는
것이 익숙하지 않은 딸이었다.

"나도 금방 들어갈 거야. 그냥 둬."

말이 끝나기가 무섭게 진숙이 유리잔에 소주를 채웠다. 무
려 컵의 2/3를 주저 없이 채우는 손동작은 대작 한윤이의 모
친다웠다.

아빠랑 무슨 일이 있나.

윤이는 그 쓸쓸한 느낌을 간과할 수 없었다.

그 후로도 한 번씩 진숙은 밤마다 홀로 술을 마셨다. 윤이
가 본 것만 해도 두 번은 넘었다. 보다 못 한 그녀가 뭔가를
물으려고 하면 이내 자리를 피했다. 그래서 윤이는 더 묻지
못했다. 진숙은 자존심이 센 여자였다. 윤이가 짐작할 수 있
는 건 그 일이 엄마의 자존심을 크게 상하게 했다는 것뿐이
었다.

❖   ❖   ❖

안나의 이별 대행을 실행하는 날이었다. 이현은 먼저 약속 장소에 도착했다. 얼마 지나지 않아 안나도 약속 장소에 도착했다.

안나는 이현의 모습을 보자마자 웃음을 터뜨렸다. 그는 가죽 재킷에 앞머리를 왁스로 완전히 빗어 넘긴 모습이었는데, 영락없는 건달이었다. 그중 안나의 웃음을 제일 많이 자극하는 건 올백으로 넘긴 머리카락 사이로 튀어나온 한 가닥이었다.

"그것 좀 넘기면 안 돼요?"

그녀가 이마를 가리키며 말했다. 이현은 그 한 가닥을 돌돌 말며 말했다.

"이게 오늘의 패션 포인트예요. 완전 양아치 같지 않아요?"

안나는 또다시 웃음을 터뜨렸다. 이별의 순간을 앞두고도 이렇게 웃을 수 있다니, 그녀는 눈앞의 이별 조력자를 보며 긴장을 풀려 애썼다.

사실 안나는 이현에 대해 아는 것이 거의 없었다. 윤이의 동업자가 친구라고 듣긴 했는데 단순한 친구라기엔 두 사람은 상당히 친밀해 보였다.

처음 보자마자 어디선가 본 것 같다고 생각하다가, 저렇게 보기 좋은 남자가 흔할 리가 없다며 대충 보아 넘긴 그녀였다.

불현듯 기억이 첫 직장에 다니던 무렵으로 향했다.

"어?"

오래 다니지 않은 탓에 별다른 기억도 없었던 첫 직장이었다. 기억하는 것이라곤 윤이가 L군에 의해 부당 해고를 당했다는 것, 그리고 얼마 지나지 않아 L군에게 한 남자가 찾아왔고……. 안나는 놀랄 수밖에 없었다.

이현도 놀라서 그녀를 보았다.

"왜 그래요?"

그녀는 손가락을 들어 그의 얼굴을 가리켰다.

"맞네. 그 밀가루 포대!"

"네?"

그가 당황하거나 말거나 안나의 기억은 5년 전으로 완벽히 이동해 있었다.

L군 사건은 이현도 알고 있는 내용이었다. 5년 전 윤이는 첫 번째 직장에서 해고를 당했다. 동시에 이현이 '단언컨대 또 하나의 나'라 예고했던 L군에게도 배신을 당했다.

윤이는 처음부터 직장 생활이 체질에 맞지 않았는데, 그런 윤이에게 먼저 말을 건 남자가 L군이었다. 그는 그녀와 인턴

동기였다. 그는 먼저 인사를 걸기 시작하더니 어느 날은 불쑥 자판기 커피를 내밀며 말했다.

"뭐 힘든 일 있으면 말해요. 우리 동기니까."

그러나 윤이는 L군에게 별다른 관심이 없었다. 퇴근은 6시 반인데 팀장이 퇴근할 때까지 한 시간이고 두 시간이고 할 일도 없이 기다려야 하는 자신의 처지가 불쾌했을 뿐이었다. 그런 윤이에게 먼저 팀장의 흉을 본 게 L군이었다.

"진짜 별로지 않아요? 먼저 가라고 하면 얼마나 좋아."

그는 윤이를 뒷담화의 세계로 유혹한 남자였다.

윤이는 그의 유혹에 홀랑 넘어가 버렸고, 뒷담화에 합류하는 실수를 저지르고 말았다. 그와 뒷담화를 주고받다 보니 회사도 좀 다닐만 하다는 생각도 들고, 한 달을 채우면 월급도 나올 것이니 더 여유로워질 거라고 위안했던 나날들이 이어졌다. 그 아침이 오기 전까지는 말이다.

출근을 한 지 한 달이 다 돼 가던 무렵이었다. 윤이는 그날도 L군을 볼 생각으로 마음이 들떠 있었다. 아침 청소 시간이어서 걸레를 빨아 왔는데, 불현듯 팀장이 그녀를 회의실로 불렀다.

"윤이씨, 지금 바로 짐 챙겨서 돌아가세요. 내일부턴 안 나와
도 돼요."

그 자리에서 해고를 당한 것이었다. 아직 아침 청소도 끝
나지 않은 오전 8시 55분이었다. 해고 사유는 근무 태만, 갈
등 조장이었다. 그녀는 해고 사유를 납득하기 어려웠다.

그녀는 대학 시절부터 종종 강의실을 박차고 나가긴 했어
도 학점은 꽤나 잘 받는 성실한 학생이었다.

맡은 일을 게을리하는 성격이 아니었다. 집중력도 좋아서
주어진 일을 남들보다 빨리 끝내는 편이었는데 일을 다 끝냈
는데도 퇴근을 못 하는 그곳의 회사 문화가 성격에 맞지 않
았을 뿐이었다.

더군다나 갈등 조장이라니. 그녀의 누군가와 긴밀한 관계
를 갖는 데에 관심도 없었다. 갈등 조장은커녕 너무 끼어들
지 않아 탈인 여자였다. L군과는 상당히 친해지긴 했지만 그
것이 갈등 조장의 사유가 될 수 있는 것도 아니었다. 윤이는
믿기지 않아 되물었다.

"제가요?"

팀장은 시선도 맞추지 않은 채 말했다.

"바로 나가면 돼요. 오늘은 출근했으니 일수에 포함할게요. 내일 바로 입금될 거예요."

그리고 팀장은 회의실을 나갔다. 윤이는 한동안 회의실에서 나올 수 없었다. 너무 어이가 없는 탓이었다. 당장에라도 때려치우고 싶었던 회사였는데, 막상 해고 통지를 받고 나니 정신이 하나도 없었다.

그날 안나는 심한 감기몸살로 인해 출근이 조금 늦은 상태였다.

그때 회의실 문을 연 사람이 L군이었다. 그는 안쓰럽다는 듯 보며 말했다.

"가요. 내가 같이 가 줄게요."

그는 윤이가 두고 나올 뻔한 우산까지 대신 챙겨 들더니 승강기 앞까지 동행했다.

"윤이 씨도 이 회사 별로였잖아요. 잘 맞는 회사 찾아요. 차라리 잘 됐죠, 뭐."

윤이는 눈물이 날 뻔했다. 그때 L군은 회의실에 갇혀 있던
그녀를 꺼내 준 구세주였고, 초라한 퇴사 길을 배웅해 준 유
일한 동료였다.

그래서 윤이는 불쾌하지만 참을 만하다고 생각했다. 직장
을 잃은 대신 사랑을 얻은 것 같기도 했고.

이현은 L군이 결코 윤이를 좋아하지 않는 데에 확신을 갖
고 있었다. 그는 자신과 비슷하지만 다른 냄새가 났다.

그때 현은 아직 대학에 다니고 있었고, 명품백녀에게 명품
백을 사 준 뒤로 아빠의 카드는 여전히 정지 상태였다.

덕분에 그는 사회인이 된 윤이에게 얻어먹는 일에 재미를
붙인 상태였다. 어떤 날은 저녁을 얻어먹으러, 또 어떤 날은
술을 얻어먹는다는 핑계로 대학에 같이 다닐 때보다 더 자주
그녀를 찾아왔다.

그 결과 그는 결국 윤이가 빠져 있는 L군에 대해 알아낼
수 있었다. 그녀는 데이트 신청을 하지 않는 L군에 대해 고
민이 많은 상태였다.

"무슨 고민 있어?"

그는 그런 윤이의 상태를 누구보다 신속히 알아차리는 사람이었다. 결국 그녀는 모든 사실을 털어놓지 않을 수 없었다. 그만큼 L군에게 깊이 빠져 있던 때였다.

"밖에서 데이트를 안 했다고?"

이현은 L군이 좀 이상했다. 회사 안에서는 그렇게 친하게 굴면서 퇴근 후엔 연락이 되지 않는 남자라니. 다른 건 몰라도 최소한 그는 윤이를 좋아하지 않았다. 바람둥이일 가능성도 높았다.

"단언컨대 걔는 또 하나의 나야."

한마디로 남자로서 믿을 만한 놈이 아니라는 뜻이었다.

그러나 이미 윤이는 그에게 너무 빠져 있었다. 회사를 관둘 생각까지 접을 정도였으니 현의 말이 귀에 들어올 리 없었다. 더군다나 그때 윤이는 그의 연애 조언에 지금만큼의 신뢰를 갖고 있지 않았다.

회사를 나온 윤이는 집으로 오자마자 L군에게 문자를 보냈다.

〈오늘 고마웠어요.〉

그러나 하루가 지나도록 그에게서 답은 없었다. 윤이는 문자음이 울릴 때마다 휴대폰을 확인했지만 문자의 2/3는 죄다 이현이 보낸 것이었다. 그러다 도착한 것이 안나의 문자였다.

〈그날 병원에 다녀오느라 윤이 씨 나가는 걸 못 봤네요. 아무래도 윤이 씨가 당한 거 같아요. 한 번 만날 수 있어요?〉

윤이는 문자를 읽고도 한참이나 믿지 못했다. 옆자리에 늘 냉랭하게 앉아 있었던 그녀가 갑자기 이런 문자를 보낸 것도 이상한데, 그 내용도 알아들을 수가 없었던 것이다.

당했다고? 뭘?

안나의 말이 궁금해지기 시작한 건 하루가 지나서였다. 그날도 L군에게서 답은 없었다. 윤이가 고민 끝에 안나에게 답을 보내자 바로 답이 왔다.

그날 저녁, 윤이와 안나는 만났다. 만남의 시작은 다소 서먹했지만 안나는 윤이의 생각보다 친절한 여자였다. 의외의 성격에 마음이 놓인 것도 잠시, 그녀에게서 들은 이야기는 가히 충격적이었다.

L군은 사장의 조카였다. 출근도 제멋대로, 알고 보면 퇴근도 제멋대로 할 수 있었던 L군은 사실 인턴이 아니라 이미 정직원이었다. L군은 자신도 인턴인 척하며 인턴들을 갖고 놀다 사장에게 일러 자르는데 재미를 붙인 것 같다고 했다.

"윤이씨가 나가고 나니까 다른 사람한테 붙었더라고요."

안나는 이 사실을 우연히 알게 되었다. 그가 사장에게 삼촌이라고 부르는 것을 들은 것이다. 그녀는 팀장에게 L군의 정체에 대해 물었고, 팀장은 L군의 행패에 대해선 잘 알지 못했는지 아무렇지 않게 그가 사장의 조카라는 사실을 알려주었다. 그때까지 짐작하지 못했기 때문에 누구도 묻지 않았던 것이다.

그날 이후 L군은 윤이의 치졸했던 첫 직장의 기억으로 남았다. 퇴사 후 그에게 보낸 문자를 보면서 윤이는 후회하고 또 후회했다.

L군으로 인해 울화병을 앓던 윤이는 참다못해 이현을 불러냈다.

"야, 나 오늘 제대로 마셔야겠어."

윤이는 그에게 모든 것을 털어놓았다. 물론 술김이었지만 기억하지 못하는 건 아니었다. 술에 취하고 싶어도 취하지 않던 때였다. 윤이의 이야기를 들은 그는 배꼽을 잡고 웃었다.

"그것 봐, 내가 걘 또 하나의 나라고 했지?"

몰래 주먹을 불끈 쥔 이현은 이를 악물고 술잔을 든 윤이를 바라봤다.

다음 날 이현은 마트에 들러 가장 큰 밀가루 포대를 샀다. 그 포대를 지고 향한 곳은 며칠 전에 윤이가 잘린 회사 앞이었다.

L군의 신상 파악하기 위해 그 회사의 홈페이지에 들어가 보았지만 있는 것이라곤 사장의 얼굴뿐이었다.

결국 그는 건물 앞에 밀가루 포대를 내려 둔 뒤 승강기를 타고 L군이 있을 사무실로 갔다. 밀가루 포대는 건물 입구에 놓였지만 누군가 집어 가고 싶을 만한 비주얼은 아니었다.

그는 술에 취한 윤이에게 물어 사무실의 층수와 위치는 알아 둔 뒤였다. 그가 사무실 벨을 눌렀을 땐 한 여자가 나와 얼굴을 내밀었다. 그녀가 안나였다.

"뭐 좀 물어도 돼요?"

그는 단도직입적으로 L군이 누구냐고 물었고, 그녀는 얼떨떨한 표정이었지만 이내 L군의 자리를 가리켰다. 그는 고맙다며 능숙하게 싱긋 웃어 보였다.

안나는 순간 가슴이 좀 뛰었지만 거기까진 기억하진 못했다. 그저 그가 좀 이상하다고 생각했던 것은 기억했다. L군에게 좋은 감정이 있는 것도 아니어서 굳이 일러 주진 않았다.

그날 저녁 그 회사의 회식이 있었다. 안나는 이미 퇴사를 결정한 뒤라 회식엔 참석하지 않겠다고 했지만 마지막이니 같이 가자는 사람들로 인해 끌려가는 중이었다. L군은 윤이의 처지가 될 다음 타깃과 다정한 척 걸어 나오고 있었다. 이현은 밀가루 포대를 뜯은 뒤 L군을 향해 빠르게 걷기 시작했다.

무리 중 누구도 어떤 남자가 L군에게 다가오고 있다는 것은 인지하지 못했다. 밀가루 포대가 L군의 머리에 꽂히는 순간, 그들은 동시에 L군에게서 멀어졌다. 그들 중 누군가는 비명을 지르기도 했다.

잠깐의 정적이 흘렀다. 현은 그놈의 면상을 뚫어져라 보고 있었다. 그도 L군 못지않게 밀가루를 뒤집어쓴 상태였다.

정적을 깬 건 L군의 욕지거리였다.

"씨발."

현의 눈에 L군은 허여멀건 해서는 힘도 못 쓰게 생긴 녀석이었다. 이런 놈에게 반하다니. 역시 윤이의 보는 눈은 형편없는 것이 분명했다.

"쪽팔리냐?"

L군은 그제야 자신에게 밀가루를 퍼부은 남자를 인지할수 있었다. 하늘에게 밀가루가 떨어져 머리에 꽂혔다고 해도이상하지 않을 정도로, 너무 갑작스러운 일이었다. L군은 그제야 이현을 보고 소리쳤다.

"너 뭐하는 새끼야. 이게 무슨 짓이야!"

L군은 현보다 키가 조금 더 컸는데, 현은 괜히 자존심 상해서 허리를 최대한 곧추세운 뒤 말했다.

"네가 여자들한테 하고 다니는 짓이 더 쪽팔려 새끼야. 너 고자냐? 꼬실 거면 연애를 해, 이 미친 새끼야. 쫑알쫑알 주둥이 털지 말고."

L군은 당황하기 시작했다. 윤이가 떠오른 탓이었다. 그러나 현은 마냥 후련하지마는 않았다. 말문이 막힌 L군에게, 그가 마지막으로 말했다.

"남자 망신은 네가 다 시키고, 욕은 내가 먹고. 너나 나나 쌍으로 가관이다."

그러더니 땅에 떨어진 포대 자루를 L군의 머리로 다시 한번 집어 던진 그였다.

이현은 하염없이 걸었다. 밀가루를 뒤집어썼으니 택시를 탈 수도 없었다. 그는 그날 처음으로 어떤 질문을 떠올렸다.

나도 저 자식처럼 윤이한테 상처가 될 수도 있는 건가.

그러나 납득하기 어려운 질문이었다.

걘 날 안 좋아하잖아.

그가 보기에 윤이는 자신을 조금도 남자로 생각하지 않았다. 심지어 그녀는 현을 지긋지긋해하고 있었다. 그의 문란한 연애에 치를 떨고 상대 여자들을 가여워하면서 말이다.

이현의 생각은 거기서 멈췄다. 더 생각한다고 해서 답이 나오는 질문이 아니었다.

그는 걷고 또 걸었다. 불어오는 바람에 밀가루가 다 날아가기를 바라는 마음으로. 그 후로 그는 그날에 대해 떠올리지 않으려 했다.

그녀는 그를 신뢰하지 않았다. 적어도 남자로서는 곁에 둘 생각이 없는 여자였다. 아직은 아니었다. 벌써부터 그의 마음이 앞서가 버리면, 문란한 연애를 멈추고 그녀의 곁에 머물겠다고 선언해 버리면 둘의 사이는 순식간에 깨질 수도 있었다.

그것은 언젠가 호프집 앞에서도 느낀 위기였다.

벌써 5년 전이네.

이현은 감회가 새로웠고 안나는 그를 보며 둘의 사이가 점점 더 궁금해졌다.

그는 신기하다는 듯 물었다.

"정말 거기 있었어요?"

"다 말했잖아요. 어떻게 잊어요? 내가 속이 얼마나 시원했는데."

그도 결국 웃음을 터뜨렸다. 인정하지 않을 수 없었다. 그 '밀가루 포대남'은 분명 자신이었다.

안나는 이제 그들의 관계가 새롭게 보이기 시작했다. 그녀는 지금껏 윤이에게 그에 관한 이야기를 들은 적이 없었다. 아니, 들은 적이 없다고 생각했다. 윤이가 주변 사람들에 대한 이야기를 잘 하지 않는 편이기도 했고, 간혹 어떤 놈을 떠올리며 발끈하긴 했지만 정확히 누구라고 말한 적 없었다.

안나는 윤이가 감정을 내비치던 '그놈'이 이현일지도 모른다고 생각했다. 반반한 얼굴로 아무에게나 살갑다던 남자도 이 남자인 것 같았고, 생각하면 울화통이 터진다던 바람둥이도 그가 아닐까 생각했다.

"애인 있어요?"

안나가 불현듯 물었을 때, 그가 피식 웃으며 말했다.

"늘 있었죠. 최근만 빼고."

안나는 역시 그랬다며 미소를 지었고, 그 순간 그들이 있던 방문이 열렸다.

❖   ❖   ❖

윤이와 이현은 첫 의뢰를 위해 장비를 구입했다. 일종의 도청 장치 같은 것이었다. 의뢰인의 휴대전화를 켜 두는 방법도 있었지만 훼방꾼들만의 장비를 사는 것도 의미는 있었다. 처음에 윤이는 반대하는 입장이었다.

"아직 의뢰비도 다 안 받았는데 지출이 너무 큰 거 아니야?"

그는 자신만만하게 말했다.

"걱정 마! 돈 부족하면 내 오피스텔 전세라도 뺄 거니까!"
"허튼소리 하지 마."

윤이는 그가 전세금을 빼 오기 전에 빨리 동의를 하는 편이 낫겠다고 생각했다. 덕분에 그들은 첫 번째 의뢰인에게 신뢰를 주는 데도 성공했다. 안나는 장비를 보자마자 긴장감을 감추지 못했다.
"진짜 시작이네요."
그러면서도 장비를 주머니에 넣는 안나의 표정은 결연 그 자체였다.
그들은 안나가 예약한 옆방에 있었다. 윤이는 도청 장치에 문제가 생겨 수리를 받아 오는 길이었는데, 그녀가 방에 도착했을 때 이현과 안나는 다소 놀란 눈치로 윤이를 보았다.

"애인 있어요?"

안나의 목소리가 들렸고, 그의 대답이 들리려던 순간에 윤이는 문을 열었다. 그에겐 현재 애인이 없었다. 그 정도는 윤이도 알고 있었다.

그런데 윤이가 문을 열고 들어온 순간 대화가 끝이 나 버렸다. 순식간에 방 안은 조용해졌다.

그들은 갑자기 시나리오 보는 척을 하지 않나, 아무것도 없는 천장을 보면서 전등이 아주 밝다는 둥 맥락 없는 소리를 해 댔다.

윤이는 아무래도 제정신이 아닌 듯한 두 사람을 대신해 먼저 집중력을 되찾았다.

"언니, 좀 예민하게 굴어야 돼요. 잊으면 안 돼요."

안나는 다시 심호흡을 했다. 안나는 오늘 수혁의 부모가 보는 앞에서 독촉 전화를 연기해야 했다. 계속해서 걸려 오는 전화에 짜증을 부리고, 그 전화를 대충 끊으며 수혁의 의심도 사야 했다.

얼마 지나지 않아 수혁에게서 전화가 왔다.

"어, 다 왔어?"

안나는 윤이와 현을 보며 전화를 받았고, 윤이는 그녀에게 힘내라는 손짓을 해 보였다. 그녀는 가볍게 고개를 끄덕이더니 결연한 얼굴로 방을 나섰다. 윤이는 또다시 복잡해진 심경에 한숨을 내쉬었다.

"잘할 수 있을까."

현은 자신만만하게 대답했다.

"그럴걸?"

윤이는 좀 이상해서 물었다.

"네가 안나 언니에 대해서 뭘 안다고?"

"어?"

그녀를 향한 현의 태도가 부쩍 살가워졌다. 윤이는 직감으로 단박에 느낄 수 있었다.

"안나 언니에 대해 엄청 잘 아는 것처럼 말했잖아."

그는 다소 예민하게 구는 윤이가 싫지 않았다.

"너 지금 내 마누라 같아."

"뭐?"

"그냥 마누라 할래?"

이럴 때 보면 다른 여자와 크게 다르지 않아서 때때로 다행이라고 생각하는 그였다.

뽀글거리는 폭탄 머리를 하고 있어도, 욕지거리와 함께 주먹을 휘둘러도, 사랑에 빠지고 이별에 괴로워하는 여자.

L군 같은 자식을.

그는 윤이에게 밀가루 포대 사건에 대해 말하지 않았다. 그 사건 후로도 그녀는 한동안 괴로운 눈치였다. 그런 윤이에게 밀가루 포대 사건을 말했다가는 속 시원해하기는커녕 더 심란해할 것 같았다.

그도 말할 타이밍만 보고 있다가 흐르는 시간에 제 기억도 흘려 보낸 것이다.

그는 윤이를 보며 한숨을 내쉬었다. 역시 불안한 여자였다. 또 언제고 엉뚱한 놈을 만나 맘고생을 할 가능성이 높았다.

하지만 이현의 기분을 알 리 없는 윤이는 그의 한숨을 또다시 추파가 시작되는 신호로 여기고는 소리쳤다.

"쓸데없는 생각 말고 집중해. 이제 시작이야."

어쩌면 이별이 필요한 이유는 우리 모두 좀 이상하고, 그래서 이상한 사람들에게 끌리기 때문일지도 모른다. 이상한 지점들이 만나 좋은 영향을 주는 관계가 있는 반면, 이상한 지점들이 충돌하여 서로를 파국으로 이끌고 가는 관계도 있기에 더더욱.

그때 도청 장치로 안나의 목소리가 들렸다.

―오셨어요?

다행히 그녀의 목소리는 차분했다.

―언제 왔어?

수혁의 목소리였다. 두 사람은 동시에 숨을 죽였다. 목소리만으로도 그는 자상한 성격인 듯했다.

이제 이현이 전화를 걸어야 했다. 몇 번이고 실랑이를 벌이다가 현장을 습격하는 것. 이번 시나리오에서 그가 맡은 역할이었다.

"걸자."

윤이의 말에 그가 고개를 끄덕였다. 동시에 삐죽 튀어나와 있던 머리카락이 가볍게 흔들렸다.

머리 꼬라지 하곤 진짜.

윤이는 정말 못 봐 주겠다는 식으로 고개를 저었다.

"안나 씨, 시작합니다."

그는 어느새 안나와 통화를 하고 있었다.

"돈 언제 갚을 거예요?"

이현의 톤이 다소 어색했지만 그의 목소리가 수혁이나 수혁의 부모에게 들리는 것은 아니었다.

─지금 좀 바쁘니까 다음에 걸게요.

오히려 그녀의 연기가 꽤 자연스러웠다. 그 덕에 이현도 상황에 집중할 수 있었다.

"뭘 다음에 걸어! 다음에 걸긴!"

이현이 버럭 화를 냈기 때문에, 윤이는 행여나 옆방에 들릴까 주변을 살펴야 했다.

"지금 이자도 밀린 거 알아요, 몰라요?"

─제가 일 끝나고 다시 건다고요.

그녀는 정말 짜증 난다는 듯 또박또박 말하더니 전화를 끊었다.

전화가 끊기자 이현은 그제야 안도의 한숨을 내쉬었다.

이내 도청 장치로 수혁의 목소리가 들렸다.

—무슨 일이야?

—어? 아니야. 신경 쓰지 마.

—남자 목소리던데.

—어?

상황이 제대로 흘러가고 있었다.

—무슨 일이니?

수혁의 엄마도 물었다. 이제 안나는 조금 더 진상을 부려야 했다.

—어머니, 신경 쓰지 마세요. 내 일이에요.

시나리오대로 조금 더 건방지게, 그녀는 성공적인 연기를 선보였다.

윤이는 걱정스럽다는 이현을 보며 말했다.

"너만 잘하면 돼."

그가 고개를 끄덕이더니 말했다.

"그런 거 같다."

그의 심장은 미친 듯이 뛰기 시작했다.

다행히도 상황은 대부분 훼방꾼들의 시나리오대로 흘러갔다. 이현의 연기가 다소 어색하긴 했지만 대부업자가 꼭 말을 잘해야 하는 것은 아니니까, 좀 더듬고 국어책 읽듯 말한 건 그렇다고 치자.

중요한 건 수혁과 그의 부모가 시나리오대로 상당히 충격을 받았다는 것이다. 수혁은 한바탕 소란 후 안나를 밖으로 불러냈다.

—무슨 일이야. 대부업자? 사채 썼어?

—신경 쓰지 마. 내가 알아서 해.

—얼마, 얼마나 쓴 건데.

안나는 눈물을 터뜨렸다. 그 뒤로 한동안 안나의 울음소리만 들렸다. 그러나 곧 그녀의 목소리가 다시 들렸다.

—수혁 씨, 나 너무 힘들어.

그녀는 계속 울먹이고 있었다.

—수혁 씨, 당신이 내 희망이 돼 주기엔 내 인생이 너무 버거워.

수혁은 말이 없었다.

—이대로 우리가 결혼하면 상황은 반복될 거야. 자기가 나 때문에 사법 고시 포기하고 일하는 것도 싫고.

현이 윤이에게 조용히 물었다.

"그 고시라는 게 사법 고시였어?"

실은 윤이도 정확히 알진 못했다. 법대에 다닌다고 어렴풋이 들었던 것 같긴 한데, 정확하게 기억하는 부분이 아니었다. 이현이 다시 말했다.

"근데 사수하고도 못 붙으면 재능이 없는 거 아닌가?"

이현의 목소리 때문에 그들의 대화가 들리지 않았다.

"조용히 좀 해 봐."

두 사람이 집중했을 땐 도청 장치 너머도 조용해진 상태였다. 조금 뒤 그들의 대화는 다시 이어졌다.

—아무리 봐도 대부업자 같지가 않던데.

순간 윤이와 현은 서로를 보았다. 그들은 눈빛으로 말했다. 들었어? 응.

—혹시 새 애인 생겼니?

하지만 상황은 엉뚱하게 흘러갔다.

—대부업자라기엔 너무 좋은 가죽 재킷을 입고 입었어. 피부도 너무 좋고, 아무튼 어울리지 않아. 그 남자가 진짜 대부업자라고?

한마디로 좀 과하게 멋을 부린 젊은 남자였을 뿐 어딜 봐도 사채업자 같진 않았다는 것이었다. 수혁은 끝까지 차분하게 물었다.

—차라리 남자가 생긴 거라고 말해. 나한테만 말했으면 되잖아. 왜 우리 부모님한테까지…….

깊은 한숨과 함께 그의 말은 끝났다. 윤이는 가슴이 다 시큰거렸다. 그는 안나의 책망에도, 또 예의 없었던 이별 방식에도 모두 체념한 듯했다. 그들의 관계에서 이 일이 몇 번이고 반복됐다는 증거였다. 실제로 그는 안나에게 수차례 이별을 통보받았고, 한 번만 더 기회를 달라며 몇 번이고 그녀를 붙잡았다.

"나 잠깐만."

윤이는 방문을 열고 나갔다.

"어? 어디가?"

이현의 목소리는 듣는 둥 마는 둥, 밖으로 나온 그녀는 문에 등을 기댄 채 숨을 골랐다.

이러면 안 되는데.

아직 안나의 이별 대행이 끝나지 않은 상태였다.

그녀는 생각했다. 세상엔 이별이 필요한 때가 있을지도 모른다고. 훼방꾼들을 시작하면서 생각했던 점이었다.

이별이 와야 새로운 사랑도 오는 법이었다. 그들의 시간은 너무 길었지만, 그만큼 추억과 함께 상처도 쌓여 왔을 것이었다.

생각에 잠겨 있느라 인기척을 못 느꼈던 윤이가 방으로 들어가려던 차, 불현듯 누군가 있다는 것을 느끼고는 고개를 돌렸다. 수혁이었다. 그는 문고리에 손을 올린 채 고개를 숙이고 있었다.

언니는 어디 갔나?

그는 눈을 감은 채 심호흡을 하고 있었다.

듬직한 체구의 그는 꽤 키가 컸고 반듯한 눈매도 정갈했다. 그에게서 깊은 슬픔이 느껴졌다. 윤이는 차마 문고리를 돌리지 못하고 있었다.

이내 그도 누군가 자신을 보고 있다는 것을 느꼈다. 그는 고개를 돌렸고, 자신을 보고 있었던 윤이와 눈이 마주쳤다.

왜 저렇게 보는 거지?

여자는 자신을 애처롭게 보고 있었다. 그도 손에 힘을 주어 문고리를 돌리려 했지만 어쩐지 움직여지지 않았다.

그사이 윤이는 그에게 다가갔다. 수혁의 눈동자가 흔들리기 시작했다. 그녀가 주춤거리며 다가오고 있었다.

뭐야. 나한테 오는 거야?

눈물이 터지기 직전이었던 그의 눈가는 빨갰다. 윤이는 세 걸음쯤 떨어진 곳에서 멈춰 섰다.

그는 자신의 앞에 선 마르고 단호한 눈빛의 여자를 어떻게 해야 할지 몰라서 주변을 돌아보았다. 정말 자신에게 온 것이 맞는지, 혹시 다른 사람이 있는 건 아닌지 헷갈릴 수밖에 없는 상황이었다.

"여자에겐 확신이 필요해요."

그러나 여자는 분명 자신의 눈을 보며 말했다. 그의 붉은 눈가에 윤이의 눈가도 붉어지고 있었다.

"하지만 방식이 다르죠. 남자가 확신을 줘도 여자가 받지 못할 수도 있어요."

그때 수혁이 눈물을 흘렸다. 그의 의도와 상관없이 흐른 눈물이었다. 그는 자신의 눈에서 눈물이 흘렸다는 것도 인지하지 못하고 있었다. 윤이는 코까지 빨개진 채 말했다.

"모든 게 한 사람의 탓일 순 없어요. 너무 버거운 건 사랑이 아니래요."

그는 안나를 떠올렸다. 지금도 그 복도에 서서 눈물을 흘리고 있을 자신의 오랜 연인. 꽉 막혀 있던 그의 가슴에 조금씩 틈이 생기기 시작했다.

그는 눈앞의 여자가 의아하면서도 그녀의 진지한 눈빛에 매료되었다.

"자신을 위한 선택을 하세요. 누구에게 맞춰 주고 헌신하며 포기하지 말고. 그게 결국엔 상대를 위한 길이 될 거예요."

윤이는 그 말을 마지막으로 돌아설 생각이었다. 그러나 그녀는 또다시 주춤거리더니 말했다.

"인상이 참…… 좋으시네요."

표정과 달리 딱딱한 그녀의 말투 때문에, 수혁은 잠시 얼떨떨했다.

"네?"

윤이는 말을 해 놓고는 얼굴이 새빨개져 있었다. 그녀 자신도 처음으로 해 보는 말이었다. 그때 거짓말처럼 수혁의 얼굴엔 미소가 번지기 시작했다.

그는 자신도 모르게 떨어진 눈물을 뒤늦게 훔쳐 냈다. 윤이는 그의 미소에 당황해 재빨리 뒤를 돌았다. 로봇처럼 걸어 현이 있는 방으로 쏙 들어가 버렸다. 수혁은 윤이가 들어간 문을 한참이나 보고 있었다.

"자신을 위한 선택을 하세요."

그녀의 말을 전부 이해한 건 아니었다. 그가 당장에 모든 것을 이해할 수 없는 건 당연했다.

그러나 그녀의 말은 두고두고 마음에 남아 그의 마음을 어지럽혔다.

윤이와 이현은 한참이나 안나를 기다렸지만, 기다리는 그들에게 도착한 건 문자 한 통뿐이었다.

〈집으로 가야겠어요. 오늘 수고하셨어요.〉

안나는 두 사람이 있던 방문 앞에 도청 장치를 내려놓고는 조용히 사라졌다. 두 사람은 하는 수 없이 사무실로 돌아가기로 했다.

그들은 차를 탄 후 한동안 말이 없었다. 윤이는 수혁을 떠올리고 있었고 현은 아까 본 괴상한 장면을 떠올리고 있었기 때문이었다.

"인상이 참 좋으시네요?"

그가 불현듯 말했을 때 윤이는 화들짝 놀라며 그를 보았다.

아까 윤이가 허겁지겁 방으로 들어왔을 때 현은 다소 삐딱한 표정으로 그녀를 보고 있었다.

"뭐, 왜."

윤이가 괜히 뜨끔해서 으름장을 놓자 그는 아니라며 고개를 저었다. 그게 전부였다.

윤이는 설마설마했지만, 정말 그가 자신과 수혁을 목격했을 거라곤 생각하지 않았다. 그러나 그의 입에서 그 말이 나왔다는 건 분명…….

"그래서 그 남자 인상이 그렇게 좋디?"

윤이는 아차 싶었다. 이건 거의 석 달 치 놀림감이었다. 그러나 그의 표정이 세상 심각했기 때문에 그녀는 좀 이상했다.

"그래, 뭐 듬직해 보이긴 하더라. 너처럼 비실거려 보이지도 않고 이 여자, 저 여자 만나고 다닐 사람 같지도 않고. 됐냐?"

그가 발끈하며 말했다.

"비실거려? 내가? 야! 내가 비실거리면 지금껏 그렇게 많은……!"

하지만 그 순간 그는 5년 전의 기억이 다시 떠올렸다.

나도 저 자식처럼 윤이에게 상처가 될 수도 있는 건가.

5년 전 자신에게 했던 질문이 떠오르자, 이현은 윤이에게 어떤 말도 더 할 수 없었다.

"너처럼 이 여자, 저 여자 만나고 다닐 사람 같지도 않고."

그는 뽀로통한 표정을 짓더니 이내 입을 다물었다.

요즘 그는 상당히 예민해져 있었다. 매일 윤이와 만나 일을 하고 밥을 먹고 투닥거리다보면 어느새 하루가 끝나 있었다.

클럽에 가자는 녀석들의 연락도 무시하고 오피스텔로 돌아가면 어느새 윤이의 얼굴이 아른거렸다.

그렇게 혼자 돌아오는 날이면 침대에 누워서 천장을 스크린 삼아 한윤이를 떠올렸다. 자신의 상태를 처음으로 인지했던 날, 그는 거세게 제 뺨을 때리며 소리쳤다.

"야! 미쳤어? 상상하지 마. 상상하지 마!"

그가 그녀와의 뜨거운 밤을 상상하기 시작한 건 이미 오래전의 일이었다. 상상으로는 벌써 모든 것을 했지만 현실에서는 손끝 하나 대는 게 어려운 여자였다.

그래도 나이를 먹어 가면서 이전보다는 속도를 내고 있다고 해도 그의 입장에선 느려도 너무 느린 속도였다. 그녀를 만지고 싶어서, 입을 맞추고 싶고 안고 싶어서…….

그는 요즘 무척 예민했다. 그럼에도 손만 닿아도 식겁하는 그녀에겐 그 정도가 최고 속도라는 것을 그는 잘 알고 있었다.

길고 긴 밤 그는 천장 스크린에서 자신을 보고 있는 윤이의 커다란 눈망울을 보며 생각했다.

보고 싶다.

그러다 보면 가슴이 다 눅눅해져서, 그는 자신도 모르게 마음속의 말을 입으로 중얼거리게 되었다.

"보고 싶다."

분명 하루 종일 보고 또 봤는데 밤만 찾아오면 그는 윤이를 꼭 안은 채 잠들고 싶었다. 그게 '자고 싶다'에서 '보고 싶다'가 된 건 처음 있는 일이었다.

가뜩이나 그런 상태의 그였으니 머리를 핀 윤이의 모습은 심장을 철렁하게 만들기에 충분했다. 뽀글뽀글했던 머리가 사라지자 안 그래도 컸던 눈망울은 더 커진 듯했고, 눈동자에 빛이 더 잘 비추는 건지 심지어 눈동자도 더 반짝거리는 것 같았다.

오늘 윤이와 수혁의 일도 그랬다. 수혁과 안나의 대화가 끊겼고, 그들은 일단 이별한 듯했다. 안나는 흐느껴 울고 있었고 수혁은 발소리와 함께 사라진 뒤였다.

현은 안나를 찾으러 가야 하나 고민하다가 일단 윤이부터 찾아보자고 생각하던 중이었다. 그가 문을 열었을 때, 윤이의 목소리를 들렸다.

"인상이 참 좋으시네요."

그는 제 입을 틀어막으며 문틈으로 그들을 훔쳐보았다. 더 당황스러운 건 수혁의 표정이었다. 수혁은 윤이를 보며 웃고 있었다.

그런 이유로 그는 사무실에 돌아온 뒤에도 말이 없었다. 답답했던 윤이가 먼저 말을 꺼냈다.

"언니한테는 내가 따로 연락해 볼게."

그는 어떤 대답도 하지 않았다.

"나 먼저 간다."

돌아서려는데, 여전히 이마로 흘러내린 한 가닥의 머리카락이 보였다. 윤이는 그 머리카락을 한참이나 노려보다가 사무실을 나섰다.

윤이가 나와서 승강기를 기다리는 사이 그도 사무실 문을 잠그며 그녀의 곁에 섰다. 마치 나 화났으니 봐 달라고 보채는 어린애처럼 그는 윤이의 곁에 바짝 붙어서서는 꼿꼿이 앞만 보고 있었다.

윤이는 그런 그를 못마땅하다는 듯 흘겨보다가 자연스레 손을 뻗었다. 그녀의 손이 닿은 건 이마로 흘러내린 그의 머리카락이었다. 그녀는 그의 머리를 자연스럽게 옆으로 넘겨주었다.

그들은 나란히 승강기를 타고 1층으로 내려왔다. 그들은 건물 주차장에서 이 건물에 입주한 뒤 처음 보는 한 중년 남자와 마주쳤으나 두 사람 모두 머릿속이 복잡했으므로 그를 눈치채지 못했다.

그러나 그 중년 남자는 지나친 그들을 돌아보았다. 두 사람이 잠시 실랑이를 벌이다 차를 타고 사라질 때까지, 그는 한참이나 윤이와 현을 보고 있었다.

4. 이별에도 종류가 있나요?

4. 이별에도 종류가 있나요?

집으로 데려다주겠다는 이현과 혼자 간다는 윤이 사이에 약간의 실랑이가 있었다.

"혼자 갈래."

윤이는 내내 말이 없는 그가 불편했다. 그러나 현은 손목을 잡더니 보조석 문을 열었다.

"타."

그가 이렇게 강압적으로 구는 건 처음이었다. 윤이는 사타구니를 걷어차 줄까 생각하다가 꾹 참고 보조석에 올랐다.

좋아. 한 번 봐줬다.

그녀도 마음에 걸리는 게 있는 탓이었다.

그러나 차에 탄 후로도 그의 침묵시위가 계속되자 윤이는 나지막이 한차례의 경고를 날렸다.

"그냥 말로 해."

순간 운전대를 잡은 이현의 손이 움찔거렸지만, 윤이는 거기까진 보지 못했다.

그러다 그가 말한 것이다.

"인상이 참 좋으시네요?"

툭 한마디를 내뱉고 그는 또다시 입을 다물었다. 윤이는 그가 화가 났다는 것은 느꼈지만 정확히 어떤 이유로 화가 난 건지는 알 수 없었다.

그러니까 자신이 안나의 이별 대행에 영향을 줄 만한 행동을 했기 때문인 건지, 수혁에게 마치 작업을 거는 듯한 대사를 던진 탓인지…….

그러나 그녀가 수혁에게 한 말은 그들의 이별을 성사시키는데 유리한 말이었다. 의뢰인의 애인과 개인적으로 접촉을 한 게 잘한 일은 아니지만, 그렇다고 뭘 저렇게까지 화를 내나 싶었다.

윤이는 어떤 말로 다시 그의 입을 열까 고민하다가 아까 전 그와 안나를 떠올렸다. 자신이 문을 여는 순간 순식간에 조용해진 방 안과 눈치를 살피던 그들의 모습까지. 이거다 싶었다.

"나 오기 전에 안나 언니랑 무슨 얘기했어?"

순간 이현은 한 대 얻어맞은 것처럼 멍한 표정이 됐다. 역시 뭔가 있는 게 분명했다.

"가, 갑자기 그건 왜."

그로선 할 말이 없어서 되물은 것인데, 이번에 당황한 쪽은 윤이였다.

"어?"

그는 윤이가 당황했다는 것을 알고는 재빨리 물었다.

"그게 왜 궁금하냐고."

윤이의 커다란 눈망울이 이리저리 움직이기 시작했다.

뭐지?

대체 이게 무슨 상황인가 싶었다. 영락없이 자신이 당하게 될 줄 알았는데 완전히 다르게 흘러가고 있었다.

결국 윤이는 입을 다물었고, 그는 이게 다행인 건지 뭔지 알 수 없어 내내 그녀의 눈치만 살폈다.

차가 집 앞에 도착하자마자 윤이는 도망치듯 내렸다.

"나 간다!"

이현은 고민을 시작했다.

"진짜 뭐지?"

그는 윤이가 저러는 이유를 알 수 없었다. 그러나 그녀가 더 멀어지기 전에 일단은 붙들어야 한다는 생각이 앞섰다.

재빨리 내려 앞을 막아섰고, 그녀는 그를 위아래로 훑어보며
말했다.

"왜 이래."

그가 한 발 다가가며 말했다.

"나랑 잘래?"

윤이는 한 발 물러섰다.

이 자식이 또 시작이구나.

그녀는 다시 한 발을 앞으로 내디디며 말했다.

"좋은 말로 할 때 가라."

그러나 그는 물러서지 않았다. 당황한 윤이가 입술을 씰
룩거렸다. 그녀의 표정을 읽은 그가 의미심장한 미소와 함께
물었다.

"그게 다야?"

평소라면 머리통이라도 한 대 후려쳤을 여자였다. 그가 반
격을 계속했다.

"진짜 싫어? 나랑은 상상도 못 해?"

그는 이 이상한 느낌의 끝을 확인해 볼 생각이었다. 윤이
는 조용히 마른침을 삼키며 말했다.

"어, 못 해. 그러니까 가라고."

여전히 평소와 같은 않은 반응에 그는 한 번 더 말했다.

"나 잘해. 궁금하지 않아?"

윤이는 이를 꽉 물며 가방을 머리 높이 들었고, 이현은 가방에 제 가슴으로 떨어지는 것을 보면서도 피하지 못했다.

"으악!"

그의 비명과 동시에 윤이의 분노도 폭발하기 시작했다.

"아주 그냥 듣자 듣자 하니까 매를 벌지. 어? 너 다른 여자였으면 성희롱으로 고소했어! 어? 내가 친구라고 봐주니까 아주 만만하지?"

결국 무릎까지 꿇은 뒤에야 그는 윤이의 가방 세례에서 벗어날 수 있었다.

그는 서둘러 그녀를 집으로 밀어 넣었고, 다시 튀어나오려는 윤이를 막기 위해 한참이나 문을 붙들고 있어야 했다.

❧   ❧   ❧

아침부터 사무실엔 싸늘한 기운이 감돌았다. 안나에게서 남은 의뢰비가 들어온 날이었다. 한동안 연락이 없던 그녀에게서 문자가 도착했다.

〈헤어졌어요. 마음 정리 되는 대로 조만간 한 번 봐요.〉

윤이에게 온 것이었다. 그녀는 이별의 후유증을 앓는 중인 듯했다. 심란한 윤이의 속도 모른 채, 이현이 통장 잔고를 확인하며 소리쳤다.

"예스!"

윤이가 눈을 치켜뜨며 노려보았고, 사무실 안 분위기가 싸늘해졌다. 침묵 속에서 이현은 분위기를 전환할 만한 일들을 떠올렸지만 답을 찾을 수 없었다.

오후 3시, 다른 의뢰인이 사무실을 찾아오면서 분위기는 전환되었다. 예정에 없던 의뢰인이 찾아온 것이다.

"이 건물 주인이에요."

그는 얼마 전 주차장에서 두 사람과 스쳐 지나갔던 그 남자였다. 그러나 두 사람은 그 순간을 기억하지 못했으므로 그가 이 건물의 주인이라는 말에 잔뜩 경직돼 있었다.

"무슨 일로……."

그들은 설마 그가 이별 대행을 의뢰하러 왔을 거라곤 생각하지 못했다.

행여나 업종을 알고 당장 사무실을 빼라고 소리치는 건 아닐까, 혹은 예술가들이 입주한 곳인데 너무 시끄럽게 굴었나 싶어 불안할 뿐이었다.

그러나 그의 입에서 처음으로 나온 말은 간단한 인사말이었다.

"이별 대행업체라기에 입주를 허락했는데, 이제야 와 보네요."

그들은 어리둥절한 표정으로 그를 봤다. 그가 얌전한 미소를 지으며 말했다.

"안민수라고 합니다. 저도 이별을 의뢰하고 싶은데요."

그의 이름은 안민수. 50대 초반의 남자로 좋은 매너를 가진 사람이었다. 그가 이별하고 싶은 사람은 10대 후반부터 사랑하며 희로애락을 함께했던 여자, 그의 아내였다.

그는 두 사람의 정신을 쏙 빼놓고는 다시 물었다.

"그런데 사업이 참 독특해요. 어떻게 이런 사업을 생각하셨어요?"

먼저 정신을 차린 건 이현이었다.

"좋은 이별이 새로운 사랑을 가져다주기도 하니까요. 이별을 할 줄 몰라 그 관계에 얽매여 있는 사람들이 많은 것 같더라고요. 그런 사람들을 도와주는 차원에서 이별 대행을 해 보면 어떨까 생각한 거죠. 이별의 조력자 같은 역할을 자처했다고 해야 하나."

"좋네요. 이별의 조력자라······."

그는 잠시 생각하더니 말했다.

"나도 이별을 하고 싶습니다. 새로운 사랑을 위해서."

"그러니까 그 말씀은······."

현이 불안한 투로 다시 말했을 때, 그가 조금은 머쓱해하
며 말했다.

"사랑하는 사람이 생겼어요."

묵묵히 듣고 있던 윤이가 작게 한숨을 내쉬었다. 설마 했
는데 한마디로 그는 바람이 난 것이었다. 윤이는 혼란스러웠
다.

훼방꾼들이 의뢰를 받을 수 있는 이별은 어디까지일까. 여
긴 어디까지나 개인 사업체일 뿐, 그들의 이혼을 조정할 수
있는 법정 기관이 아니다. 민수의 말은 마치 이혼을 대행해
달라는 것 같아서 일이 너무 커지는 기분이었다.

민수라고 그들의 시선을 모르는 게 아니었다. 그러나 밀어
붙일 생각이었다.

"훼방꾼들의 방식이나 분위기는 카페랑 SNS 계정을 통해
이미 다 보고 왔습니다. 저는 5번이에요. 제가 원하는 방식
으로 이별을 대행하길 원해요. 원하는 금액이 얼마든지 맞춰
드릴게요. 저는 제가 사랑하게 된 사람을 들키지 않는 방식
으로 이별했으면 해요. 제 애인을 대행해 줄 사람이 필요합
니다."

그의 시선은 한참이나 윤이에게 머물러 있었다. 안민수는
그녀의 아빠와 비슷한 연배의 남자였다. 윤이도 그의 시선을
피하지 않았다.

두 사람이 서로 마주 보며 대치하는 사이, 이현은 묘한 불안감을 느끼고 있었다. 그는 윤이의 어깨를 가볍게 감싸며 말했다.

"일단 상의를 해 볼게요. 대행을 하지 못할 이유는 없습니다."

민수는 그제야 윤이에게서 시선을 거두더니 현을 보았다.

"하지만 연기자는……."

그가 아주 단호한 얼굴로 덧붙였다.

"저희가 결정합니다."

민수는 잠시 대답이 없었다. 그가 유심히 윤이를 보더니 말했다.

"내 얘길 들어보고 결정하는 건 어때요?"

그는 자수성가한 사업가였다. 성공하기까지는 20년의 세월이 걸렸고 그 시간 내내 그의 아내는 늘 곁에 있었다.

"아내가 식당에서 설거지를 하면서 나를 먹여 살리던 때도 있었죠."

그러나 그는 고마움과 미안함만으로는 해결되지 않는 부분도 있었다고 했다.

그는 어릴 적부터 미술에 소질이 있었지만 농사를 짓던 부모의 반대가 심했다. 그래서 그는 우선 돈이 있어야 미술도 할 수 있다는 생각으로 스무 살부터 돈을 모으기 시작했다.

돈이 모아지면서 작은 사업장을 꾸렸고, 몇 차례의 실패 끝에 한 사업장이 자리를 잡으면서 오늘에 이른 것이었다.

그는 유명한 식품 업체의 대표였는데 윤이와 현도 한 번에 알아들을 정도로 꽤 유명한 곳이었다. 그러나 그는 자신이 이룬 부와 명예에 미련이 없어 보였다.

"한때는 사업이 확장될 때마다 가슴이 부풀던 때가 있었어요. 하지만 그것도 한계가 있더라고요. 그러다 잊었던 꿈이 생각난 거예요."

현재 그의 나이는 쉰둘이었다. 그는 우여곡절 끝에 다시 미술을 시작했지만 모든 것이 해결된 것은 아니었다.

"아내와 계속해서 갈등이 있었어요. 꿈을 이루는 건 천천히 나아가면 된다고 생각해요. 대단한 성취를 바라고 시작한 것도 아니고요. 하지만 아내에게 느낀 내 실망은 회복될 수 있는 게 아니었어요. 이 사람이랑 계속 살 수 있을까 생각하던 차에 새로운 사랑이 찾아왔어요. 처음부터 작정을 하고 눈을 돌린 건 아니에요. 하지만 사랑이 왔다면 잡아야 하는 거잖아요. 머뭇거리고 싶지 않아요."

아내와 잘 이야기를 해서 합의 이혼을 하는 건 어떠냐고, 이현이 마지막으로 권해 보았지만 소용없었다.

"거짓말하고 싶지 않아요. 나의 현재를 솔직히 알리고 싶습니다."

현재 상태를 솔직히 알리고 싶다면서 이별 대행을 선택하다니. 이현은 그의 말을 이해하기가 어려워 고개를 갸웃거렸다.

"아직 고백은 못 했어요. 그 여자는 내가 자기를 좋아하는지도 몰라요."

현은 믿을 수 없다는 듯 물었다.

"그럼 어떻게 될지도 모르는데 이혼부터 하시겠다는 거예요?"

민수는 고개를 끄덕이더니 말했다.

"내 신분이 깨끗해진 상태에서 고백하고 싶어요. 결과가 어떻든."

안민수가 돌아간 뒤 두 사람은 이 의뢰에 대해 고민하기 시작했다. 윤이는 생각할수록 기가 찼다.

"결국 아내가 아니라 새 애인을 위한 이별 대행이야."

이현은 아무럼 어떠냐는 쪽이었다.

"우린 대행하고 돈 받으면 그만이야. 금액도 원하는 대로 주겠다고 하고, 건물주랑 잘 알아 둬서 나쁠 것도 없잖아. 이 사무실, 우리가 얼마나 발품 팔아서 구한 건데. 이렇게 마음에 드는 사무실을 또 구할 수 있겠어?"

그러고 당황하지 않은 건 아니었다. 그러나 모든 건 안민수, 개인의 선택이었다. 이별 대행은 감정을 완전히 배제하고 뛰어들 수 있는 일은 아니었다.

그렇다고 의뢰인을 가려 받을 처지가 아니었다. 무엇보다 건물주이지 않은가.

윤이는 사무실 안을 둘러보았다. 처음 이곳에 오던 날, 나이 든 중개인을 부려 먹으면서까지 찾았던 이 건물의 주인인 안민수가 훼방꾼들의 의뢰인이 되다니.

어쩌다 이렇게 일이 꼬여 버린 걸까. 이별 대행업체라는 말에 입주를 허락해 주었다니, 그들도 좋은 사무실을 얻게 되었지만 사무실의 주인도 제 목적을 달성하기 위해 입주를 허락한 셈이었다.

그는 윤이의 분노가 다소 과하다고 생각하면서도 모른 척 말했다.

"대신 연기자는 섭외하자. 연기 잘하는 사람으로. 너 연기해 본 적 없잖아."

하지만 그녀의 가슴속에선 이미 승부욕이 들끓고 있었는데, 그것이 정확히 무엇인지는 그녀 자신도 알지 못했다.

"내가 할래."

"왜?"

이현이 반사적으로 물었다. 윤이는 태연하게 말했다.

"연기해 보지 뭐. 너도 했잖아. 발연기."

그는 그녀가 도무지 이해되지 않았다. 이렇게까지 말이 안 통하는 애였나 싶을 정도였다. 그저 친구로서 술이나 밥을 먹을 때는 새삼 신기하고 재밌었던 여자였다. 그러나 하루의 대부분을 함께 보내기 시작하면서부터는 상황이 달라졌다. 그녀는 알면 알수록 속을 알 수 없는 여자였다.

"너 왜 그러냐?"

이건 그녀답지 않은 결정이었다. 워낙 솔직하고 거침없는 성격의 그녀였다. 그런 여자가 누군가를 속이다니 정말이지 유별난 선택이었다.

"네가 무슨 연기야. 그게 왜 하고 싶냐고."

그녀는 여전히 태연했다. 그건 분노로 무장한 사람들에게서 볼 수 있는 일종의 '깡' 같은 것이었는데, 그녀는 바짝 독이 올라 있었다.

그의 눈에도 보였기 때문에 대체 그런 깡이 왜 이 시점에서 발휘된 것인지 알 수 없어 속이 탔다.

윤이도 알고 있었다. 그가 자신을 이상하게 보고 있다는 것을. 그러나 그녀 스스로도 생각을 정리해 가는 중이었으므로, 지금은 표면적인 이야기밖에 할 수 없었다.

"일단 해 보자고. 우리 아직 사업 초기야. 지출 줄이면 좋은 거 아니야?"

동시에 윤이의 머릿속을 채우는 장면들이 있었다. 깊은

밤, 불이 꺼진 부엌에서 홀로 소주를 마시던 수척한 엄마의 얼굴. 벌써 한 달도 넘은 아빠의 외박…….

윤이는 그 정황들이 가리키는 무언가를 안민수를 통해 본 것 같은 요상한 기분이 들었다. 그래서 윤이는 자신이 직접 이행하고 싶었다. 그들 부부의 이별이 이루어지는 순간을, 그 오랜 세월과의 이별이 어떤 것인지를 가장 가까이에서 보고 싶었다.

예감이 틀리지 않는다면, 어쩌면 같은 종류의 이별이 조만간 윤이의 집에서 일어날 수도 있었다. 그녀는 안민수를 통해 예감의 실체와 마주한 기분을 느꼈다.

❖   ❖   ❖

같은 날 늦은 오후, 윤이는 홍대입구역 근처의 카페로 갔다. 그녀는 이틀 전 도착한 문자의 주인공을 기다리고 있었다.

〈정수혁입니다. 한 번 만날 수 있을까요?〉

정수혁. 윤이는 한참이나 그 이름을 보았다. 내 번호를 어떻게 알게 된 걸까. 한참이나 잊고 지냈던 이름이었다. 윤이는 설마 안나가 이별 대행에 대해 털어놓은 건가 싶어 가슴이 다 서늘했다.

그녀는 고민 끝에 답장을 보냈다.

〈만나죠.〉

얼마 지나지 않아 그가 카페에 도착했다. 퇴근을 하고 오는 길인지 그는 정장을 입고 있었다.

"죄송해요. 좀 늦었죠."

결국 그들은 마주 앉았다. 그에게 알 수 없는 말을 지껄이던 윤이와 그런 윤이를 황당하게 보던 남자.

윤이는 우선 물어야 했다.

"제 번호는 어떻게 아셨어요?"

수혁은 제 앞의 차를 한 모금 마시더니 말했다.

"그보다 어떻게 연락할 생각을 했는지가 더 궁금하지 않아요?"

그거야 당연한 것이었다.

"좋아요. 말하고 싶은 것부터 해 보세요."

"윤이 씨를 본 기억이 났어요. 안나 데리러 갔다가 멀리서 한두 번?"

윤이는 안나에게서 수혁의 이름조차 제대로 들어 본 적이 없었다. 안나는 그를 내 애인 혹은 남자 친구로 칭했기 때문이었다. 당연히 그를 처음 본 것도 이별 대행을 하던 날이었다.

더군다나 윤이는 그날이 수혁을 보는 마지막일 거라고 생각했다. 그래서 처음 본 수혁에게 다가가 그런 소리를 지껄일 수도 있었던 거고. 그런데 그는 언젠가 본 자신을 기억한다고 말하고 있었다.

"물론 그날은 못 알아봤어요. 좀 이상한 여자라고 생각했죠."

내가 왜 거기 있었는지는 궁금하지 않은 건가?

윤이는 머릿속이 복잡했다.

그날 그들은 헤어졌다. 정확히 그날이 아니었을 수도 있지만, 그 자리에서 진짜 이별이 시작된 건 분명했다. 그런데도 그는 너무나 순수하게 그렇게 말했다.

"다시 보고 싶었어요."

이건 또 뭐야.

윤이의 눈썹이 꿈틀거렸다.

수혁과 만난 것도 머리가 복잡한데 이현은 안나의 의뢰비가 다 들어왔다며 신나 하질 않나, 건물주라는 불륜남이 찾아와 이별을 도와 달라고 하지 않나. 아무래도 날이 이상했다.

수혁과 만날 약속 시간이 다가와 허겁지겁 사무실을 나섰을 땐 이현의 의심스런 눈초리를 받아야 했다. 어디 좀 갔다가 퇴근한다고 대충 둘러댔는데, 사무실을 나온 순간부터 그는 계속해서 전화를 걸어왔다. 그러면서 대체 어디를 가는 거냐고 의처증에 걸린 남자처럼 물어댔다. 윤이는 참다못해 쌍욕을 날려 주었고 비로소 그의 전화를 받지 않을 수 있었다.

이런 날은 집에 가만히 붙어 있어야 하는 건데. 윤이는 날이 좀 이상하다 생각하면서도 수혁을 만나러 왔다. 만나지 않아도 그만일 텐데 윤이는 굳이 만나자는 그의 요청을 수락했다.

"연락처는 안나 주소록에서 봤어요. 안나 이메일 계정에 주소록이 백업 돼 있었거든요."

그는 안나와 이메일 계정을 공유하고 있었다고 했다.

"마지막으로 한 번만 보려고 들어간 건데, 거기 윤이 씨 사진을 봤어요. 연락처랑."

그가 본 사진은 폭탄 머리를 하고 있던 윤이였는데, 안나가 함께 찍은 사진 중 윤이만을 편집해 주소록 사진으로 넣어 둔 모양이었다.

"머리 모양이 바뀌어서 못 알아봤어요."

윤이는 당혹스러워지는 마음을 애써 감추며 물었다.

"그래서요?"

그는 잠시 망설이더니 물었다.

"그 자리에 윤이 씨가 있었던 게 우연인가요?"

각오한 질문이었지만 선뜻 대답할 수 있는 질문도 아니었다. 윤이가 망설이자 그가 다시 물었다.

"나한테 그런 말을 한 것도요?"

수혁이 다시 물었을 때 자신도 모르게 볼을 부풀리며 고심할 뿐이었다.

내가 말만 안 걸었어도. 수혁을 먼저 발견한 것도, 그가 시선을 의식할 정도로 오랜 시간 바라본 것도, 무턱대고 다가가 엉뚱한 소리를 지껄인 것도, 모두 그녀 스스로 저지른 일이었다. 뭔가 잘못 흘러가고 있었다.

윤이는 이 상황을 어떻게 수습해야 할지 알 수 없었다. 우선 그의 질문에 답부터 해야 하는데, 이미 복잡한 머리는 좀처럼 돌아갈 생각을 안 했다.

그때 수혁이 다시 말했다.

"그날 했던 얘기 더 해 줘요."

윤이는 혼란스러운 표정을 감추지 않았다. 그는 당차 보였던 방금 전과는 완전히 다른, 다소 슬프고 처연한 얼굴로 말했다.

"내가 이 이별을 잘 이겨 내고, 내 인생을 잘 살아갈 수 있게요."

사무실로 돌아오는 길 내내 윤이는 수혁을 떠올렸다. 그는 다른 어떤 건 묻지 않겠다고, 그저 그날 자신에게 해 준 이야기가 어떤 의미였는지를 알고 싶다고 했다. 하지만 윤이는 제정신이 아니었던 순간을 완전히 기억해 내진 못했다.

"미안해요. 기억이 잘 안나요."
"그럼 기억나면 알려 줘요."
"어 그게……."

윤이는 그가 한 발 물러설 거라고 생각했었다.

"내 번호 알죠?"

그는 벌써 다음 약속을 기약하고 있었다. 언니는 괜찮은 걸까. 윤이는 안나를 떠올렸다.
그와 헤어질 때에서야 윤이는 그날의 기억을 조금 떠올릴 수 있었다.

"분명한 건 그 이별이 수혁 씨한테도 도움이 될 거라고 생각했어요."

그는 여전히 이별의 아픔에서 벗어나지 못한 채 앓고 있었다.

"수혁 씨도 많이 지쳐 있을 거라고 생각했거든요."

그럼에도 그는 미소를 지어 보였다.

수혁과 헤어진 후에 윤이는 기분이 영 이상했다. 집으로 가고 싶지 않아서 그녀는 편의점에 들러 맥주 두 캔을 산 뒤 사무실로 향했다.

아직 있으려나.

이별의 민낯과 마주한 기분이었다. 그럼에도 씩씩하게 이겨 내고 있는 그가 대견하기도 하고, 지금도 괴로워하고 있을 안나가 마음에 걸리기도 했다. 윤이는 맥주 캔을 양 볼에 문지르며 걸었다.

"왜 이렇게 괴롭냐."

그녀는 훼방꾼들의 이별 방식에 죄책감을 느꼈다. 뭔가 다른 방식이 필요할지 모른다고, 아직은 확신할 수 없는 생각들이 머릿속을 휘저었다.

다시 사무실 건물로 돌아왔을 때, 훼방꾼들 사무실엔 불이 꺼져 있었다. 윤이는 양손의 맥주 캔을 보며 중얼거렸다.

"괜히 두 개 샀네."

보나마나 클럽에 갔을 거라고, 또 병이 도졌다며 홀로 어두운 사무실로 들어가려던 차였다.

"윤이 씨?"

어둠 속에서 낯선 남자의 목소리가 들렸다. 그녀는 맥주 캔을 주먹 삼아 경계 태세를 취했다.

"누구야."

건물에서 나온 남자는 민수였다. 윤이는 그를 보고도 맥주를 든 손은 내려올 줄을 몰랐다. 당황한 그가 진정시키듯 말했다.

"나예요. 아까 의뢰하러 갔던."

"알아요."

그녀는 살벌한 표정이었다. 보는 순간 속이 부글거렸다. 저 아저씨를 여기서 또 만나다니.

아차 싶었다. 이런 날은 집에 콕 틀어박혀 있어야 한다는 걸 또 잊은 것이다.

윤이는 체념한 듯 손을 내렸고, 또다시 그와 엮이고 싶지 않다는 듯 말했다.

"그럼 저는 이만."

그리고는 재빨리 건물로 들어가려 발걸음을 재촉했다.

"저기! 윤이 씨!"

하지만 그는 순순히 그녀를 보내 주지 않았다. 윤이는 이를 꽉 물었다. 그는 윤이의 등에 대고 물었다.

"출출하지 않아요?"

윤이는 온몸으로 짜증을 분출하며 뒤를 돌았다.

"뭐라고요?"

그 순간 배에서 난 소리만 아니었다면, 그녀는 조금 더 큰 소리를 칠 수 있었을 것이다.

꼬르륵.

잠시 정적이 흘렀고, 민수는 웃음을 참기 위해 괜한 헛기침을 했다. 윤이는 민망함에 부들부들 떨었고, 얼굴이 새빨개진 건 당연한 결과였다.

30분 뒤, 그들은 보쌈집에 마주 앉아 있었다.

"내 이야기, 궁금하지 않아요?"

윤이는 결코 그와 함께 갈 생각이 없었다. 배 속이 아무리 요동을 쳐도, 얼굴이 터질 듯 빨개졌어도 절대 그와 동행을 할 생각은 없었다는 말이다.

"아까 다 들었잖아요."

그도 윤이가 자신을 불쾌해한다는 걸 알고 있었다. 그럼에
도 그는 포기하지 않고 말했다.

"그 사람에 대한 이야기는 아직 안 했는데."

그는 자신이 사랑에 빠졌다던 '그 사람'을 말하고 있었다.
미치겠네.
윤이는 아주 잠시 고뇌했지만 결국 맥주 캔을 가방에 처박
으며 아주 신경질적인 목소리로 말했다.

"좋아요. 가요."

이건 뭐 너 죽고 나 죽자는 식이었지만, 그런 그녀의 태도
에도 민수는 잠시 웃을 뿐이었다.
그들이 벨을 누르자 머리를 정갈하게 묶은 주인 여자가 와
서 주문을 받았다.
"오랜만에 오셨네요."
"요즘 그림에 빠져서 자주 못 왔어요."
그는 보쌈 정식이 맛있다고 말했고, 윤이는 알아서 시키라

는 식으로 무심하게 굴었다. 식당 안의 손님들은 대부분 중년의 부부 같았다.

부부가 맞나 몰라. 이 시간에 다정하게 보쌈집에 있는 중년의 부부라…….

윤이는 주변의 모든 상황이 의심러웠다. 주문을 받고 돌아간 주인 여자의 시선도 그랬다.

"그 여자랑 여기도 왔었어요?"

그는 아니라고 했다.

그렇다면 주인 여자의 표정은 최소한 '저 남자가 또 여자를 바꿨네'는 아닐 것이었다. 그러나 그의 말을 모두 믿을 수 있는 건 아니었다.

윤이가 새침하게 말했다.

"들려주세요. 얘기하신다면서요."

마치 아빠를 대하는 딸처럼, 그녀는 다소 무례하게 굴었다.

"좋아요. 할게요."

그는 지금껏 그랬듯 허허 웃으며 그녀의 말에 친절하게 대답했다. 윤이는 그런 태도에 더 약이 올랐지만 심술을 풀 수 없었다.

"미술을 배우러 가서 만난 선생님이에요. 나이는 나보다 어린 것 같은데 아주 어리진 않고, 깡말랐어요. 머리카락은 어깨 정도 오는 길이에 가는 파마를 했고요."

어째 정도 오는 길이에 파마머리? 어쩐지 익숙한 묘사였다. 윤이는 빠르게 눈알을 굴리기 시작했다.

그는 윤이의 표정을 읽으며 말했다.

"지금 머리 색깔은 초록색? 괴상할 정도로 옅은 초록색이에요. 정확히는 연두색에 가깝네요."

윤이는 설마 싶어 물었다.

"제 이전 머리, 본 적 있어요?"

물론 그는 보았다.

"입주하던 날 봤어요. 그때 머리가 꼭 그 사람 같았죠. 색깔은 빨간색이었지만."

윤이가 당황하는 사이, 불현듯 그가 다시 물었다.

"머리 모양은 왜 바꾼 거예요? 아주 개성 있고 좋았는데."

윤이는 비꼬듯이 생각했다. 내 머리를 있는 그대로 좋아해 줄 사람이 여기 있었네.

안민수의 묘사는 자신과 너무 비슷했다. 나이가 많다고 하니 분명 자신이 아닌 건 알겠는데 좀 묘한 기분이었다.

그가 다시 말했다.

"그래서 윤이 씨가 해 줬으면 해요."

"네?"

그녀의 짐작대로, 민수의 그녀는 윤이와 스타일이 꽤 비슷했다. 마른 몸매에 자유로운 파마머리를 고수하는 화가. 아직은 짝사랑하는 여자였지만 그에겐 이혼 후 함께하고 싶은 단 한 사람이었다.

그는 그녀에게 부담을 주지 않기 위해 미술 레슨 시간 외에는 연락조차 자제하고 있었다. 물론 쉬운 일은 아니었다. 깊은 밤이면 그는 그녀를 떠올렸다.

어쩌면 자유분방한 성격답게 누군가와 뜨거운 밤을 보내고 있을지도 몰랐다. 그럴 때마다 스멀스멀 올라오는 질투와 별개로, 그 모든 것이 그 여자를 만드는 요소라고 생각했다. 그런 여자와 오롯이 함께하는 미래는 불가능할 수도 있었다. 그라고 각오하지 않은 게 아니었다.

그럼에도 그는 꿈꾸고 싶었다. 그녀의 자유와 자신의 부가 만난다면 그들의 남은 인생은 수많은 환희와 열정, 낭만으로 가득 찰 것이었다. 그는 그 여자의 인생 전부를 사랑하고 있었다. 지금껏 그의 인생엔 없었던 일이었다. 인생을 사랑할 수 있는 사람, 결코 쉽게 만날 수 있는 게 아니었다.

만약 그녀가 여자가 아니었다고 해도, 그는 상대를 위해 물심양면으로 지원했을 것이었다. 그가 원하는 것은 단지 육체적인 사랑이 아니었다. 정신적인 사랑. 이제 그는 그런 사랑이 너무나 갈급했다.

지금 그는 그녀에게 날개를 달아 주고 싶다는 열망에 취해 있었다. 그녀의 그림을 더 많은 사람들이 볼 수 있게 해 주고 싶다고, 그녀가 원한다면 더 자유로운 나라에서 마음껏 그림을 그리게 해 주고 싶다고 말이다.

그의 이별 대행은 그런 여자를 대신해야 하는 자리였다. 그는 결코 아무나일 순 없다고 생각했다.

훼방꾼들이 입주하던 날, 그는 윤이를 발견하고는 눈을 뗄 수 없었다. 마침 이별 대행업체라는 듣도 보도 못한 업체가 입주를 하는 것도 신기한데 그 사업을 하는 여자가 자신이 사랑하는 이와 너무나 닮은 것이었다.

그는 운명을 느끼지 않을 수 없었다. 저들이, 정확히는 저 여자가 내 인생 2막을 시작하게 도울 사람이구나, 서두르지 말고 다가가 보자……. 그런 마음으로 스스로 결단을 촉구하고 있었다.

그러던 어느 날부터 윤이의 머리는 곧게 펴져 있었고, 그는 꽤나 실망했었다. 그렇게 멋지고 개성 있는 머리를 왜 바꾼 것이냐고, 당장에라도 따져 묻고 싶었다.

그러다 오늘이 온 것이었다. 개성을 잃은 딸 같은 여자애와 마주하는 날. 그가 벼르고 벼른 날이었다.

그는 기다렸다는 듯이 말했다.

"대행을 할 땐 머리도 전에 했던 그 모양이면 좋겠는데요."

겨우 두피 위로 흘러내리기 시작한 머리카락이었다. 그렇다고 그녀가 자신의 머리 모양에 완전히 만족하고 있는 건 아니었다. 거울을 볼 때마다 제 얼굴이 제법 봐 줄 만하다는 사실에 뿌듯하면서도 이러다 영영 폭탄 머리로 못 돌아가는 건 아닐까 두렵기도 했다. 사업은 언제든 그만둘 수 있지만 그녀의 인생은 계속될 테니 말이다.

이제 윤이는 그를 마냥 미워만 할 수도 없는 심정이었다. 자신을 들었다 놨다 하는 이 아저씨의 정체는 뭘까 궁금했다. 의뢰인에게 필요 이상의 호기심을 가질 필요는 없다고 생각하는 윤이였지만 이미 호기심은 시작되고 있었다.

다음 날 윤이와 현은 택시에 올랐다. 그는 얼결에 따라 탄 것인데, 윤이가 택시 기사에게 의문의 주소를 내밀었을 때에서야 뭔가 이상하다는 것을 깨달았다. 그가 오들오들 떠는 시늉을 하며 물었다.

"야, 한윤이. 지금 어디 가는 거야."

택시 기사는 메모에 적힌 주소를 내비게이션에 찍었고, 그 주소는 인근의 산속 어딘가를 가리키고 있었다. 그가 식겁하며 물었다.

"날 묻어 버릴 생각인 건 아니지?"

택시는 이내 출발했다.

"뭐야, 어디 가는 건데!"

그가 납치돼 끌려가는 인질처럼 구는 바람에 택시 기사는 상당히 혼란스러웠다.

이건 또 뭔 상황이야.

심지어 백미러로 보이는 여자의 표정은 보통 살벌한 게 아니어서 그는 등골이 다 서늘했다.

그때 윤이가 말했다.

"보러 가자."

이현이 울먹이며 말했다.

"뭘, 내 무덤 자리?"

그녀가 짜증스럽게 말했다.

"아, 진짜. 장난 그만 치고! 그 여자 말이야!"

그는 피식 웃긴 했지만 솔직히 윤이가 말하는 '그 여자'가 누군지는 조금도 짐작할 수 없었다.

"누구? 나 요즘 만나는 여자 없는데?"

"그 미술 선생."

그는 거기까지 듣고도 습관적으로 자신이 만났던 여자 중 미술 선생이 있었던가를 떠올렸고, 겨우 안민수가 사랑한다던 여자를 떠올릴 수 있었다.

"너 진짜 미쳤어? 우리가 그 선생을 왜 봐! 주소는 어떻게 알았어?"

그녀는 누군가를 함부로 궁금해하는 사람이 아니었다. 더더구나 타인의 일에 깊이 끼어드는 일이라면 몸서리를 치는 여자였다.

그의 입을 다물게 하기 위해, 윤이가 물었다.

"넌 어제 우리 집엔 왜 왔던 건데?"

그녀의 예상대로 순식간에 전세는 역전됐다.

"어?"

"너 우리 집에 왔었다며."

말문이 막힌 이현은 괜히 휴대폰을 만지작거리며 딴청을 부리기 시작했다.

"그러니까 지금 가는 데가 어디인 거지?"

택시 기사도 그제야 저들이 정상적인 관계라는 것을 알 수 있었다.

어지간히들 싸우네. 좀 시끄러운 손님들이었다. 그러나 남자가 입을 다물자 이내 차 안은 조용해졌다.

지난밤, 윤이는 또다시 홀로 술을 마시고 있는 엄마를 발견했다. 윤이는 그녀의 맞은편으로 가 앉았고, 딸이 앉거나 말거나 소주를 마시던 진숙이 말했다.

"아까 현이 왔다 갔다."

윤이는 엄마가 말하는 현이가 누구인지 너무나 잘 알았지만, 이름보다는 사실이 믿기지 않아 다시 물었다.

"누구?"
"와서 저녁 먹고 갔어. 너 찾아온 거 같더라."

여전히 아빠는 감감무소식이었다. 평소라면 먼저 문자라도 하나 보냈을 윤이였지만, 이번만큼은 그럴 마음이 생기지 않았다.

잠자코 있던 윤이와 달리 괜히 변명을 늘어놓은 건 현이었다.

"네가 바로 퇴근한다고 했으니까. 나도 잠깐 어디 좀 들렀다가 그냥 뭐……."

그러나 이내 말문이 막히고 말았다. 대체 그날의 심정을 어떻게 말로 표현할 수 있단 말인가. 그가 말문이 막히거나 말거나 윤이는 그가 들렀다는 '그곳'이 너무 뻔해서 쏘아붙였다.

"클럽?"
그는 잠시 머뭇거리더니 말했다.
"그렇지."

윤이는 더 들을 것도 없다는 듯 창밖을 봤다. 그는 생각했다.

거기서 클럽 얘기가 왜 나와…….

그래도 그녀가 어제 그의 방문에 대해 더 궁금해하지 않은 건 다행이었다.

어제 그가 클럽에 갔다 온 건 사실이었다. 윤이가 퇴근을 하자 사무실 안은 너무 조용했고 동시에 지루했다. 그간 어떻게 클럽에 가지 않았나 싶을 정도였다. 더군다나 누구와 만난다는 말도 없이 그냥 일이 있다며 사무실을 나간 그녀의 행적은 너무나 궁금하고 또 궁금한 사항이었다.

그는 기분 전환이나 하자며 클럽으로 향했다. 친구들을 오랜만에 만났는데 술맛이 안 나고 영 재밌지도 않았다. 자신의 이상형과 꽤 가까운 여자가 다가왔음에도 흥미를 끌지는 못했다. 결국 그는 클럽을 나왔다.

이제 내 클럽 인생도 끝났구나. 그는 마지막으로 자주 가던 클럽을 돌아보며 여긴 내가 있을 곳이 아니라고 생각했다. 하지만 그의 얼굴엔 조금의 미련도 없었다. 그러더니 이내 차로 뛰어갔다. 그는 자신이 있어야 할 곳으로 갈 생각이었다.

얼마 뒤 그가 도착한 곳은 윤이의 집이었다.

"네가 드디어 돌았구나."

도착하고 나서야 정신이 든 그였다. 그는 한동안 차에서 내리지 못한 채 중얼거렸다.

"언젠간 내가 한윤이 때문에 미치는 날이 올 줄 알았어."

그녀에게 어떤 말을 해야 할지, 왜 왔는지에 대해 어떻게 설명해야 하는지도 알 수 없었다. 그러나 이왕 온 김에 초인종은 눌러 봐야 했다. 윤이가 집으로 돌아온 것만 확인하면 된다고 생각했다.

그가 초인종을 눌렀고, 얼마 뒤 문이 초췌한 얼굴의 진숙이 얼굴을 내밀었다.

"아줌마! 저 왔어요!"

그는 평소처럼 인사를 했지만 그녀는 평소와는 비교가 되지 않을 정도로 수척했다.

무슨 일이 있으신가.

그녀는 애써 태연한 척하며 그를 집으로 들였다. 윤이는 아직 오지 않았다고 했다.

진짜 어디로 간 거야. 신경이 곤두선 것도 잠시, 그는 진숙의 표정에 마음이 쓰였다. 그는 함께 저녁을 먹으러 가자고

했지만 그녀는 집에 반찬이 남아돈다며 조금만 기다리라고
했다.

진숙은 엄마 밥을 많이 못 먹고 자란 이현을 안쓰러워했
다. 그래서 그가 종종 집에 올 때마다 직접 밥을 차려 주곤
했는데, 그날 저녁만큼은 그가 아줌마를 챙겨 주고 싶은 심
정이었다.

그는 진숙의 곁에서 같이 저녁을 차리고 밥도 먹었다. 밥
을 먹은 뒤엔 과일도 나눠 먹으며 일일 연속극도 같이 봤다.

연속극 속 주인공은 얼마 전 결혼을 한 새댁이었는데, 첫
사랑에게 흔들리고 있었다. 어느새 이현과 진숙은 드라마에
흠뻑 빠져 있었다.

"아줌마도 첫사랑 있어요?"
"그럼. 나도 사람인데."
"누구요?"

그녀는 오랜만에 자신의 고등학교 시절 고향 오빠를 떠올
렸다.

"있어. 잘생기고, 젠틀하고. 지금도 와이프랑 그렇게 잘 산다
던데."

그러면서 한숨을 내쉬며 생각했다.

잘 나가던 오진숙이 어디서 굴러먹던 한경석을 만나 가지고.

그녀는 차마 거기까진 말하지 못했다.

"헤어지고 나한테 와."

첫사랑이 주인공 여자에게 말했다. 이현은 자신도 모르게 '어이쿠!' 하고 추임새를 넣었다. 진숙은 추접하다며, 결혼했으면 싹 잊고 새로 사는 거지 뭘 또 저러냐고 한탄을 했다. 현은 한 번 사는 인생 뭐 어떠냐는 식이었다. 그러다 진숙에게 매서운 눈초리를 받기도 했다. 불현듯 진숙이 물었다.

"현이 네 첫사랑, 우리 윤이 아니냐?"

이현은 벌떡 일어나며 말했다.

"아줌마, 무슨 소리예요! 제 첫사랑은 걔랑 비주얼이 다르다고요!"

진숙도 발끈했다.

"우리 윤이가 왜? 걔가 머리를 그 지경으로 하고 다녀서 그러지! 봐 줄 만한 얼굴이야. 또 날씬하잖아! 걔가 다이어트가 필요 없는 몸이라고. 나 닮아서 살이 안 쪄. 그게 얼마나 축복인지 알아?"

이현은 곰곰이 생각하다가 그건 또 맞다며 도로 자리에 누워 버렸다.

그들은 폭탄 머리의 윤이를 떠올렸지만 사실 그녀는 현재 생머리를 휘달리고 있었다. 그녀의 폭탄 머리가 워낙 강렬한 잔상을 남긴 탓에 두 사람 모두 잠시 잊었을 뿐이었다.

"제 첫사랑은 주희라고 있어요."

이현은 윤이를 떠올리면서도 입으로는 첫사랑에 대해 말했다.

"주희?"
"네. 육상부를 했는데 다리가 무지하게 길던 애였어요."

그의 기억은 어느새 곧게 뻗어 있던 주희의 다리를 떠올렸다. 청소년이었던 이현의 눈엔 육상부였던 주희의 짧은 운동바지는 섹시한 핫팬츠처럼 보였다. 그 아래로 탄탄하게 빛을 내던 그녀의 맨다리는 그 무렵 이현 또래의 남자애들을 열광하게 만들었었다.

진숙은 그의 입에 사과를 밀어 넣으며 말했다.

"적당히 해라? 미래를 생각해서."

그는 진숙의 말이 무슨 뜻인지 몰랐지만 어쩐지 그래야 할 것 같아서 사과를 씹으며 다시 연속극에 집중했다.

그리고는 밤늦게 윤이의 집을 나섰는데, 그때까지도 그녀는 돌아오지 않았다. 그 사실도 신경이 쓰였지만 아무래도 진숙이 더 마음에 걸렸다. 그는 그녀의 부모에게 어떤 일이 벌어진 것 같다고 직감했다.

윤이가 안민수에게 유독 예민하게 구는 이유에 대해서도 같은 맥락인가 싶었다. 정확한 것을 알 수 없고 묻기도 어렵겠지만, 자신이 안민수와 윤이 사이에서 느꼈던 불결함은 버려도 될 것 같다고 막연하게 생각했다.

그래서 개운한 마음으로 사무실에 출근했는데 도착함과 동시에 다짜고짜 그녀의 손에 이끌려 대기 중이던 택시에 오른 것이었다.

택시는 큰 도로의 중간에서 불쑥 꺾인 좁은 길로 들어갔다. 건물로 가득했던 시야가 순식간에 풀과 나무로 뒤덮인 산길로 바뀌었다.

그리고도 한참을 꺾고 돌기를 반복하던 때, 저 멀리 중턱에 가로로 길쭉한 단층 벽돌집이 보였다. 여러 가지 색의 벽돌을 섞어서 쌓은 그 집은 존재 자체로 운치를 만들고 있었다. 담도 없이 그저 마당이 넓게 펼쳐진 집이었는데, 내비게이션은 분명 이 집을 가리키고 있었다.

"여기 맞아?"

이현이 의아한 듯 물었다. 윤이라고 정확히 알 리는 없었다.

"맞겠지, 뭐."

어떻게 미술을 배우러 오나 싶을 정도로 위치가 상당히 으슥했다.

그때 건물 안에서 빼빼 마른 몸매에 폭탄 머리를 한 여자가 나왔다. 그 여자를 보는 순간 이현의 눈은 휘둥그레졌다. 그는 윤이를 돌아보며 물었다.

"저 여자야?"

그러면서 찰랑거리는 윤이의 머리를 몇 번이고 살펴보았다. 마치 윤이의 머리를 떼어다가 저 여자의 머리에 얹어 놓은 것만 같은 느낌이었다.

"응."

윤이가 보기에도 그녀는 분명 자신과 비슷했다. 다만 안민수의 말처럼 나이는 꽤 많은 것 같았고, 푸석거리는 머리칼과 기미로 덮인 볼, 까만 피부…… 윤이와 다른 점도 많은 여자였다. 물감이 덕지덕지 묻은 손에 앞치마를 두른 그녀는 상당히 만족스러운 얼굴로 미소를 짓고 있었다. 빈티지한 셔츠에 색이 바란 검은색 스키니 진을 입은 그녀는 누가 봐도 자유로운 사람 같았다.

그때 믿기지 않게도 반대편으로 다른 차 한 대가 섰다. 차 안에서 중년의 여자가 내리더니 그녀와 인사를 나눴다. 그들은 반갑게 말을 주고받더니 이내 건물 안으로 들어갔다.

"진짜 미술을 배우러 오는 것 같은데? 무슨 상위 1%들의 미술 모임…… 이런 건 아니겠지?"

이현이 중얼거렸다. 윤이는 그녀가 들어간 문을 물끄러미 보고 있었다.

상한 머리칼을 당당하게 내놓고 다니며 스키니 진을 소화하는 40대 중반의 여자. 여행을 많이 다닌 탓일까. 검고 관리가 안 된 피부가 상당히 푸석푸석해 보였지만 표정만큼은 아주 건강했다.

윤이가 이현에게 물었다.

"몇 살 같아?"

그는 조금의 망설임도 없이 대답했다.

"40대 중반은 넘었겠다."

"어떻게 아는데?"

"몸에 탄력을 보면 알지."

윤이는 밀려오는 짜증을 애써 삼키며 물었다.

"40대도 만나 봤어?"

윤이의 기억엔 없었지만 또 모를 일이었다. 그가 뒤에서 어떤 여자를 만나고 다니는지는.

"야, 내가 아직 그럴 나이는 아니잖아."

윤이는 기가 차서 대꾸했다.

"어이쿠, 가리는 것도 있네."

"그게 아니라……."

이현은 지금껏 나이를 따져 여자를 만난 적은 없었다. 믿기지 않겠지만 때때로 끝내 나이를 모르는 여자도 있었다.

"그 사람들이 날 상대 안 하지. 원숙미 모르냐? 만나고 싶어도 없어. 내가 노는 얕은 곳에는."

아득한 얼굴로 허공을 보는 그였다. 그녀는 기가 차서 그의 눈알을 확 찔러 버릴까 싶어 손가락만 꿈틀거리다 그만두었다. 이내 궁금한 것이 생긴 탓이었다.

윤이가 보기엔 그냥 빼빼 마르고 자유분방한 여자 그 이상도 이하도 아니었다. 매력이라곤 눈을 씻고 봐도 없었다.

"매력이 있어?"

윤이가 묻자 그는 이내 고개를 끄덕이더니 대답했다.

"눈이 좋더라. 반짝반짝하니."

윤이는 뭔가 잘못 들은 사람처럼 되물었다.

"눈?"

"응."

"네가 그런 것도 봐?"

그는 분명 가슴도 아니고 엉덩이도 아니고, 심지어 허리도
아닌 눈이라고 말했다.

"하여튼 나보다 네가 더 음란해."

그가 혀를 차며 대꾸하기에 윤이도 반박했다.

"내가 아무 근거도 없이 이러는 걸까?"

"아니. 항복."

그는 바로 양손을 들어 보였다.

어쨌든 윤이는 심란했다. 외딴곳에 있는 집을 보면서 잠시
나마 이곳이 그들의 은신처가 아닐까 했던 상상은 이미 깨져
있었다.

"가자."

그녀는 다소 맥이 풀린 목소리였다.

"근데 여긴 어떻게 알았어?"

그가 물었을 때, 윤이는 지난밤을 떠올렸다.

"어디서 배우세요?"

그녀는 안민수와 함께 식당 앞에 서 있었다. 미술을 어디서 배우느냐고 물으려던 것인데 주어가 쏙 빠져 버렸다. 하지만 그는 이내 알아듣고 대답했다.

"선생님 작업실에서요."

그때까지만 해도 윤이는 그 여자를 직접 보고 싶다는 마음은 없었다.

집에 데려다준다는 그를 만류한 뒤 어떻게 마무리를 해야 할지 몰라서 얼결에 물은 것이었다.

"궁금하면 가 봐요."

그는 가슴 안주머니에서 작은 수첩을 꺼내 주소를 적었다. 처음에는 받지 않았다.

"제가 왜요?"

"내가 왜 윤이 씨를 연기자로 고집하는지 알려 주고 싶어서?"

윤이의 입술이 또다시 불만으로 꿈틀거렸다.

"이번이 아니면 볼 기회가 없을 텐데요. 그 사람은 한동안 외국에 가 있을 거예요. 아마도 이별 대행이 끝나는 날까지."

결국 윤이는 메모를 받았다. 받아도 안 가면 그만이라고 생각했는데 아침이 되자 생각이 완전히 바뀌었다. 까짓것 한번 가 보자고. 도대체 안민수의 생각이 뭔지 한 번 보자고. 그런 마음으로 움직였다.

그곳에 잠시 머무는 사이 윤이는 알았다. 안민수가 보여 주고 싶어 한 것은 신뢰였다. 그의 말은 모두 사실이었다. 윤이는 그를 믿을 수 없는 사람이라고 생각했다. 바람을 피웠으니까, 조강지처를 버리려고 하고 있으니까.

그는 자신을 혐오하는 윤이에게 진심을 보여 주고 싶어 했다. 그저 돈을 내밀며 의뢰를 맡으라고 하거나 맡지 않으면 사무실을 빼야 할 거라는 식으로 갑이 을에게 흔히 할 수 있는 짓도 하지 않았다.

사무실로 돌아오는 길, 두 사람은 논쟁을 벌였다. 언제나처럼 그들은 한 치의 양보도 없었다. 특히 연애에 있어서 그들은 늘 서로를 의심했다. 그는 바람둥이라는 이유로, 그녀는 매번 차이는 여자라는 이유로 그랬다.

시작은 이현이 했다.

"뭔가 이상해."

"그러니까 뭐가."

윤이가 시비조로 받아쳤다.

"남자는 혼자인 걸 불안해하거든."

"안민수 씨는 50대 중반의 남자야. 너랑은 다를 수도 있어."

"아니야. 남자는 60을 먹든 70을 먹든 남자라고."

"누가 그래?"

"우리 아빠가."

이현의 주장은 이랬다. 남자는 내 여자가 아닌 여자에게 불안을 느낀다. 특히 자신이 좋아하는 여자라면 반드시 '내 것'을 만들어야 직성이 풀린다는 것이었다. 관계에 있어서도 마찬가지라고 했다.

"남자는 문자를 보낼 때도 한 사람에게만 보내지 않아."

"그건 또 무슨 말이야."

"예를 들면 내가 너한테 뭐해? 하고 문자를 보내 놓고 또 다른 사람에게 같은 문자를 보내는 거야."

윤이가 눈썹을 꿈틀거리더니 물었다.

"그랬어?"

이현이 결백하다는 듯 말했다.

"너한테는 그런 적 없는데 심심해서 여자한테 연락하는 경우는 주로 그렇지. 얘가 안 되면 쟤랑 만나야 하니까. 꼭 여러 여자한테 보내는 것도 아니야."

이현은 남자들이 흔히 겪는 외로움과 그로 인해 이루어지는 동시 다발적인 문자에 대해 이야기하고 있었다.

"너만 그런 거 아니야?"

윤이가 의심스럽다는 듯 물었다.

"대체로 그럴걸?"

"널 모든 남자의 표본으로 둘 수 없다는 게 나의 생각이다."

"흠……."

"부정은 못 하네."

"그건 그런데, 나 진지하다고."

"알았으니까 진지하게 말해."

그녀는 창밖으로 스치는 나무를 보고 있었다. 이런 풍경 오랜만이네, 라고 애써 생각하면서. 그렇게 하지 않으면 생각이 자꾸만 집으로, 집 안에 홀로 남은 엄마에게, 또 증발한 아빠의 행적으로 흘러가려 했다.

"그러니까 그 여자랑 잠도 안 잤는데 이혼을 하는 유부남은…… 없다는 거야."

"그 사람이 독특한가 보지. 여자 취향 봐라."

"취향이 독특할 순 있어도 욕구는 어쩔 수 없는 거야."

어느새 그는 윤이의 옆에 바짝 붙어 있었다.

"그래서 나더러 어쩌라고. 그냥 의뢰니까 받자며. 네가 그랬잖아. 돈 먹고 인맥 챙기고."

윤이는 안 그래도 머리가 복잡했다. 아빠의 외로움은 지금 누구에 의해 달래지고 있는 것인가부터 시작해 어떻게 해야 제대로 된 연애를 할 수 있을까 하는 문제까지 그랬다.

보기엔 멀쩡한데 후하게 쳐주면 예쁜 것도 같고. 윤이는 창문에 비친 자신을 보며 생각했다.

폭탄 머리를 포기했지만 인생에 한 번뿐인 연애 같은 건 시작되지 않았다. 지나가다 본 멋진 남자가 말을 거는 상상은 번번이 부지는데 어떤 여자는 폭탄 머리를 달고도 한 남자의 인생을 송두리째 흔들고 있었다.

도대체 내 님은 어디에 있느냔 말이야. 가족사로 마음이 복잡한 탓인지 윤이는 요즘 들어 자신이 만들어 갈 가족에 대해 자주 생각했다. 이전까지는 크게 생각해 본 적이 없었던 결혼이란 단어도 떠올렸다.

결혼을 해야 끝이 나리라는 그 생각도 착각에 불과하지만 말이다.

윤이에게도 자신의 폭탄 머리를 제거해 줄 남자를 만나고 싶은 때가 있었다. 이현에겐 머리 모양까지 사랑할 남자를 만나겠다고 했지만 실은 자신을 진정으로 사랑해 주는 사람을 만난다면 그녀는 스스로 폭탄 머리를 필 의사가 있었다. 그러나 그런 남자는 나타나지 않았다.

머리를 피던 날, 윤이가 느낀 심정은 묘했다. 일 때문에 머리를 핀 건 나쁘지 않은데 결국 자신의 머리를 펴고 싶게 한 남자가 없었다는 건 서글픈 일이었다. 내년이면 윤이도 서른이었다.

요즘 세상에 서른이 무슨 대수냐고 누군가는 말하겠지만 그건 당사자가 느끼는 감정과는 별개의 문제다. 20대가 끝난다는 건, 때때로 부수고 싶었던 20대가 내 의지와 상관없이 끝난다는 건, 윤이처럼 제대로 된 연애 한 번 못 해 본 여자라면 더더욱 쿨하게 손을 흔들어 줄 수가 없는 일이었다.

윤이는 사무실로 돌아오자마자 뻗어 버렸다. 너무 긴장했던 탓인지 기운이 다 빠진 것 같았다. 이현이 커피를 내밀었다. 윤이는 그가 내민 커피를 마시며 조금 전 택시 기사의 말을 떠올렸다.

"근데 그건 남자분 말이 맞아요."

"네?"

"남자는 확실한 관계가 없이 조강지처를 못 떠나요. 대부분이
그래."

이현은 커피를 마시며 컴퓨터를 켜고 있었다. 윤이가 물었
다.

"그렇게 이상해?"

그는 단박에 알아듣고는 대답했다.

"좀 불안하긴 해."

이제 그들의 입장은 완전히 바뀌었다.

"계약은?"

이제는 그가 계약 여부를 고민하고 있었다.

"그래서 안 하겠다는 거야?"

의뢰비도 많으니 그냥 하잘 때는 언제고, 윤이가 입을 삐
죽거렸다.

"의뢰비를 완불로 받아 버릴까?"

윤이가 한숨을 내쉬었다.

"고민이 그거였어?"

그는 당연하다는 듯 말했다.

"당연하지. 우린 사업가야."

결국 안민수와의 계약은 체결되었다. 동시에 이별 대행 작업도 시작되었다. 그는 한시라도 빨리 이별을 하고 싶은 입장이었다. 우선 그의 아내에게 의심을 살 만한 상황을 만드는 작업이 필요했다. 그들은 휴대폰을 새로 개통했고, 박하영이라는 이름으로 그에게 문자를 보내기 시작했다.

이번 시나리오도 이현이 쓰기로 했다. 윤이는 이번 대행만큼은 자신이 시나리오 작업을 하긴 어려울 것 같다고 했고, 이현은 다른 질문 없이 그러자고 했다. 윤이는 그런 그가 못내 고마우면서도 이상해서 몇 번이고 돌아봤었다.

시나리오는 안민수가 원하는 대로 완성됐다. 안민수의 애인 역할도 윤이가 하기로 했다. 그녀가 끝까지 고집을 꺾지 않은 탓이었다. 윤이는 직접 문자를 보냈고, 깊은 밤이면 전화를 걸었다가 금세 끊는 작업을 반복했다. 시나리오 속 박하영은 안민수의 그녀와 같은 화가였다.

현의 불안이 현실이 된 것일까. 문제는 대행을 하루 앞두고 벌어졌다. 안민수가 갑자기 말을 바꾼 것이었다.

—아무래도 나는 그 자리에 없는 게 좋겠어요.

그들은 안민수에게 직접 만나서 얘기하자고 했지만 그는 만남을 피하고 전화로만 간단하게 말을 전했다. 그러면서도 대행은 포기하지 않겠다고 했다.

─시나리오를 변경해서 저 없이 진행해 주세요. 의뢰비는 원한다면 더 드릴게요.

그들로선 그에게 무슨 일이 벌어진 건지 알 길이 없었다.

결국 그가 없는 이별 대행 날은 빠르게 다가왔다. 그사이에도 그들은 안민수와 연락을 하기 위해 수차례 노력했지만 소용이 없었다. 시나리오 수정은 불가피했다.

그날 저녁은 원래 안민수와 그의 아내가 오붓하게 식사를 하는 자리였다. 그 자리에 박하영이 나타나면서 안민수는 아내에게 자신의 새 애인을 소개하기로 돼 있었다. 한마디로 막장 드라마식의 구성이었는데 안민수 대신 윤이가 나타나는 것으로 시나리오를 변경해야 했다.

이현은 시나리오를 바꾸는 내내 불안해했다.

"야, 차왕. 너 진짜 할 수 있겠어?"

윤이는 의외로 담담했다. 그 자리에 안민수가 없으니 굳이 연인인 척을 할 필요도 없게 됐고, 안민수가 있다고 해도 언제고 돌발 상황은 벌어질 수 있는 거니까 한번 해 보자는 심정이었다.

윤이는 안민수의 심경 변화가 다소 당황스럽긴 했지만, 그가 아무렇지 않게 이별을 의뢰하던 것보다는 불안하고 괴로워하는 것이 더 옳다고 생각했다.

약속 장소는 레스토랑이었다. 약속 시간 두 시간 전부터 윤이와 이현은 레스토랑 근처 카페에서 대기하고 있었다. 그는 시나리오를 다시 한 번 읊어 주며 실수하면 안 되는 것들에 대해 늘어놓았다.

"특히 이름. 넌 박하영이야."

이미 귀에 못이 박히게 들은 이야기였다. 그는 마치 물가에 애를 내놓은 사람처럼 불안해했다.

"알아. 아까도 말했잖아."

이현이 이러는 데도 이유는 있었다. 지금껏 자신의 이별에 있어 많은 훼방을 도와준 그녀였지만 연기력은 정말이지 꽝이었다. 물론 자신의 연기력도 못 봐 줄 수준이긴 했지만 그녀는 한술 더 떴다. 안 그래도 발연기의 한윤이를, 그것도 혼자 이별 대행 현장에 보내려 하니 속이 타들어 가는 기분이었다.

훼방꾼들의 이별 대행은 원칙적으로 직접 대면이었다. 즉 의뢰인은 이별의 상대와 대면을 통해 이별하는 대신에 훼방꾼들이라는 업체의 조력을 받는 것이었다. 조력자의 역할, 딱 거기까지가 훼방꾼들의 몫이었다. 다소 예의 없는 이별이 되겠지만 이번만큼은 예외라 치더라도 윤이는 그 자리에 있고 싶었다.

결연한 윤이와 달리 이현은 불안해하다가도 고개를 절레절레 젓기를 반복했다. 윤이는 그의 시선이 닿은 제 머리카락을 익숙한 동작으로 매만졌다.

"어쩜 그렇게 똑같은 모양으로 되살아났냐."

윤이의 머리는 다시 폭탄 머리로 바뀌어 있었다. 설마 안민수의 요구에 따른 거냐고 몇 번이고 묻고 싶었지만 꾹 참았다. 오늘은 중요한 날이니까, 그 무게를 다 진 사람이 바로 윤이니까. 폭탄 머리도 모자라 윤이는 그날 본 여자의 의상과 꽤나 비슷한 옷까지 입고 나왔다. 이현은 끝내 다 참지 못하고 중얼거렸다.

"왜 물감도 갖다 묻히지."

윤이는 한심하다는 듯 말했다.

"아무리 화가라도 레스토랑 갈 땐 옷도 갈아입고 물감은 닦고 가겠지?"

이현은 그녀가 너무 열심이라는 게 다소 못마땅했지만, 프로 의식을 투철히 발휘해 최선을 다해 보시겠다는데 별수 없었다. 그저 시나리오를 쓴 사람으로서 그녀의 연기력이 조금이나마 향상돼 있기를 바라는 수밖에.

화가라는 설정 때문일까. 윤이의 폭탄 머리는 평소와는 느낌부터 좀 달랐다. 이전의 괴상함 같은 건 느낄 수 없었다. 오히려 잘게 말린 파마머리가 윤이의 뺨에 부딪히거나 바람에 살짝 흔들릴 때마다 온몸이 짜릿해지는 기분이었다.

말도 안 돼. 내가 아무리 미쳐도 그렇지 저 폭탄 머리에? 그는 머리를 쥐어뜯고 싶었다.

심지어 그녀가 무심코 머리를 긁적이면 머리까지 다시 하느라 두피가 예민해진 건 아닌가, 많이 불편한가 싶어 신경이 쓰였다. 평소라면 또 머리를 안 감은 거냐고 버럭질을 했을 그였다. 그는 자신의 마음이 어이가 없으면서도, 생각보다 앞서가는 마음을 붙잡을 순 없었다.

윤이는 안민수의 아내 사진을 보고 있었다. 그가 대행에 불참한다는 의사를 통보한 후 보내온 사진이었다. 중년이지만 사랑스러운 외모의 여자였다. 젊은 시절 고생의 흔적은 남아 있지 않았다. 사진 속의 그녀는 밝게 웃고 있었는데 아마도 그가 찍어 준 것이 아닐까 추측했다.

안민수가 사랑하게 된 미술 선생과는 확연히 다른 하얀 피부와 정갈한 화장, 우아한 머리 모양을 한 그의 아내는 그녀보다 결코 부족해 보이지 않았다. 어디까지나 표면적인 판단이겠지만 말이다. 안민수의 아내를 만날 시간이 코앞에 와 있었다.

윤이는 마지막으로 도청 장치의 작동 여부를 확인한 뒤 자리에서 일어났다. 레스토랑 안에서의 염탐은 어려울 것 같아 인근 카페로 자리를 잡았는데, 다행히 장치는 잘 작동되고 있었다.

"나 간다."

"한윤이!"

윤이가 나가려는 차, 그가 서둘러 그녀를 불렀다. 윤이는 다소 긴장한 탓에 머릿속이 하얗게 됐다.

"왜."

그는 그녀의 긴장이 한눈에 보여서 밝은 미소와 함께 말했다.

"이상한 낌새가 있으면 내가 바로 갈 거야."

윤이는 의아해서 물었다.

"이상한 낌새?"

그는 본인이 더 두려운 기색으로 말했다.

"네 **뺨**을 때린다든지……."

그는 말끝을 흐렸다. 정말 생각하고 싶지도 않은 장면이었다.

윤이가 피식 웃더니 말했다.

"그럼 우리 대행도 끝인데? 돈 못 받는다고."

"어차피 이 의뢰는 의뢰인이 참석하지 않았기 때문에 무효야. 하지만 우리가 깨 버린다면 선불로 받은 의뢰비까지 돌려주는 거지, 뭐."

윤이는 잠시 그를 나무라듯 보더니 이내 장난스럽게 말했
다.

"이왕이면 성공해서 잔금까지 받자. 의뢰인도 없이 이 고
생을 하는데."

그리고 그들 세계의 왕인 차왕 답게 당당히 카페를 나섰
다. 그는 윤이가 나간 문을 물끄러미 보며 말했다.

"내가 다 기대고 싶네."

그녀를 왕으로 모시고 있는 게 나쁘지 않다고 생각될 만큼
그랬다.

레스토랑 안, 윤이는 주변을 둘러보았다. 안민수의 아내
이름은 장선경이었다. 이미 안민수가 건네준 사진으로 그녀
의 얼굴을 알고 있었다.

저 앞에 그녀가 앉아 있었다. 윤이는 종업원을 불러 물었
다.

"장선경 씨가 어느 분이죠?"

알면서도 모른 척, 그녀는 종업원의 안내에 따라 테이블
로 갔다. 레스토랑과는 전혀 어울리지 않는 차림이었지만 윤
이는 자신의 차림이 마음에 들었다. 만약 정장이나 원피스를
빼입었다면 몸놀림이 상당히 불편했을 것 같았다.

윤이가 테이블 앞에 서자 선경은 말없이 그녀를 올려다보았다. 종업원이 돌아갔고 선경이 그녀를 물끄러미 보며 물었다.

"누구시죠?"

윤이는 무턱대고 맞은편으로 가 앉았다. 무심하다 못해 건방져 보이기까지 해서 선경은 묘하게 불편해졌다

비슷하긴 한데 이렇게 어렸단 말이야? 선경이 고개를 갸웃거렸다.

윤이는 그녀의 표정을 읽고 있었다. 선경은 분명 남편의 내연녀에 대해 알고 있는 눈치였다.

설마 그래서?

윤이는 안민수가 자신에게 폭탄 머리를 요구한 이유에 대해 생각하는 중이었다. 그가 미술 선생의 주소를 준 것도, 설마 이 모든 상황을 대비해 자신을 그녀와 똑같은 아바타를 만들려 했던 건가 싶었다.

윤이는 정신을 차리고 말했다.

"박하영이라고 해요."

설마 이름까지 알고 있는 건 아니겠지. 윤이는 말을 하면서도 불안했다.

순간 장선경의 얼굴에 의미를 알 수 있는 웃음기가 어렸다. 윤이는 긴장감이 밀려와 목에 힘을 주었다. 꼿꼿한 자세

를 잃지 않기 위해서였다.

"그래요, 박하영 씨."

그간 박하영이라는 이름으로 문자도 보내고 전화도 했지만 선경에게선 반응이 없었다. 그래서 윤이와 현은 사전 작업이 실패한 것 같다고, 방법을 바꿔야겠다고 민수에게 말했었다. 그러나 그는 무심하게 말했었다.

"모든 걸 알고 있어요. 모른 척하고 있을 뿐이지."

선경은 실체가 잡히기 전에 먼저 나서는 여자가 아니라고 했다.

선경은 민수의 사업에서 사실상 재정 부분을 담당하고 있었다. 그녀는 간혹 회사 간부들의 비밀 장부나 비리의 낌새를 알아차려도 완벽한 증거가 모일 때까지, 현장을 잡을 때까지 결코 자신의 패를 보이지 않는 여자였다. 그 말을 하는 그의 표정은 어두웠다.

가난할 때는 그렇게 무서운 사람이 아니었다고, 그는 아내의 능력에 회의감을 느끼는 듯했다. 이현이 아내가 회사에 피해를 준 적이 있느냐고 묻자 아니라는 대답만 돌아왔다. 회사 자체에는 도움이 됐지만 그는 달가워하는 눈치가 아니었다.

윤이는 그런 민수의 상태를 이해할 수 없었다. 그는 회사의 주인이 되며 많이 바뀌었을 것이다. 그러니 큰 회사의 안주인이 된 그녀가 바뀌는 것도 당연했다. 남편의 사업장을 위해 더 많은 능력을 발휘하는 게 왜 문제가 되느냐고 윤이가 답답하다는 듯 말하자 이현은 담담하게 말했다.

"그냥 아내가 싫어진 거야."

윤이는 선뜻 알아듣지 못했다. 그가 설명을 덧붙였다.

"그냥 마음이 떠난 거라고. 이대로 관계를 지속해 봤자 안민수 씨는 아내한테 허튼소리만 하게 될 거야. 자기 마음이 변해서 그렇게 보이는 줄은 모르고 네가 독해져서 싫다, 그렇게 아내 탓만 하겠지."

그는 자신의 친구 이야기를 들려주었다.

"실제로 내 친구 놈 중에 3년을 사귄 여자 친구한테 헤어질 때 배가 나와서 싫어졌다고 그랬다더라고. 한창 좋아할 때는 똥배가 그렇게 귀여웠는데 이제 관리 안 하는 거 같아서 정떨어졌다고, 하나도 섹시하지 않다고 말했다는 거야."

윤이의 눈은 분노로 불타올랐다.

"그게 자기랑 3년을 사귄 여자 친구한테 할 소리야?"

그런데 더 충격적인 이야기가 남아 있었다.

"그 둘이 곧 결혼해."

친구가 그 여자에게 한 달도 못 가서 울며불며 매달렸다고, 착한 여자가 또 그놈을 받아 줬다더라는 이야기였다.

싸늘한 얼굴로 윤이를 보던 선경이 불쑥 물었다.
"몇 살이에요?"
이현의 시나리오에서 윤이의 나이는 서른다섯이었다.
"서른다섯이요."
선경은 의미를 알 수 없는 미소를 지으며 말했다.
"사진은 한 장도 없더군요."
선경은 모두 알고 있었다. 박하영. 그 낯설고 불쾌한 이름부터 문자와 전화, 그 횟수까지 정확히 알고 있었다.
모든 게 너무 갑작스럽다고 생각했다. 그가 미술 학원 선생에게 빠져 있다는 것은 알고 있었다. 그러나 멀리서 본 그들의 모습은 스승과 제자 그 이상도 이하도 아니었다. 그런데 이런 문자를 주고받는다니. 더군다나 그들은 호텔 한 번을 함께 간 적이 없는 사이였다. 선경은 이미 그들에게 파파라치를 붙여 놓은 상태였기에 두 사람의 상황을 추측하기란 어렵지 않았다. 그런 의미에서 그 문자와 전화는 너무 갑작스러웠다.

어느 날 그가 그림을 배우기 시작했을 때 선경은 크게 불안해하지 않았다. 일하느라 수고한 남편이 오랜 꿈이었던 그림 좀 그리겠다는데 그 정도의 보상은 당연한 것이었다.

하지만 그가 그림에 완전히 몰입하기 시작하면서 그들 사이엔 긴장감이 감돌기 시작했다. 그 변화는 민수의 선전포고를 통해 실체로 드러났다.

민수는 선경에게 재정에 관한 모든 관심을 내려놓으라며 요구했다. 그러더니 실제로 선경이 재정에 관련된 사항을 열어 볼 수 없도록 회사 시스템의 보안 등급을 높여 버렸다. 선경은 기가 찼지만 그로 인해 그가 감수해야 할 손해도 각오해야 할 거라고 신신당부했다. 선경은 그가 그림과 그림 선생에 미쳐 완전히 돌았다는 것을 알고 있었다.

선경은 그에게 실망했다. 오랜 세월 사업가로 성공하기 위해 그 많은 노력을 해 놓고도, 그는 변하지 않은 척 자신의 과거에 집착하고 있었다.

변하지 않는 사람은 없었다. 그런 의미에서 선경은 좋은 쪽으로 변하고 싶었다. 사업가의 아내로서 더 철저하게 남편의 사업을 보조하고 있었고, 실제로 그녀는 사업적인 감각도 좋은 사람이었다.

박하영이 보내온 문자의 내용은 간단했다.

〈자요?〉
〈오늘 고마웠어요.〉
〈뭐해요?〉

그러다 마지막으로 온 문자에 선경을 바짝 날이 섰었다.

〈보고 싶다.〉

다음 문자가 없었다면, 선경은 바로 문자의 주인공에게 전화를 걸었을 것이었다.

〈선생님 그림이요. 히히.〉

그럼에도 그녀의 마음은 조금도 괜찮지 않았다. 장난을 가장한 진심. 박하영의 문자를 한마디로 요약하자면 그랬다.

선경은 고민했다. 정말 그 여자가 그 미술 선생일까. 그리고 이 저녁 자리에서 선경은 그들 부부에게 필요한 결단을 내릴 생각이었다. 남편이 어쩐 일로 저녁을 먹자고 한 게 기특해서 그가 기다렸을 말을 준비했는데…… 이건 너무 하지 않은가.

선경은 파파라치에게 받았던 사진 중 가장 소홀히 봤던 한 장의 사진을 떠올렸다. 미술 선생의 작업실 근처, 택시가 한 대 서 있다며 파파라치가 보내온 사진이었다. 택시 안에는 생머리의 여자와 잘생긴 남자가 함께 있었는데 그들은 어쩐 일인지 미술 선생의 작업실을 염탐하는 듯했다. 선경은 어렴풋이 사진 속 여자의 얼굴을 기억하고 있었다.

"우리가 하는 이야기를 누군가가 듣고 있을 거예요. 그렇죠?"

"네?"

윤이는 반사적으로 대답했다. 선경은 이제 아주 여유로운 얼굴로 말했다.

"훼방꾼들이라죠? 회사 이름이."

민수는 선경에게 그 건물에 대해 말한 적이 없었다. 그녀 몰래 지은 것이었고, 지금도 몰래 사용하고 있다며 믿고 있었다.

선경은 택시 안의 여자와 남자를 조사하다가 그들이 이별 대행업체를 운영하고 있다는 것까지 알아냈다. 그들이 탄 택시가 도착한 곳은 남편의 비밀 건물 앞이었다.

윤이는 한 대 얻어맞은 것 같은 기분이었다. 그토록 철저하다던 그의 아내가 그의 건물 사무실에 임대를 얻은 훼방꾼들을 모를 순 없었다. 윤이가 할 말은 잃은 사이 선경이 말했다.

"의뢰는 그대로 진행해요. 그 사람한테 돈도 받고."

윤이는 듣고도 믿을 수 없었다.

"대신 의뢰인만 살짝 바꿔치기하죠."

윤이는 지금 이 사람이 나를 놀리나 싶었다. 그러나 선경은 웃음기를 거두고 말했다.

"난 그 사람이랑 헤어질 생각이에요. 오늘은 내가 그걸 그 사람에게 예의 있게 통보하려던 날이었고요."

선경은 눈앞에 있는 여자가 귀여웠다. 어느새 무장해제 되어선 자신의 이야기에 집중하고 있는 독특한 머리 모양의 여자.

심지어 그 여자랑 머리 모양이 똑같다니. 설마 일부러 같은 머리를 한 건가 싶다가도, 어쩐지 눈앞의 여자는 자신의 이야기를 들어 줄 것 같다는 생각이 들어 말을 멈추지 않았다.

"그러니까 이 이별은 내가 의뢰해서 성사된 걸로 해 줘요. 나는 그 사람을 버릴 거니까."

사무실로 돌아가는 길, 윤이는 자신에게 화가 나서 말했다.
"우리 건물을 모를 리가 없잖아."
하지만 그 부분에 있어 이현은 떳떳했다.
"아니야. 내가 물어본 적 있었어."
그는 민수에게 이 가정에 대해 말한 적이 있었다. 만약 그의 아내가 이 건물을 찾아온다면? 하지만 민수는 자신 있게 말했다.

"아내는 몰라요. 내가 작업실로도 쓸 겸, 예술가들 지원도 할 겸 몰래 건축한 건물이에요."

그는 지출이 지나치면 아내의 의심을 살 것 같아 좀 작게 지을 수밖에 없었다고도 덧붙였다.
그러니까 놓친 것은 안민수였다. 아내가 그렇게 치밀한 사람이라는 것을 알았으면서, 그 치밀함에 지쳤다는 핑계까지 댔으면서 그녀를 완벽히 속였다며 스스로를 속인 셈이었다.
윤이는 선경에게 어떤 대답도 하지 못했다.

"시간이 필요해요. 결정을 할 시간이요."

선경은 그러라며 쿨하게 일어섰다. 남은 건 윤이의 몫이었다.

선경이 간 뒤 윤이는 홀로 넋이 나간 채 앉아 있었다. 얼마 안 가 그가 허겁지겁 레스토랑 안으로 달려 들어왔다.

"괜찮아?"

그녀는 아무래도 선경의 앞에서 보인 태도가 마음에 걸렸다.

"아니라고 우겼어야 했나?"

그는 고개를 저었다.

"그렇다고 무슨 핑계를 댈 수 있었겠어."

윤이는 깊은 한숨을 내쉴 뿐이었다. 그가 자신 있다는 듯 말했다.

"이제라도 바로 잡으면 되지."

윤이는 눈이 번쩍 뜨였다.

"방법이 있어?"

물론 이현이라고 뾰족한 수가 있는 건 아니었다.

"방법은 생각해 보면 되고. 당연히 우리는 안민수 씨 이별을 대행해야지."

그는 또 다른 시나리오를 생각하는 중이었다.

하지만 윤이가 보기에 이제 와 그들 부부 중 누구의 입장에서 이별 대행을 하느냐는 중요해 보이지 않았다.

"장선경 씨가 헤어지겠다고 했잖아. 너도 들었을 거 아니야."

도청 장치는 계속 켜져 있었다. 그라고 못 들었을 리 없었음에도 이현은 내내 그 사실에 대해선 모르쇠로 일관하고 있었다. 그러나 언제까지 모른 척만 할 순 없는 노릇이었다.

"우린 안민수 씨에게 이별 대행을 의뢰받은 사람들이야."

그의 말은 맞았다. 그러나 윤이는 이미 이 이별 대행은 실패라고 생각하고 있었다.

"이미 실패한 이별 대행이야. 방식은 중요하지 않아."

그는 갓길에 차를 세우더니 격양된 어조로 말했다.

"그럼 우린 계약을 위반하는 거야. 안민수 씨의 이별 조력자로 이별을 성사시킨 게 아니니까."

윤이는 선경을 떠올렸다. 그토록 철두철미한 여자가 남편의 미술 선생에 대해 모를 리는 없을 터였다. 그런 여자가 미술 선생에 대해선 한마디도 하지 않았다는 게 마음에 걸렸다.

"그래. 하지만 네가 말했듯 의뢰인이 자리에 함께하지 않은 건 의뢰인의 계약 위반이야. 안민수씨는 우리 의뢰인으로

서의 자격이 없어."

그는 잠시 할 말을 잃었지만 윤이의 말에 완전히 동의할
순 없었다.

"이별 대행이 들켰다면, 그래서 정 방법이 없다면 차라리
관두는 것이 맞아."

하지만 윤이는 말했다.

"왜 그래야 돼? 우린 돈도 다 챙길 수 있어."

그가 따져 물었다.

"너, 그 여자한테 너무 감정 이입한 거 아니야?"

그가 참다못해 지적했을 때, 윤이는 의외로 순순히 인정했
다.

"그럴지도 모르지."

그러나 윤이는 자신들이 하고 있는 이별 대행이라는 사업
이 결코 객관적인 시선만으로 가능하지 않다는 걸 깨닫는 중
이었다. 이별의 조력자로서 의뢰인의 감정에 공감하는 능력
은 이별 대행에 있어 가장 중요한 요소일 수도 있었다.

그러나 그는 윤이가 의뢰인이 외에 다른 대상에게 감정을
이입한다는 점을 지적하고 있었다. 그녀라고 모르는 게 아니
었다.

"그러니까 너는 계속 나를 설득해. 네 말대로 난 장선경
씨 입장에서 흔들려. 안나 언니의 이별에서도 그랬고. 내가

늘 차이기만 하던 차왕이잖아. 차이는 입장에서 신경이 쓰여. 그렇다고 내가 헤어지지 않게 한 것도 아니잖아."

이현은 답답하다는 듯 말했다.

"어휴, 진짜."

그녀가 마지막으로 쐐기를 박았다.

"내가 차왕이잖아. 매번 차이는 차왕."

그는 분하다는 표정이었다. 윤이는 보란 듯이 서글픈 표정으로 한숨을 내쉬었고, 그는 이번에도 자신이 졌다는 것을 알았다.

그가 잠시 말을 잃은 사이, 윤이는 현의 눈치를 살폈다. 그는 잔뜩 굳은 표정으로 뒤에서 차가 오는지를 신중히 확인하고 있었다. 그런 와중에도 난폭 운전을 하지 않는 그로 인해 윤이는 피식 웃었다. 인정하고 싶지 않았지만 불현듯 그의 매력을 깨닫는 순간이 있었다.

"안민수 씨한테는 뭐라고 해?"

윤이가 힘없이 묻자 그는 외면하지 못하고 투덜거렸다.

"뭘 뭐라고 해. 성공했다고 해야지. 내가 말할게."

윤이는 놀란 눈으로 이현을 보았다. 의외로 쉽게 고집을 꺾은 그였다.

물론 그는 아주 심란했다. 그러나 윤이의 말은 사업적으로 판단해도 마냥 나쁜 것만은 아니었다. 만약 안민수의 이별 대행에 초점을 맞춰 또 다른 시나리오를 짜고 그의 아내를 속이려면 예상보다 더 많은 비용과 시간이 들 것이었다. 안민수가 부담한다고 해도 그의 아내가 이미 이별 대행업체의 정체를 안 이상 결코 쉬운 작업일 수 없었다.

결국 의뢰인인 안민수마저도 괴롭게 만들고 이별 대행에도 실패할 가능성이 높았다. 그래서 그는 졌다. 언제나 져 주는 입장이었지만 이번만큼은 그냥 지는 게 맞았다. 그냥 한 번 지고 넘어가면 모두가 원하는 결론을 얻을 수 있었다.

이현은 안민수에게 문자를 남겼다. 통화를 하거나 직접 만나서 이야기를 하고 싶었지만 그는 전화부터 받을 생각이 없어 보였다.

그날 바로 잔금이 입금되었다. 이현은 며칠이 지나도록 연락이 없는 그에게 다시 한 번 문자를 보냈다.

〈궁금하지 않으세요? 어떻게 성공했는지.〉

만약 그가 궁금해한다면 모든 것을 말해 줄 생각이었다. 잔금으로 받은 비용을 돌려줄 수도 있었다. 그의 아내가 훼방꾼들의 정체를 알게 된 건 엄연히는 안민수의 실수였고 이별 대행에도 결과적으로 성공은 했지만, 잔금을 돌려주는 게 대수로운 일일 순 없었다.

안민수의 이별 대행 이후 윤이와 현은 한동안 어색했다. 그는 의뢰인보다 의뢰인의 아내 입장에서 이별 대행을 결정한 그녀가 얄미웠고, 그녀도 그런 자신의 결정에 조금은 무안했으므로.

그는 다시 며칠이 지나서야 안민수에게서 답장을 받을 수 있었다.

〈합의 이혼하기로 했어요. 그동안 수고하셨어요.〉

그 후로도 가끔 이현은 맞은편 그의 작업실 문을 두드려 보았다. 하지만 그는 작업실에 나오지 않는 눈치였다. 깊은 밤에 창문을 보아도 늘 불이 꺼져 있었다. 윤이도 그 정도의 사실은 알고 있었다.

윤이는 그 미술 선생의 작업실에 가 보는 쪽을 택했다. 여자의 작업실은 굳게 닫혀 있었다. 그의 말대로라면 여행을 떠났다던 그녀는 아직 돌아오지 않은 모양이었다.

두 사람은 모두 민수의 이별에 마음을 쓰고 있었지만 함께 그 이야기를 나누진 못했다. 모두에게 석연찮은 대행 결과였다. 훼방꾼들이 계속되는 한 그는 두고두고 마음에 남을 의뢰인이 될 것이었다.

한 달이라는 시간이 흘렀다. 윤이의 머리 모양은 안민수의 이별 대행이 끝난 다음 날에도 폭탄 머리였고, 다음 날도 그 다음 날도 그대로였다. 일주일이 지나도록 같은 머리 모양인 것을 본 후에야 그는 윤이가 다시 폭탄 머리로 복귀했음을 확신할 수 있었다.

그사이 몇 가지 자잘한 이별 대행이 들어왔다. 뜬금없이 어떤 이별이든 다 해 주냐는 전화가 걸려 오기도 했고, 바람을 피운 남자 친구에게 화끈한 이별을 고하고 싶다는 여자도 있었다. 그중 너무 싫은 애인과 어떻게 헤어져야 할지 모르겠다는 남자도 있었다. 그에게 윤이가 물었다.

"그렇게 싫은데 왜 만났어요?"

"너무 쫓아다녀서요."

"그래도 안 만나면 그만이잖아요."

"안 당해 본 사람은 몰라요."

그들의 대화를 듣고 있던 이현은 생각했다.

스토킹인가. 이현은 자신이 경험했던 몇 차례의 스토킹을 떠올렸다. 그중 한 여자는 자살 시도까지 해서 그를 식겁하게 만들기도 했었다. 윤이에게 그 정도로 심각한 연애사에 대해선 얘기해 본 적이 없어서 그녀도 모르는 이야기였다.

이현이 보기에 남자는 거절을 잘 못하는 성격이었고 여자는 집착이 대단했다. 여자는 오래전부터 그를 짝사랑했다며 살을 빼고 남자에게 고백을 했다고 했다. 여자의 이전 사진을 굉장했다. 외국에서나 볼 법한 거대 비만의 여자 사진이 었는데 그녀는 현재 70kg의 몸무게를 유지하고 있단다. 윤이는 여자의 과거 사진을 보며 이현에게 물었다.

"넌 이런 여자는 안 만나 봤지?"

"야, 찾고 싶어도 못 찾겠다."

그들은 조금씩 원래의 상태로 돌아가고 있었다. 언제 서먹 했냐는 듯 같이 밥을 먹고 일을 하면서 말이다. 그러면서 그들은 이별 대행에 있어 한 가지 원칙을 새롭게 세웠는데 되도록 연기자를 고용하자는 것이었다.

그사이, 윤이도 이현에게 말하지 않은 것이 있었다. 선경에게서도 문자가 한 통 왔었다.

〈이혼했어요. 비밀 지켜 줘서 고마워요.〉

윤이는 그 후로도 미술 선생의 작업실에 들러 보곤 했는데 그녀는 아직 돌아오지 않은 모양이었다. 안민수 씨가 사랑을 고백할 기회조차 못 얻은 걸까 싶다가도, 대행을 앞두고 잠적을 한 이유가 돌아오지 않는 미술 선생에 대한 불안감 때문이었나 싶기도 했다.

도대체 무슨 일이 있었던 거야. 여전히 안민수의 행방은 묘연했다. 그의 과자 회사가 멀쩡하게 돌아가는 걸 보면 살아 있긴 한 모양인데 이별 대행 이후 그는 건물에도 모습을 드러내지 않았다.

스토킹을 당한 남자의 의뢰는 거절했다. 이것은 훼방꾼들이 세운 또 하나의 원칙을 따른 것이었다. 법의 도움이 필요한 이별에는 개입하지 않는다. 안나와 민수의 이별 대행이 훼방꾼들에게 준 교훈 중 하나였다.

여자는 만남을 거절할 때마다 그를 위협적인 수준으로 겁박하고 있었다. 그의 간절한 요청 때문에 훼방꾼들도 도움을 주려고 노력을 하긴 했었다. 몇 가지 시나리오도 짜 보고 남자에게 도움을 줄 수 있는 방법도 찾아봤지만, 결과적으론 남자에게 스토킹의 증거를 모으는 도움만 주는 것으로 만족해야 했다.

원칙을 세우는 것이야말로 그간 있었던 이별 대행의 착오를 줄일 수 있는 유일한 길이었다. 의뢰인에게 너무 많은 감정을 몰입하지 말자고 당부하는 대신 원칙을 통해 일을 하고, 원칙에 따라 도움을 주는 것.

훼방꾼들은 조금씩 성장하는 중이었다. 결국 이별 대행에 있어 완벽한 결과 같은 건 없을지도 모른다. 그럼에도 그들은 조금 더 나은 원칙과 방식을 찾아가는 중이었다. 의뢰인들에게 제대로 된 도움을 주기 위해, 이 사업이 장난이 아니라 진짜 그들의 일이 될 수 있다는 것을 증명하기 위해서 말이다.

5. 청첩장

5. 청첩장

　　훼방꾼들의 운영은 점차 안정을 찾고 있었다. 동시에 윤이에게도 어떤 변화가 감지되고 있었다.

　　요즘 윤이는 퇴근 시간만 되면 약속이 있다며 이현을 피해 빠르기 자리를 뜨곤 했다. 애인이 생겼다고 믿을 수 있을 만큼 이상할 게 없어 보였다. 그가 보기에 그녀는 분명 자신을 피하고 있었다.

　　또 어떤 놈을 만나기에…….

　　문제는 자꾸만 그녀의 뒤를 밟아 보고 싶다는 생각이 든다는 것이었다.

　　이현, 정신 차려. 이게 스토킹이랑 다를 게 뭐야.

먼저 퇴근하는 윤이를 태연하게 보내 놓고는, 굳이 차까지 두고 뒤를 따라 걷는 그였다.

이건 아니야. 이러지 마.

그는 자신을 타이르면서도 윤이가 주변을 둘러볼 때마다 몸을 숨기는 자신의 반사 신경에 감탄하고 있었다. 나한테 이런 재주가 있는지는 또 처음 알았네.

제발 여기서 멈추라고, 여기까지만 하라고 아무리 자신을 설득해 보아도 소용이 없었다. 그는 행여나 윤이에게 붙었을 '또 하나의 나'를 구분하기 위해 그녀를 따라가 봐야만 했다.

그런데 만약 괜찮은 놈이면 어떡하지? 지금까지야 이상해도 너무 이상한 녀석들뿐이었으니까 불안했어도 막막하진 않았는데, 요즘 그는 윤이가 너무 정상적이어서 되레 이상했다.

그녀의 연애는 그녀에게 많은 고민을 안겨 주곤 했는데, 요즘은 그런 고민도 없어 보인다는 게 그를 더 불안하게 했다. 제발 괜찮은 남자 좀 만나라고 해 놓고선 막상 그녀가 괜찮은 남자를 만난 것 같자 그는 종잡을 수 없는 기분을 느꼈다.

미치겠네. 그럼 괜찮은 놈을 만나야지. 뭐, 어쩌라고.

하지만 그는 처량한 심정으로 생각했다. 아직 제대로 고백도 못 했는데.

무려 방탕했던 연애 생활까지 접었는데. 너무 윤이의 속도에 맞췄던 건 아닐까. 그는 불현듯 밀려온 후회에 시무룩해졌다.

윤이는 한 카페로 들어갔고, 그는 조금 떨어진 곳에 자리를 잡아 엉덩이를 붙였다. 분명 누군가를 기다리는 눈치였다. 하지만 카페로 들어온 남자를 보는 순간 이현은 잠시 헷갈렸다.

옛날에 만났던 남자를 다시 만나나?

낯이 익은 얼굴이었다. 그는 화들짝 놀라며 얼굴을 가렸다. 그 남자는 분명…… 현이 요상한 양아치 머리를 하고 대면했던 안나의 전 애인이었다.

미친 거 아니야? 저 둘이 왜?

그들은 시종일관 다정했다. 어떤 이야기를 하고 있는지 들리진 않았지만 마치 이제 시작하는 연인처럼 풋풋한 모습이었다.

그는 주문한 커피를 한 모금도 마시지 못한 채 그들을 지켜보고 있었다. 도대체 이게 어떻게 된 일인지, 그사이 저 둘에게 어떤 일이 있었던 건지 알 수 없었다.

그는 불현듯 안나의 이별 대행을 했었던 지난날을 기억해

냈다.

"인상이 참 좋으시네요."

호감을 느꼈던 거야? 진심으로? 그는 멍한 얼굴로 생각했다.

그들이 카페를 떠난 후로도 그는 한참이나 그 자리에 앉아 있었다. 그들을 뒤따르고 싶은 마음도 사라졌다.

어떻게 10년 가까이 알고 지낸 여자가 저렇게 다른 모습일 수 있는 건지, 그는 인간관계에 회의감을 느꼈다.

이미 부모로부터 사람은 혼자라는 것을 깨달았지만 윤이는 그가 믿을 수 있는 유일한 여자였다. 그는 이 상황을 쉽게 받아들일 수 없었다.

그래. 한윤이는 정수혁을 만났지만 아직 어떤 관계인지는 확실히 몰라. 만약 그들이 사귀기 시작한 거라면.

그는 그 가정이 떠오름과 동시에 한숨을 내쉬었다.

사귀는 것밖에 더 있겠는가. 그녀를 10년간 신뢰한 친구답게 생각한다면 그게 맞았다. 사귀기로 했다면 이유가 있을 것이다. 물론 윤이의 남자 보는 눈은 형편없는 수준이었지만 어쩐지 이번만큼은 느낌이 달랐다. 그래서 현은 온몸이 맥이 풀려서는 꼼짝도 할 수 없었다.

그들은 카페 앞에서 헤어졌다.

"고마웠어요."

윤이가 그에게 인사를 건넸고, 수혁도 말했다.

"힘내요."

윤이는 다시 걷기 시작했다. 지하철을 타고 집으로 가야 하는데 도무지 힘이 나지 않았다.

이제 윤이의 집에 아빠의 짐은 없었다.

3주 전 주말, 어쩐 일인지 아빠가 집에 있었다. 엄마는 평소처럼 밥을 짓고 요리를 하고 있었다.

부부 싸움을 칼로 물 베기라더니. 그녀는 기가 차면서도 오랜만에 찾아온 집안의 평화에 얼음물을 끼얹고 싶지 않았다.

저녁을 다 차린 진숙이 윤이에게 아빠를 모시고 오라고 말했다. 오랜만에 가족이 함께 밥을 먹는 순간이었다.

밥을 다 먹을 때까지 별다른 대화는 없었다. 아빠가 윤이에게 일은 잘 되어 가냐며 다정하게 말을 건넸고 윤이도 태연한 척 구는 부모님 사이에서 평소와 다르지 않은 딸의 역할을 해냈다. 그러나 분명 평소와 완전히 같은 느낌은 아니었다.

식사를 다 마치고 윤이는 방에 누워 있었다. 그때 아빠가 그녀의 방문을 두드렸고, 윤이를 거실로 불러냈다.

"윤이야, 엄마랑 아빠가 할 얘기가 있어."

시작된 것은 평화가 아니었다. 그것은 가려져 있었던 균열의 시작이었다.

그 자리에서 그들은 이혼 사실을 알렸다. 이미 서류는 협의하에 완성한 상태로 돌아오는 월요일에 바로 제출할 거랬다. 다만 숙려 기간은 있을 거라는 게 그들의 마지막 설명이었다.

"이제 너도 다 컸으니까 이해할 거라고 믿는다."

그녀의 아빠가 자상한 투로 말했고, 윤이는 옆에 앉은 엄마의 어두운 표정을 보며 별다른 대답은 하지 않았다.

그들의 말처럼 다 큰 딸을 둔 중년의 부부에게 이혼은 그들만의 문제로 봐도 충분했다. 그럼에도 윤이의 가슴은 부글거렸다. 아직 같이 살고 있는 가족이니까 이혼 협의가 시작됐을 때부터 언질 정도는 해 줄 수 있지 않았느냐고, 그랬다면 그렇게 불안해하진 않았을 거라며 따져 묻고 싶은 심정이었다.

그녀의 부모는 언제나 저런 식이었다. 자식에겐 어떤 협조도, 협의도 구하지 않는 일방적인 결정 방식부터 태도까지. 윤이는 자리에서 일어나며 말했다.

"알아서들 해. 이혼하는 건 왜 알려 줬대? 다하고 나서 통보하면 되지?"

그리고는 방으로 들어가 버렸다. 아빠는 짐을 싸서 어딘가로 떠났다. 집에서 한 사람이 사라졌지만 표면적으로 크게 달라진 건 없었다.

그사이 윤이는 수혁과 두 번 정도 만났다. 수혁은 안나와의 관계를 정리해 가는 중이었다. 오히려 술에 취해 전화를 거는 쪽은 안나인 모양이었는데, 수혁은 그마저도 받지 않고 있다고 했다.

"윤이 씨한테 얘기 듣고 많이 생각했어요. 이별이 필요한 사람은 나일지도 모른다고……. 생각해 보니 정말 그렇더라고요. 사실 나는 사법 고시 같은 건 보고 싶지 않았어요. 왜 공부 잘하는 애들은 주로 엄마, 아빠의 의견 따라 의대 가고 법대 가고, 아직 우리 사회가 그렇잖아요. 나도 그런 애들 중 하나였어요. 막상 법대에 가고 보니까 내 적성에 안 맞더라고요. 학업을 포기할까도 몇 번이고 생각했는데 부모님의 반대에 부딪혀서 쉽지 않았죠. 그러다 졸업을 해 안나를 만났어요. 안나가 사법 고시 합격을 너무나 원했기 때문에 공부했어요. 정말 사랑했거든요. 안나의 말대로 사법 고시에 합격하면 우리 사랑이 조금 더 견고하게 유지될 거라고 믿었어요. 이제 와 생각 보니 안나의 사랑엔 전제가 있었더라고요. 네가 사법 고시에 합격하면 계속 사랑해 줄게, 뭐 그런……."

물론 안나가 처음부터 그랬던 건 아니라고 수혁은 말했다. 처음엔 정직한 호감으로 시작한 관계가 맞다고. 안나의 아버지가 아프기 전까지는 그랬다고 말이다.

"바뀐 환경을 받아들이려고요. 나는 안나의 미래에 도움이 되지 않아요. 물론 고시에 합격한다면 될 수도 있겠죠. 하지만 제 꿈을 위해 새로운 도전하고 싶어졌어요."

수혁은 작가가 되는 것이 꿈이었다고 했다. 아주 어렸을 때부터 글쓰기를 좋아했고 말을 잘해 웅변 대회에서 상도 몇 번 탔었는데, 그 때문에 그의 부모님은 변호사나 검사가 되기를 바랐다고 했다.

그런 이야기를 주고받다 보니 그들의 만남은 한 번씩 더 늘어 가고 있었다. 윤이는 학과에서 배운 것들을 토대로 이현에게 필요한 이야기를 해 줄 수 있었다.

그들은 자연스레 서로의 인생에 대해 이야기하기 시작했다. 그러다가 나온 것이 윤이 부모에 관한 이야기였다. 처음부터 가족에 관한 이야기를 하려던 건 아니었는데, 수혁에게는 상대의 마음을 편하게 만드는 힘이 있었다.

"저희 부모님도 사실상 이혼 관계예요. 호적상으로만 유지가 되고 있는 관계라고 해야 하나."

수혁이 결혼할 때까지만 유지하자는 게 그들의 협의 내용이었다고 했다. 윤이는 이별 대행 자리에 있었을 그의 부모를 생각하며 말했다.

"그런 게 무슨 소용이죠?"

그러자 수혁도 호탕하게 말했다.

"그러니까요."

두 사람은 제법 통하는 부분이 많았다. 함께 있으면 편안했고 대화도 잘 통했다. 수혁이 나이가 많은 탓도 있겠지만 윤이는 그가 마치 친오빠인 것처럼 편안했다.

수혁은 이제 이별 대행업체의 존재를 알고 있었다. 윤이의 직장이 훼방꾼들이라는 것을 알게 되면서 자연스럽게 상황을 이해한 것이었다. 그러나 수혁은 안나가 이별을 대행했다는 사실을 확인하려 들지 않았다. 참다못한 윤이가 먼저 물었다.

"궁금한 거 없어요? 아니면 나한테 좀 실망했다든지."

수혁은 처음으로 자신에게 말을 걸던 윤이를 떠올렸다. 그는 피식 웃으며 대답했다.

"만약 이별 대행이 없었다면 우리가 만날 일도 없었겠죠?"

윤이는 아니라고 했다.

"혹시 모르죠. 언니랑 계속 만났다면."

수혁은 고개를 저었다.

"그러지 않았을 거예요. 어떤 식으로든 헤어지긴 했겠죠. 안나는 책임을 나눠 줄 사람들이 필요했던 거고."

윤이는 이런 이야기를 안나나 이현에게 하긴 어려웠다. 또 언제고 수혁과 만나지 않게 될 수도 있으니 굳이 성급하게 할 필요도 없다고 생각했다.

자신을 뒤따라온 이현이 이미 그런 오해를 시작했다는 것도 모른 채, 그녀는 갑작스레 온 안나의 문자에 죄를 지은 사람처럼 놀랐다.

〈오랜만이죠? 나 술 한잔 사 줘요.〉

문자를 보던 윤이가 한숨을 내쉬더니 말했다.
"뭔가 이상해지긴 했네."

인생에서 만나는 인연이라는 게 원래 예상치 못한 곳에서 시작되기도 하지만 일이 꼬여 버린 건 분명했다.

윤이는 골치가 아팠다. 안나와 만났을 때 수혁과 몇 번 봤다는 이야기를 해야 되는 건지, 행여 술에 취했을 때 그녀가 수혁에 대해서 말하면 조금도 모른다는 듯 행동해야 하나 온

통 복잡한 것 투성이였다. 이제라도 수혁과 만나지 않으면 그만이었지만, 이미 시작된 좋은 인연을 덜컥 끊어 버리고 싶지도 않았다.

윤이는 수혁이 참 괜찮은 사람이라고 생각했지만, 그렇다고 해서 안나에게 다시 잘해 보라는 말도 할 수 없는 입장이었다. 수혁은 안정을 찾아가고 있었다. 그 역시 여전히 안나가 그립다고 했다.

"하지만 이겨 낼 거예요. 도전을 더 미루고 싶지 않고, 안나에게 내 도전을 짐으로 안기고 싶지도 않아요. 붙잡고 싶지만 안 붙잡을 거예요."

윤이는 그들 사이에 있었던 5년이라는 시간을 쉽게 가늠할 수 없었다. 그러나 수혁의 말속에서 깊은 외로움을 느꼈다.

깊은 밤이면 떠오르지 않을까. 그녀의 체온, 살냄새, 그들이 함께 나누었던 은밀한 이야기들이. 그들이 함께 나눈 기쁨과 슬픔이, 웃음과 눈물이 5년의 시간 속에 그대로 박제돼 있다는 것을.

그 깊은 외로움과 그리움을 안고도 정서적으로 안정을 찾아가는 그를 보는 건 참 신기한 일이었다.

어떤 사랑은 깊은 외로움, 그리움과 함께 사라짐으로써 안정감을 남기기도 한다는 것을 느낄 수 있었다.

❖   ❖   ❖

윤이가 사무실에 도착했을 때 이현은 없었다. 수혁과 만난 다음 날이었다. 이현은 두 시간이 지나서야 사무실에 나타났다.

덥수룩한 머리칼부터 파란색 추리닝을 입은 몰골로 등장한 그를 윤이는 한참 동안 쳐다봤다. 그러거나 말거나 그는 제 책상으로 가더니 쿵 하는 소리와 함께 책상에 이마를 박고 엎드렸다.

무슨 일 있나.

그는 상당히 시무룩해 보였고 분명 평소와는 많이 다른 모습이었다. 일반적으로 보면 실연을 당한 것 같은 비주얼이었는데, 설마 그가 실연을 당했다고 저 지경으로 망가질까 싶어서 윤이는 모른 척 일에 집중했다.

그날 오후 윤이는 점심으로 먹을 샌드위치를 사 왔다. 그가 곧 죽어도 점심을 안 먹겠다고 우긴 탓이었다.

돌아오는 길에 윤이는 우편함에서 이현에게 온 청첩장을 발견했다. 그는 여전히 똑같은 자세로 책상에 엎드려 있었다. 그녀가 그의 책상에 청첩장을 올려놓으며 무심한 투로 말했다.

"네 앞으로 왔던데."

그는 대답이 없었다. 사실 출근 후부터 내내 이런 상태로 윤이와 말은커녕 눈조차 마주치지 않고 있었다.

"지난밤에 가슴이 무지 큰 글래머 누님한테 차이기라도 했어?"

그녀의 말에 그가 번쩍 고개를 들었다. 그러더니 윤이의 가슴을 뚫어져라 보는 그였다. 윤이는 그의 머리를 다시 책상에 박아 버리며 말했다.

"그냥 엎드려 있어라."

내가 심심했다 그래. 별 쓸데없는 관심을 다 가졌었네. 윤이는 제 책상으로 돌아가며 생각했다.

그는 다시 오뚝이처럼 일어나더니 윤이를 보았다. 그녀는 앞에 놓인 파일을 들어 제 가슴을 가리며 소리쳤다.

"너 그거 성희롱이야. 확 신고해 버릴까 보다."

그는 아랑곳하지 않고 물었다.

"사귀는 사람 있냐?"

"뭐?"

그는 윤이의 표정 변화를 주시하고 있었다. 그녀는 조금 당황하는 듯하더니 버벅거리며 말했다.

"가, 갑자기 그건 왜."

그는 도로 책상에 엎드리며 생각했다.

사귀는 게 분명해······.

말을 더듬다니. 천하의 차왕 한윤이가 말을 더듬는다니. 이현은 믿을 수 없어 괴로웠다.

그가 화장실에 간 건 오후 5시였다. 이마와 볼에 거대한 자국을 새긴 채 화장실에 다녀온 그는 범상치 않은 우편물 봉투를 발견하고는 고심했다.

청첩장인가?

윤이는 그가 움직였다는 사실에 안도하며 자신의 일에 집중했다. 요즘 그녀는 훼방꾼들 카페와 SNS에 연애와 이별에 관한 글을 쓰는 데 재미가 붙어 있었다. 실제 이별 대행 사례가 증가하면서 카페와 SNS의 방문객 수도 꽤 늘어난 상태였다.

그날 윤이가 쓰고 있는 내용은 안나와 수혁의 이별을 보며 느낀 것이었다.

〈어떤 이별은 그리움과 함께 안정감을 남긴다.〉

윤이는 그 문장을 계속 붙들고 있었다.

그사이 이현은 눈으론 윤이를 째려보면서 손으로는 청첩장의 봉투를 뜯고 있었다.

사무실 주소를 누가 안다고 청첩장을?

이현은 어제 목격했던 윤이와 수혁을 내내 떠올리고 있었다. 그는 애인이 없다고 말하지 않은 윤이에게 분노하고 있었다.

거짓말을 못 하겠으니까 대충 둘러댄다 이거지?

그의 손은 분노로 인해 점차 더 빨라졌고 무차별적인 손놀림으로 청첩장 봉투를 뜯었다. 속에 든 내용물을 꺼낸 그는 대충 안을 훑어보다가 보낸 이의 이름을 확인했다. 이석범. 이현은 생각했다.

아빠가 왜 나한테 청첩장을 보냈지?

그리고 그의 눈에 보인 또 다른 이름이 있었다.

신랑 이석범
신부 박수민

너무 엎드려 있었나. 그는 몇 번이고 고개를 세차게 흔들었다.

아무래도 정신이 이상해진 모양이었다. 그게 아니고서는 신랑과 신부의 이름이 저 모양일 리는 없었다.

252

그는 몇 번이고 눈을 감았다 뜬 것도 모자라 여러 번 눈을 비벼 보았다. 그러나 신랑의 옆에 쓰인 이름은 결코 변하지 않았다. 그 이름은 분명 이석범이었다.

"으악!"

그가 소리를 지르며 청첩장을 패대기쳐 버렸고, 윤이는 놀라서 그를 보았다. 그는 헛것이라도 본 사람처럼 허공에서 연신 눈알을 굴리고 있었다. 그녀는 그제야 컴퓨터 키보드에서 손을 뗐다.

"왜 그래?"

이현의 머릿속은 온통 '이석범' 그 이름 세 글자뿐이었다. 그는 급히 엄마에게 전화를 걸었다.

─지금은 회의 중이오니…….

그러나 엄마는 받지 않았다. 엄마도 알고 있었던 건가? 그는 짜증스럽게 전화를 끊었다.

윤이는 그의 곁으로 와 그가 패대기친 청첩장을 주웠다. 그사이 그는 다시 아버지에게 전화를 걸고 있었다.

신호가 얼마 가지 않아 그의 아빠가 전화를 받았다.

─어, 현아.

그는 그제야 정신이 번쩍 들었다.

"아빠, 이게 뭐야? 청첩장이라니!"

윤이는 그제야 사태의 심각성을 느끼고 서둘러 청첩장을

확인했다.

"이게 뭐야……."

윤이도 그의 부모 이름은 알고 있었다. 이석범. 하지만 신부의 이름은 윤이가 알고 있던 그 이름이 아니었다.

카레군 어머니는 정희정 아닌가?

윤이는 자신이 뭔가 잘못 알고 있었던 거라고 생각하고 싶었지만, 노발대발하고 있는 이현의 상태로 보아 그의 집에도 문제가 생겼다는 것을 알 수 있었다.

하필 이런 시점에. 그녀도 부모의 일로 머리가 복잡하던 때였다.

그날 밤, 그들은 오랜만에 실내 포장마차에 마주 앉았다. 그는 잘 마시지도 못하는 소주를 한 병째 비우고 있었고 그녀는 말없이 잔을 채워 주었다.

다른 여자와 결혼하는 아빠의 청첩장을 받는 일이라니. 윤이는 곧 다가올 자신의 미래를 보는 것 같아서 기분이 씁쓸했다.

정리했다고? 아빠와 통화를 마친 이현은 세상이 무너진 듯한 얼굴로 허공을 보았다.

이현의 아빠는 말했다.

—엄마랑은 정리했어.

　이현은 엄마를 정리했다고 표현하는 아빠를 이해할 수 없었다. 도대체 언제부터냐고 물으니 그가 차분히 대답해 주었다.

　—글쎄, 정확히는 언제부터라고 할 수 없지만 꽤 오래된 일이야.

　사실 석범은 오래전부터 희정과 법적인 혼인 관계를 원하고 있었다. 그녀의 완고한 반대로 매번 포기했던 것뿐이었다.

　이현의 친가는 명절마다 석범의 사실혼 관계로 인해, 정확히는 희정으로 인해 갈등이 끊이지 않았다.

　대체 왜 결혼을 하지 않는 거냐고, 애가 벌써 장성해서 스물이 넘었는데, 스물다섯이 넘었는데…… 하는 소리를 매해 들어야 했다.

　이현은 아빠를 따라 할머니 댁에도 가고, 큰아버지 댁에도 갔기 때문에 그런 문제가 계속해서 있었다는 것을 알고 있었다.

　그러나 엄마와 아빠의 선택을 존중했다. 그는 두 사람이

호적상 부부가 되지 않는 것을 두 사람 공동의 선택이라고 알고 있었다.

오히려 할머니나 친척들의 오지랖이 과하다고 생각했다. 두 사람의 문제를 1년에 한 번 볼까 말까 한 친척들이 감 놔라 배 놔라 하며 참견하고 싸워 대는 것도 지겨웠다. 다만 자신이 가지 않으면 아빠가 혼자 그 일을 겪어야 할 테니 늘 동행했을 뿐이었다.

그러나 그 모든 선택이 엄마의 고집이었다는 것을 알게 됐다. 그는 아빠가 불쌍해서 연신 술을 퍼마셨다. 청첩장을 보는 순간 엄마를 떠올렸었지만 다시 걸려 온 엄마의 전화를 받지 않았다. 그러자 이내 그녀에게서 문자가 도착했다. 그런 이현의 휴대폰을 보고 있던 건 윤이였다.

"답 안 보낼 거야? 아줌마도 놀라셨을 거야."

그는 대꾸 없이 전화를 끊기 전 아빠에게 들은 말을 떠올렸다.

"엄마도 알아?"

석범은 그렇다고 했다. 사실을 알리면서 사실혼 관계를 정리하게 된 거라고도 했다.

이현은 연신 소주잔만 비웠다. 윤이는 그에게 어떤 말도 할 수 없어서 그의 턱밑으로 흐르는 소주를 무심한 척 손가락으로 훔쳐 내거나 다시 잔을 채워 주며 오늘은 들쳐 업어서라도 데려다주마 생각했다.

괴로워하는 그를 보며 우리 엄마랑 아빠도 이혼한대, 하고 말을 할 순 없었다. 최소한 자신은 아빠에게서 청첩장을 받진 않았으니까. 오늘은 그를 달래 주는 데 집중하자고 생각한 그녀였다.

현의 괴로움과 별개로, 희정은 석범의 연애 사실을 애초부터 알고 있었다. 그간 법적인 혼인 관계를 포기해 주었던 석범이 혼인 신고를 하자고 주장하던 그때부터 그녀는 그에게 변화가 생겼다는 것을 알고 있었다.

그러나 희정은 거절했다. 변화가 생겼다면 받아들여야지, 그의 변화를 막기 위해 자신의 방식을 버릴 순 없다고 생각했다.

희정은 석범이 사실을 털어놓을 때까지 그 어떤 이야기도 하지 않았다. 그러다 석범이 결혼하고 싶은 사람이 생겼다고 말했을 때, 그녀는 축하한다고 했다.

"당신과 결혼해 줄 여자는 계속 있었을 텐데, 좀 미안하네."

그건 진심이었다. 석범이 늘 안정적인 가정을 꾸리고 싶어

한다는 걸 알면서도 그녀는 결혼 자체를 거부하며 살아왔다. 그러면서도 석범에게 이별을 고한 적은 없었다. 그사이 희정에겐 알게 모르게 여러 애인들이 있었고, 석범 또한 마찬가지였다.

그들이 헤어지지 않은 건 어쩌면 이현 때문이었을 것이다. 그들은 아이를 낳아 키운 서로를 누구보다 사랑했다. 그러나 이제 그 시간도 지나가고 있었다.

석범의 집에서 짐을 빼던 날 희정이 말했다.

"그래도 현이가 결혼한다고 하면 엄마 자리는 나다?"

석범은 그런 그녀를 애달프게 보며 말했다.

"그건 당연히 당신 거야."

그렇게 그들은 헤어졌다. 눈가까지 뜨거워진 상태로, 오랜 시간 함께했던 서로를 품에 꼭 안아 주면서.

이현으로선 그런 애틋한 장면까진 알 수 없었기 때문에 마음이 좋지 않았다. 아빠도 불쌍했고, 엄마는 불쌍하면서도 미웠다.

"그냥 좀 해 주지. 그렇게 사랑했으면서."

그가 술에 취해 중얼거렸다. 그러면서 또다시 윤이를 노려보는 그였다.

"나한테 무슨 불만 있어?"

"너도 참 고집이 센 여자지. 우리 엄마 못지않게."

"그게 하루 종일 나를 째려보는 이유야?"

그는 이미 만취 상태였기 때문에 윤이의 말은 제대로 듣지 못했다.

"너도 안 할 거지? 결혼."

갑작스런 그의 질문에 윤이는 황당했다.

"내가?"

그녀는 결혼을 하고 싶은 남자가 없었을 뿐이다. 아니, 정확히는 그런 남자를 만나지 못하고 있을 뿐이었다.

"내가 언제 그런 소릴 했어?"

그는 풀린 눈에 한 번 더 힘을 주더니 말했다.

"그럼 해."

누가 결혼을 안 하고 싶어서 안 하냐고, 한 소리 할까 하다가 자존심만 상할 것 같아 그만두었다.

그때 그가 말했다.

"나랑."

그녀의 표정엔 일말의 변화도 없었다. 그는 술에 취한 와

중에도 윤이의 반응이 이상하다는 걸 알았다.

"뭐야, 왜 대답이 없어. 한 대 때리기라도 해!"

그는 술에 취해 소리쳤고, 윤이가 나지막이 말했다.

"내 손만 아프지. 근데 넌 입 안 아프냐? 지난번엔 자자고 하더니, 이제는 결혼을 하자?"

이현은 순식간에 정신이 몽롱해져서는 방금 한 말도 잊어버렸다. 겨우 고개를 저으며 정신을 차렸을 땐 저렇게 째려보지 않으면 어디가 아픈가 싶어서 걱정이 되는 여자가 자신을 보고 있었다. 그의 눈에 그녀는 정신없이 요동치고 있었다.

"너 기억하냐?"

그 여자에게 이현이 물었다. 여자는 대답이 없었다.

"우리 키스했던 거."

물결처럼 요동치는 얼굴이었지만 그녀는 분명 놀라고 있었다. 그는 그제야 확신할 수 있었다.

"역시."

그의 눈이 스르륵 감겼다. 그러는 와중에도 입은 쉬지 않고 나불거리고 있었다.

"내 손만 닿아도 몸서리를 치고, 근처에도 못 오게 하고. 네가 나랑 한 걸 아무것도 기억 못 하면 그러진 않았겠지. 내가 아무리 바람둥이에 개새끼라고 해도 말이야."

마지막까지 중얼거리다 그는 완전히 잠들어 버렸다.

"넌 기억하고 있었던 거야……."

윤이가 들은 그의 말은 여기까지였다. 나머지 말은 오로지 그의 꿈속에서만 울려 퍼졌다.

그날의 촉감까지 다…….

❧　　　❧　　　❧

윤이는 기억할 수밖에 없었다. 그날은 그들이 처음으로 술을 나눠 마신 날이었다. 윤이는 웬만큼 마셔서는 결코 취하지 않을 정도로 주량이 셌고, 그런 이유로 그때도 많이 취한 상태는 아니었다.

순식간에 현의 입술이 와 닿았고 그는 그녀의 머리를 당겨 더 바짝 입술을 붙여 왔다. 입술이 닿았다 떨어지기를 몇 번 반복하다가 그가 돌연 양손으로 윤이의 뺨을 잡는 순간, 그녀는 정신이 번쩍 들었다.

동시에 그는 테이블에 이마를 박으며 쓰러졌다. 윤이는 그에게 입술을 포갰던 자신이 믿기지 않아서 제 뺨을 세게 때려 보기도 했다.

"나 취한 거야?"

취한 게 아니라면 어떻게 이 바람둥이 자식과 키스를 할 수 있단 말인가 싶었다. 그러나 그녀는 아주 멀쩡했다. 오히려 걱정이 되는 쪽은 테이블에 세게 머리를 박은 그였다. 윤이는 그의 뺨도 때려 보았다. 좀 세게 때리긴 했지만, 구타의 첫 번째 이유는 생사 여부였던 건 분명하다.

얼굴을 찌푸리며 고통스러워하는 그를 보며 윤이는 안도와 동시에 상황을 다시 파악해야 했다. 처음엔 뭐 이런 저질 바람둥이가 다 있나 싶었지만 술을 마셔서 기분이 썩 나쁘지 않았기에 뭐 괜찮게 생긴 녀석이랑 입 한 번 맞췄구나 하고 마무리했다.

그때 윤이는 그를 또다시 만날 일이 있을 거라고 생각하지 않았다. 그래서 약간의 취기와 함께 그냥 넘어간 터였다. 그와 10년을 넘게 만날 줄 알았다면 그날 그의 머리통은 또 한 번 테이블 위로 세게 내리쳐졌을 것이었다.

그는 늘 윤이가 이상했다. 자신이 손만 대도 파르르 떨고, 마치 벌레가 붙은 것처럼 떼어 버리는 반응도 과하다고 생각했다.

솔직히 말해서 이현은 여자들이 선호하는 외모의 소유자였다. 웃는 얼굴이 꽤나 천진한 데다, 웃지 않는 얼굴도 보기 좋은 미남이었다. 더군다나 10년을 친구로 알았으면서 손 좀 닿았다고 그렇게까지 떨 건 또 뭐란 말인가.

그가 윤이와의 키스를 기억해 낸 건 최근 일이었다. 정말 어느 순간 문득 떠올랐다고밖에는 표현할 길이 없었다. 그가 이상한 건 딱 하나였다.

근데 왜 티를 안 냈지.

손만 닿아도 파르르 떠는 그녀가 입을 맞춘 순간을 기억하면서 자신을 친구로 받아 줬을 리가 없다고 생각했다.

설마, 한윤이도 취한 거야?

이현은 그저 윤이가 취했었다는 사실이 신기했고, 언젠가는 자신이 만취 야구 배팅 내기에서 한 번쯤은 이길 수도 있다는 희망에 찼을 뿐이다.

윤이와 입을 맞춘 사실 자체를 특별하게 생각하지는 않았다. 치기 어린 스무 살 때의 일이었고 손끝만 스쳐도 뜨거울 나이에 겨우 잠깐의 키스로 끝났다. 이제 와 생각해 보면 아쉬운 순간이었다.

어쨌든 이현은 윤이가 그날을 기억하지 못한다고 확신하고 있었다. 그러면서도 그는 자꾸만 그녀에게 야한 농담을 던지는 둥 그녀를 자극하고 있었는데 뭔가 확인하고 싶은 탓이었다.

그녀도 자신을 밀어내지 않았다는 것을 확신하고 싶었달

까. 그에겐 더 많은 용기가 필요했다. 그녀를 완벽하게 붙잡을 수 있는 날을 벼르고 있었으므로.

윤이는 그와 처음으로 키스한 다음 날을 떠올렸다. 얼결에 키스를 했고, 다음 날 아침 잠에서 깼을 때 그에게서 해장이나 하자고 전화가 왔다. 그래서 윤이도 그러자고 했다. 그냥 그렇게 말하고 싶었다.

그들의 인연이 시작된 것은 그때부터였을 것이다. 강의실에서 마주한 순간도 같이 진탕 술을 마신 날도 아닌, 부스스한 얼굴로 만나 해장국을 나눠 먹고 함께 길을 걸었던 그 시간이 관계의 시작을 알린 것이나 다름없었다.

그날 이후 그들은 학교에서 마주치면 인사를 하기 시작했다. 점차 나란히 앉아 듣는 수업도 늘어갔다. 그때부터 그들의 시간은 함께 흐르기 시작했다. 자연스럽게 밖에서 만나 밥을 먹거나 술을 마시는 일이 늘어 갔으며 상대의 연애와 이별을 목격했다. 때로는 말하기 힘든 가족 이야기를 나누며 알게 모르게 조금씩 서로를 알아갔다.

그들에겐 그런 시간이 아주 많이 있었다. 함께한 많은 시간이 흐르기도 전에 벌어진 키스 사건이 그들의 관계를 결정했을 리는 없었다.

윤이 역시 그날을 기억하고 있었지만 떠올리는 일도 적었다. 그래서 이현이 그 말을 하는 순간 한참이나 그의 정수리를 노려보다가 말했다.

"그래서 뭐 어쩌라는 거야."

가슴 어딘가가 근질거리기도 하고 좀 답답하기도 해서 그녀는 인상을 쓸 뿐이었다.

"에이씨."

윤이는 다시 중얼거렸다.

"아무것도 기억 못 하는 줄 알았더니."

갑자기 부끄러움이 밀려오기 시작했다. 누가 보고 있는 것도 아닌데 그녀는 괜한 부끄러움에 얼굴에 연신 손부채질을 했다.

그러다가 시야에 들어온 이현의 콧등에 기분이 이상해서 괜히 뒷목을 긁적거렸다. 그는 콧대가 상당히 높은 편이었다. 얼결에 키스를 했던 그날도 콧대가 윤이의 코끝에 닿았다가 뺨에 닿기를 반복했었다.

"으씨!"

왜 그런 걸 기억해 가지고. 아니 기억은 한다 쳐도 이제와 말하는 심보를 알 수 없었다. 저 자식 때문에 언제고 복장이 터질 줄 알았어. 내가 미쳤지.

하지만 그런 '저 자식'을 지금껏 받아 준 건 그녀 자신이었다.

윤이는 지난날들을 떠올려 보았다. 얼핏 떠올려도 수두룩한 이현의 문란한 연애사와 매번 걷어차이고 다니던 자신의 비굴했던 연애까지.

"내가 무슨 좋은 꼴을 보겠다고 저 자식을 여태까지 친구로 두고……."

한숨이 났다. 테이블을 베고 누운 그는 고개가 불편한지 꼼지락거렸다.

"가지가지 한다."

그녀는 가방 속에서 쿠션이 든 파우치를 꺼내 그의 뺨 아래로 넣어주었다. 그녀의 손이 턱에 닿는 순간, 그의 입꼬리가 미세하게 위로 올라갔다.

그는 파우치가 뺨에 닿자마자 이제야 뭔가 편하다는 듯 볼을 연신 문질러 댔다. 윤이는 그 모습을 물끄러미 보면서 중얼거렸다.

"아주 폭신폭신할 거다."

그의 입꼬리가 또다시 올라가려던 차였다.

"생리대 세 개면 엄청 폭신폭신할 거야, 그치?"

그 순간 테이블 위에 누워 있던 이현의 머리통이 용수철처럼 튀어 올랐다.

"야!"

그는 경악하며 제 뺨을 마구 문질러 댔다. 윤이는 태연한 얼굴로 말했다.

"차다 넣은 거 아니야. 새거야 새거. 호들갑은."

조금도 위로가 되지 않는다는 듯 그는 온몸을 바들바들 떨며 몸서리를 쳤다.

이번에 입꼬리가 올라간 쪽은 윤이였다.

택시를 타고 윤이의 집으로 가는 내내 이현은 심술을 부렸다.

"야, 넌 진짜 내가 남자로 보이긴 하냐? 어떻게 새…… 생리대를!"

이현의 입에서 '생리대'라는 단어가 나오는 순간 무심히 운전을 하고 있던 택시 기사 아저씨의 어깨가 살짝 들썩였다.

그녀는 다시 가방에서 파우치를 꺼냈고, 그는 가방에서 폭탄이라도 나올 것처럼 몸을 한껏 뒤로 빼며 경계 태세를 취했다.

윤이는 파우치를 꺼내더니 거침없이 지퍼를 열었다.

"야! 너 뭐하는 거야!"

그는 제 눈을 가리며 소리쳤다.

그러거나 말거나, 윤이는 파우치 안을 활짝 벌려 그에게 내밀었다. 이현은 절대 볼 수 없다며 발버둥을 쳤지만 그녀는 막무가내였다.

"야, 봐."

"싫어!"

그는 반사적으로 소리쳤다.

"손수건이랑 마스크거든?"

그가 살짝 눈을 떴다. 파우치 안엔 흰색 면 마스크와 화려한 꽃무늬 손수건이 보였다. 그는 그제야 파우치를 들고 가더니 안을 샅샅이 확인해 보았다. 윤이는 절레절레 고개를 젓더니 말했다.

"하여튼 너도 제정신은 아니야."

그러면서 윤이는 창밖을 봤다. 그는 파우치 안에 생리대가 없다는 것을 확인한 후에야 울컥해서 소리쳤다.

"놀리니까 재밌냐?"

윤이는 파우치를 가져가 가방 안에 넣었다.

그의 분은 아직 풀리지 않았다. 그 자식 앞에서는 조신한 척이란 척은 다 하더니. 그는 수혁 앞에서 수줍게 웃던 윤이를 떠올렸다.

그런 대우를 받는 게 하루 이틀이 아닌데도 그는 더 참을 수 없어 외쳤다.

"너 내가 모른 척하려고 했는데!"

윤이는 뭔가 싶어 그를 봤다. 하지만 윤이와 눈이 마주치자 그는 차마 그 이상을 말할 수 없었다.

그가 보기에도 수혁은 꽤 듬직한 남자였다. 5년 사귄 애인의 지인과 사귀기로 결정한 것만 빼면 분명 괜찮아 보이는 자식이었다.

그녀가 그런 사람을 만나는 것이 잘못일 순 없었다. 사랑은 움직이는 거고, 때론 인생을 걸어 붙들어 보고 싶은 사랑도 있는 법이 아니던가.

"뭐."

그의 말이 이어지지 않자 참다못한 윤이가 물었다. 그는 몇 번이고 눈을 깜박이다가 대답했다.

"너 진짜 못됐다고."

윤이는 이상하다는 듯 인상을 썼지만 그로선 최선의 답을 한 것이었다. 그는 윤이의 시선을 피해 창밖을 보았다.

언젠가부터 그는 상당히 예민했다. 상태가 점점 나빠지더니 이제는 전에는 하지 않던 말까지 하고 있었다. 바로 직전 키스 발언도 그랬다. 아빠의 청첩장이 너무 충격적이었다 하기엔 그는 언제나 좀 이상했으므로, 아무래도 그건 답이 아닌 듯했다.

그녀는 현을 향해 자연스럽게 몸을 돌려 앉았다. 그도 뭔가 싶어 그녀를 보았다. 순간 그의 눈가가 파르르 떨렸다.

왜 저렇게 봐? 이현이 보기에 윤이는 턱을 살짝 숙인 채 고양이처럼 요염한 표정을 짓고 있었다.

윤이는 '저 자식이 왜 저럴까' 하는 고민을 하느라 그를 다소 삐딱하게 보고 있는 것이었지만, 아무튼 그의 심장은 이미 벌렁거리고 있었다. 그는 옆에 있는 그녀의 가는 다리로 시선을 옮겼다.

꿀꺽.

그의 침 삼키는 소리는 무방비 상태로 택시 안에 퍼졌다. 코앞에서 그 소리를 들은 윤이는 당황해서 눈을 빠르게 깜박였다.

그는 그제야 택시가 신호 대기 상태로 아주 고요했다는 것을 알았다. 심장이 너무 요동쳤던 탓에 택시가 서는지도 몰랐던 그였다.

그는 윤이의 의심스러운 시선에 쩔쩔매며 말했다. 요염한 고양이는 이미 사라지고 없었다.

"침 삼킨 거 아니야."

되도 않는 변명에 오히려 할 말을 잃은 건 윤이였다.

"그럼 뭘 삼켰는데?"

"어?"

"네 목구멍으로 뭐가 넘어간 거 같은데."

그는 고개를 연신 저으며 말했다.

"아니야. 아무것도 안 넘어갔어."

어느새 그녀는 살벌한 표정으로 그를 보고 있었다.

"그럼 내가 네 입을 찢어서 확인해 볼까? 삼켰는지 안 삼 켰는지?"

그러는 와중에도 현의 시선은 자꾸만 그녀의 입술 쪽으로 향했다.

입을 찢겠다는 말이 원래 이렇게 섹시했나?

그 입이 제 입임에도 불구하고 윤이의 모든 행동에서 관능 미를 느끼고 있었다. 제정신은 아닌 듯했다.

택시가 윤이의 집에 도착할 때까지 목구멍에서 나온 소리 에 대한 논란은 계속되었다. 결국 이현이 두 손을 들고 항복 을 선언하면서 마무리되었지만.

"네가 날 너무 야하게 쳐다봐서 그런 거 아니야!"

윤이는 대꾸하고 싶지도 않았다. 손을 휘휘 저으며 아예 그에게서 등을 지고 앉았다. 그 순간 선을 드러낸 잘록한 허 리에 또다시 온몸이 불끈거리는 기분을 느꼈고, 그의 시선은 그녀의 허리를 따라 엉덩이의 굴곡으로 향했다.

꿀꺽.

윤이가 화들짝 놀라며 그를 돌아보았다. 하필 택시는 왜 또 신호 대기였을까. 이현은 제 목구멍에 물이라도 채우고 싶은 심정으로 괴로워했다.

그녀가 택시에서 내리며 말했다.

"타고 가."

그러나 그는 그녀를 따라 내렸다. 택시가 출발하는 것을 보며 윤이가 말했다.

"이봐, 침 부자. 그냥 집으로 좀 가지? 자꾸 음흉한 생각하지 말고?"

그는 정말이지 쥐구멍에라도 숨고 싶은 심정이었지만 꾹 참았다.

"다 내가 건장한 남자라는 뜻이지. 다행이지 않냐? 친구가 이렇게 건강하다니, 하하하!"

순식간에 정적이 흘렀다. 그가 웃음을 멈추자 윤이가 말했다.

"쯧쯧, 요즘 클럽엘 덜 가는 거 같더라니…… 이제 참을 수 없는 수준이 된 거지?"

그는 이내 한숨을 내쉬었다. 어떻게 봐도 자신을 대하는 윤이의 태도는 딱 누나가 남동생을 대하는 정도였다.

좋아하는 남자가 있다 이거지.

그의 가슴이 다시 끓기 시작했다. 응원해 줄 수 있다고 생각했는데, 수혁과 윤이가 함께 있는 모습만 생각하면 가슴에서 불이 나는 것 같았다.

이현이 따져 물었다.

"내가 네 동생이야?"

그녀는 눈이 휘둥그레져서는 그를 보았다.

"왜 그런 장난을 치는데? 어?"

설마 아직도 그 얘기를 하는 건가 싶었다. 아무래도 그가 대차게 취한 것 같다고 생각하며 윤이가 아이를 어르듯이 말했다.

"내가 사과라도 하면 되겠어? 대체 기분이 왜 그 모양이야? 생리하는 여자도 이 정도는 아니야."

그녀의 입에서 또다시 나온 생리라는 단어가 나오자 그는 울컥해서 눈물까지 쏟을 뻔했다.

"야! 너 진짜!"

윤이는 진정하라는 듯 말했다.

"알았어. 안 할게. 내가 미안해. 그럼 됐지?"

하지만 그의 이상한 행동은 이제부터 시작이었다.

"미쳐 버리겠네, 진짜!"

그가 갑자기 소리를 지르는 바람에 윤이는 주변을 돌아봐야 했다. 동네 사람들을 죄다 깨울 법한 아주 크고 우렁찬 목소리였다.

"네가 다른 남자 만나는 거 싫어!"

심지어 그는 눈물이 그렁그렁했다.

웃으면 안 되는데. 윤이는 자꾸만 볼이 씰룩거려 괴로웠다.

"딴 남자 만나지 말라고!"

결국 그는 눈물을 쏟기 시작했다. 윤이는 웃음을 참느라 다소 일그러진 표정으로 말했다.

"알았어. 알았으니까, 얼른 집에 가."

그녀가 자꾸 건조하게 대꾸하자 그는 속이 상해서 다시 소리쳤다.

"나 진심이라고! 그러니까 내가 너를!"

그때였다.

"야, 근데."

순식간에 윤이의 웃음기가 사라졌다. 뭔가 좀 이상했다. 그의 목소리가 윤이네 집골목을 쩌렁쩌렁하게 강타하고 있었다. 당장 고성방가로 신고를 당해도 이상할 게 없을 것 같았다.

"요즘 들어 너 나한테 너무 박박 소리치지 않냐?"

그는 순간 몰아쉬던 숨을 잘못 삼켜 기침을 하기 시작했다. 윤이는 그러거나 말거나 그에게 천천히 다가오며 말했다.

"그리고, 내가 요즘 만나는 남자가 어디 있어? 누구 약 올려?"

그는 얼굴이 빨개져 연신 기침을 하면서도 한 발씩 열심히 물러나며 말했다.

"없다! 쾍! 고? 켁켁! 만나는 남자가 없다고?"

그들의 대화가 다소 이상하게 흘러가고 있었다. 분명 그는 고백을 한 것인데 대화는 순식간에 그녀에게 남자가 있느냐 없느냐 하는 사실 공방으로 진행되었다.

"이게 지금 시비거는 건가. 헛소리하지 말고 빨리 집에 가!"

윤이가 머리 위로 주먹을 휘둘렀고, 현은 본능적으로 몸을 움츠렸다. 그녀는 마지막으로 한 번 더 그를 째려보더니 집으로 쏙 들어가 버렸다.

그녀가 정말 들어갔다는 것을 안 그는 안도의 한숨을 내쉬었다. 어느새 기침도 멎어 있었으나 눈치 못 챌 만큼 그는 기가 찼다.

"쟤 지금 거짓말을 저렇게 진짜처럼 하는 거야?"

그는 자신의 고백이 한순간 날아갔다는 사실도 모른 채 그녀의 집 앞을 한참이나 서성였다.

윤이의 집은 3층짜리 주택들이 모여 있는 골목에 있었다. 방은 골목 어귀 쪽에 나 있어서 불이 켜지는 것을 볼 수 있었다.

그녀의 방에 불이 켜졌다 꺼지는 사이에도 그는 돌아가지 못한 채 창문을 보고 있었다. 주차된 승용차들 사이에 끼어 쪼그려 앉은 모습은 가관이었지만 어느 때보다 낭만적인 밤이었다. 사랑하는 여자의 창에 불이 켜졌다 꺼지는 길고 눅눅한 밤.

만약 그때 전화가 오지 않았다면 현은 밤새 그녀의 집 앞을 서성거렸을지도 모른다. 희정에게서 걸려온 전화였다. 그는 와인이나 한잔하자는 엄마에게 낯선 주소가 적힌 문자를 받았다.

"하여튼 알아서들 잘 산다니까."

취한 김에 더 취해 보자며 그의 엄마가 새로 얻었을 집으로 향했다. 골목을 나가는 내내 윤이의 방 쪽을 돌아보는 그였다.

❖   ❖   ❖

이현이 초인종을 누르자 세련된 새틴 가운을 입은 희정이 문을 열어 주었다.

"왔어?"

마치 어린 애인을 대하듯 살가운 태도였다. 그런 엄마를 보며 미소를 지었다. 여전히 어디로 튈지 알 수 없는 중년의 여자.

이미 와인을 마셨는지 희정에게선 알코올 냄새가 풍겼다. 그는 아빠와 살던 집보다 훨씬 좋은 엄마의 집을 둘러보며 물었다.

"언제 구했어?"

희정은 와인을 꺼내며 말했다.

"반년 됐나?"

이현은 집을 둘러보며 숨을 들이쉬었다. 엄마의 냄새가 났다. 새집인 탓인지 낯선 냄새도 섞여 있었지만 분명 엄마의 냄새가 나는 집이었다.

반년 전부터 집을 구했다면 그들은 그때부터 이별을 준비하고 있었다는 뜻이었다.

그는 거실에 비치된 액자들을 보았다. 아빠의 집에 있던 것들이었다. 그들 세 가족이 함께 찍은 사진부터 그가 어린 시절 찍은 사진도 있었다. 엄마와 아빠가 호적상 남남이라는 건 꿈에도 모른 채 그저 평범한 집에서 살고 있다고 믿었던 어린 시절.

그들 가족은 충분히 행복했다. 그 부분에 있어선 그도 한 점의 의심도 없었다. 그에게 희정이 와인 잔을 내밀며 말했다.

"내가 가져간다고 했어. 이제 그 집엔 새 사람도 들어와야 하니까. 나중엔 네가 가져갈래?"

이현은 가만히 액자를 보더니 말했다.

"그러든가."

그는 건네받은 와인을 마셨다.

"요즘 우리 아들의 연애사는 어떤가?"

희정이 묻기에 그도 물었다.

"엄마의 연애사는?"

그는 자신의 엄마와 아빠에게 있었던 많은 애인들에 대해서 잘 알고 있었다. 청첩장을 받고 놀란 건 그 사실들을 몰라서가 아니었다.

"뭐…… 넌?"

"구질구질해."

희정이 눈을 동그랗게 뜨며 물었다.

"네가 그런 연애도 할 줄 알아?"

"그런 연애도 할 줄 아느냐니? 나 이래 봬도 연애를 쉬어 본 적이 없는 남자야."

그는 윤이를 떠올렸다. 떠올리고 있으면 저절로 한숨이 났다.

"그래. 그건 연애. 구질구질한 건 사랑."

희정은 어쩐지 더 궁금했지만 묻진 않았다. 연애는 어디까지나 사적인 영역이다. 그를 낳은 엄마라고 해서 다 알 필요도, 다 알 수 있는 것도 아니었다.

"엄마도 그런 사랑을 해 보려고."

"응?"

아빠랑 한 건 뭔데, 하고 묻고 싶었지만 이내 들려온 희정의 말에 입을 다물었다.

"이제 정희정의 인생을 살려고 해."

희정의 말엔 마치 뼈가 있는 것 같았다. 그는 어쩐지 가슴이 아파 다시 물었다.

"무슨 뜻이야? 지금까지도 누구보다 엄마를 위해 살았잖아."

"그래도 나는 네 엄마로 살기 위해 노력했어."

"아니라고 한 적 없어."

"자고 가."

평소의 그였다면 희정의 맥락 없는 말에도 웃음을 터트렸을 것이다. 희정은 머릿속에 뭐가 든 건지 알 수 없어 더 사랑스러운 여자였다. 그러나 이현은 웃을 수 없었다.

"아들로서의 마지막 밤이니까?"

희정이 미소를 지으며 말했다.

"결혼식엔 불러 주라. 그건 네 아빠랑도 약속한 거니까."

그때 희정의 휴대폰에 벨 소리가 울리기 시작했다. 이현은 자리에서 일어났다.

"전화받아. 나 갈 테니까."

희정은 기다리라며 잠깐 전화만 받겠다고 하더니 패턴을 그었다. 어딘가 다른 그녀의 목소리가 들렸다.

"어, 아직. 조금만 더 기다려. 응."

일을 할 때와는 확연히 다른 어조였다. 이현은 왼편에 있는 신발장을 봤다. 그리고 다시 전화 소리가 들리는 방 쪽을 보았다.

그는 엄마의 눈치를 살피며 신발장 문을 열어 봤다. 남자 구두가 세 켤레 즈음 있었고, 남자의 것으로 보이는 슬리퍼도 있었다.

그는 그제야 엄마의 집을 다시 돌아보았다. 식탁 위에 세팅된 와인병과 와인잔, 치즈가 보였다.

혼자 마신 게 아니었다는 사실을 깨달은 그는 서둘러 밖으로 나왔다. 온통 어두운 하늘에 제법 밝은 달이 보였다. 그가 깊은 한숨을 내쉬더니 중얼거렸다.

"한윤이……."

역시 윤이가 보고 싶었다. 나 엄마한테 이별 통보받았다며 그녀에게 쪼르르 달려가 이르고 싶었다.

그 여자는 언제나처럼 무뚝뚝한 표정을 하고 무심한 척 머리를 쓸어 넘겨 주거나 옷에 묻은 먼저를 떼어 줄 것이었다. 뭐 이런 거지 같은 이별 통보가 다 있냐고, 그러다가 넌 많이 차여 봤으니까 내 심정을 이해하지? 하고 장난을 걸었다가 한 대 얻어맞게 되겠지만.

윤이를 생각하며 비로소 그는 다시 웃을 수 있었다.

"보고 싶다……."

헤어진 지 두 시간도 되지 않았는데, 그녀가 보고 싶었다. 이젠 그 사실을 부정할 수가 없었다.

6. 어떤 의뢰인

6. 어떤 의뢰인

최근 또 한 명의 손님이 훼방꾼들 사무실을 찾아왔었다. 예약도 없이 불쑥 온 손님이었는데 그녀는 20대 초중반의 젊은 여자였다.

"여기가 이별 대행을 해 준다는 곳 맞나요?"

그녀는 노크도 없이 사무실 문을 열었다.

"네, 맞습니다. 예약하신 분인가요?"

SNS나 홈페이지에서 계속 의뢰 문의와 상담이 들어왔다. 그날 저녁에도 상담을 잡아 놓은 상태라 윤이는 그 사람이 시간을 당겨 온 건가 싶었다.

"아니요. 예약은 안 했어요."

이현은 점심으로 먹을 햄버거를 사러 나간 상태였다.

"일단 앉으세요."

윤이가 자리로 안내했다. 사무실 안을 둘러보던 그녀가 명함을 내밀었다.

"전 김수미라고 해요."

명함에는 이름만 대면 다 알 법한 대기업이 적혀 있었다.

"어떤 의뢰든 받아 주시는 거죠?"

윤이는 석연치 않은 기분을 느끼며 물었다.

"그게 무슨 뜻이죠?"

"제가 사랑하는 사람의 이별을 의뢰하고 싶어요."

윤이는 그녀가 말한 몇 개 되지 않는 단어들을 몇 번이고 다시 조합해 봐야 했다.

"사랑하는 사람의 이별이요?"

미니스커트를 입고 튼튼한 허벅지를 당차게 내놓은 차림이었는데, 그녀의 태도는 허벅지만큼이나 당찼다.

"그 사람이 아내와 헤어지게 해 주세요."

순간 윤이는 먹지도 않은 햄버거가 목구멍에 걸린 것 같은 기분을 느끼며 말했다.

"저희 훼방꾼들의 이별 대행 원칙은 의뢰인 자신의 이별이에요."

그녀가 억울하다는 듯 따져 물었다.

"돈 받고 하는 일이잖아요. 그냥 해 주면 안 돼요?"

윤이는 그녀의 옷차림을 훑어보았다. 가방은 브랜드에 관심이 없는 윤이조차 잘 아는 비싼 브랜드의 것이었고, 옷도 제법 값비싸 보였다.

"돈이 그렇게 많아요?"

수미는 허리를 꼿꼿이 세우며 말했다.

"줄 만큼은 있어요."

윤이는 그녀의 명함을 떠올렸다.

"입사한 지 얼마나 됐는지 물어도 돼요?"

수미는 손가락 여섯 개를 펴며 6개월이라고 했다. 윤이는 고개를 저었다.

"그래도 안 돼요."

윤이의 말이 끝나기가 무섭게, 그녀가 어린애처럼 보채기 시작했다.

"그 사람이 절 얼마나 좋아하는데요. 이 옷이랑 가방도 다 선물로 받은 거예요. 그런데 부인에게 헤어지자고 말을 못 하고 있어요. 곧 한다고는 했어요. 제가 도와주려고 이러는 거예요."

윤이는 정 그렇다면 그 남자를 데려오라고 할까 하다가 그만두었다. 그가 와서 직접 계약을 하면 거래는 성사될 수도 있겠지만 자칫했다간 이 어린 여자에게 상처만 남길 수도 있겠다는 생각이 들었다. 대신 다른 것을 물었다.

"그 사람이 이별을 원한다고 어떻게 증명할 수 있죠?"

"뭐라고요?"

"우린 수미 씨가 어떤 연애를 하든 상관없어요. 하지만 이별을 성공시켜야 하는 입장이죠. 그 남자가 정말 아내와 헤어질까요? 우린 어느 정도의 확신 없이는 이별을 대행할 수 없어요."

수미는 조금 시무룩해진 얼굴로 되물었다.

"가능성이 없어 보여요?"

윤이는 여전히 단호하게 받아쳤다.

"그건 저도 모르죠."

수미는 자신의 이야기를 들려주었다. 그녀는 무슨 수를 써서라도 눈앞의 뚱하고 무심해 보이는 이 여자를 설득할 생각이었다.

그녀는 말했다. 회식이 끝나고 같이 모텔에 가면서 관계가 시작됐다고. 그가 자신을 얼마나 사랑스럽게 만졌는지 모른다며 그런 따뜻한 느낌은 처음이었다고도 했다.

"아이도 가졌었어요."

당황한 윤이는 목에 힘이 들어갔다.

더 놀란 사람은 문을 열고 들어오던 이현이었다. 그는 수미의 말에 햄버거가 든 쇼핑백을 놓칠 뻔했다. 윤이는 문이 열리는 소리에 그를 보았고, 수미도 말을 하다 말고 돌아보았다.

그녀는 표정 관리 좀 하라는 식으로 눈짓을 보냈고, 그는 겨우 입가를 올려 웃으며 말했다.

"손님이 와 계셨네?"

수미는 이현에게서 한동안 시선을 떼지 못하더니 물었다.

"저 잘생긴 오빠도 여기 직원이에요?"

"직원이 아니라 공동 사장입니다."

그가 제 가슴을 두 번 치며 뿌듯해했다.

"나 의뢰인이랑 상담 중이니까 조용히 좀 해 줄래?"

이현은 뾰로통한 표정을 지었고, 수미는 재빨리 이현에게가 팔짱을 끼더니 말했다.

"이 오빠도 같이 얘기해요!"

윤이는 불안한 시선으로 수미를 보았다.

그때였다. 사무실 문이 거세게 열리더니 누군가 문을 박차고 들어왔다.

윤이와 이현은 그의 얼굴을 보는 순간 동시에 서로를 보았다. 그는 분명 사무실을 소개해 준 중개인이었다. 한 달 가까이 함께 다닌 탓에 한눈에 알아볼 수 있었다.

"아저씨……."

이현이 그를 다 부르기도 전에, 그는 수미의 머리채를 잡았다. 윤이와 현은 화들짝 놀라며 그들을 말리기 위해 달려들었다.

"아저씨, 왜 이래요! 네?"

"이거 놔요! 너 이리 나와!"

중개인 역시 두 사람을 모를 리 없었다. 그러나 그의 눈엔 오로지 자신의 딸 수미밖에 보이지 않았다.

"아악! 아빠! 이거 놔!"

수미의 입에서 '아빠'라는 단어가 나오는 순간 윤이와 현은 다시 얼떨떨한 표정이 됐다.

"아파! 아프다고!"

이현은 중개인을 잡고 윤이는 수미를 붙들었다. 그들은 부녀의 사이를 떼어 내기 위해 안간힘을 썼다.

"이거 놔요! 오늘 아주 너 죽고 나 죽자!"

중개인이 악을 쓰자 수미는 울면서 소리쳤다.

"대체 왜 이래! 내 인생 내가 살겠다는데!"

그 순간 수미의 손톱이 중개인의 얼굴을 할퀴었다. 부녀는 순식간에 분리되었다. 갑작스럽게 튕겨 나간 윤이와 수미는 바닥을 뒹굴었다.

중개인은 다시 수미에게 가기 위해 이현을 뿌리치려고 했다.

"아저씨 진정 좀 하세요!"

이현이 짜증스럽게 소리쳤다.

"아저씨 딸만 보여요? 윤이도 다치잖아요!"

윤이와 수미는 엉거주춤 엉켜 있다가 겨우 일어나려던 차였다. 중개인의 몸에서 힘이 풀리는 걸 느끼자 현이 윤이에게 달려갔다.

"괜찮아?"

수미는 자신의 가방을 들더니 잽싸게 사무실을 뛰쳐나갔다.

"너 거기 안 서!"

하지만 중개인은 이미 다리에 힘이 풀린 상태였다. 중개인은 결국 주저앉아 버렸다.

"아저씨, 괜찮아요?"

세 사람은 한 차례 숨을 돌린 후 테이블에 둘러앉았다. 그럼에도 분위기는 쉽게 수습이 되지 않았다. 중개인이 눈물을 터뜨린 탓이었다. 겨우 진정된 건 30분이 지나서였다.

중개인이 코를 풀더니 말했다.

"미안하게 됐소."

윤이와 현은 이게 무슨 일인가 싶었다. 중개인을 훼방꾼 사무실에서 다시 만나게 될 줄이야.

"세상에 유부남이랑 만난다는 걸 알고 눈이 뒤집혀서……

회사로 찾아갔는데 애가 회사에서 나오고 있더라고. 그래서 뒤쫓아 왔는데 오다 보니 여기인 거예요. 내가 저를 어떻게 키웠는데, 내가 어떻게 키워 공부시킨 딸인데……."

이현이 그에게 물을 가져다주었다. 그는 물을 모조리 마시더니 넋두리하듯 자신의 고단했던 삶에 대해 이야기하기 시작했다.

"중개할 때까지 안 해 본 일이 없지. 예전엔 택시도 했었고."

"택시 운전도 하셨어요?"

"네. 그러다 시력이 안 좋아져서 그만뒀지요."

그게 그가 뒤늦게 공인중개사가 된 이유였다. 그마저도 나이가 많아 매일 해고의 위기 속에서 있다고 했다.

집안 사정은 늘 좋지 않았고 지금도 빚더미에 있지만 아이만큼은 남부럽지 않게 키우고 싶었다고, 비싼 학원에 보내도 공부 못하는 애들이 수두룩한데 수미는 공부를 제법 잘해 힘든 생활 속에서도 행복할 수 있었다고 했다. 좋은 대학을 나와 대기업에 취업해 이젠 자식 걱정은 덜었다고 생각했다던 그였다.

"근데 취업을 하자마자 하는 모양새가 이상해진 거예요. 늦게 다니고, 연락도 안 되고."

회사와 집이 너무 멀다고 해서 회사 근처에 오피스텔도 얻어 주었다고 했다. 뼈가 빠져라 벌었던 돈은 자식 하나 번듯하게 키우는데 다 썼다고, 그가 한숨을 내쉬었다.

"저것이 회사 상사랑 바람을 피웠다네요."

그는 상사의 부인에게 전화를 받았다고 했다. 자식 교육을 어떻게 시켰냐며, 회사에 알리기 전에 당장 관계를 정리하고 회사를 떠나라는 것이 그녀의 요구 사항이었다.

"내가 빌어서 회사는 다니게 해 달라고, 대신 부서를 옮기면 되지 않겠냐고 했더니 헤어지고 연락을 주면 그건 남편한테 말해서 옮기게 해 주겠다는데……."

윤이는 저절로 한숨이 나왔다. 과연 그 약속이 지켜질까 싶어 머릿속이 복잡해졌을 때였다.

"쟤를 좀 헤어지게 도와줄 순 없소? 이별 대행? 뭐 그런 거 해 주는 회사라며."

결국 부전여전이었다. 이번엔 중개인이 딸의 이별을 종용하려 하고 있었다.

이현이 듣다못해 타이르듯 말했다.

"아저씨, 이별은 의뢰인이 헤어지겠다는 의지가 있을 때 가능해요. 억지로 한다고 이별이 될까요?"

중개인은 다시 절박하게 물었다.

"내 의지론 안 되겠소?"

두 사람으로선 정말 난처한 상황이었다. 그의 딸이 회사 상사와 바람을 피운 상황도 당황스러운데 불륜을 저지른 딸의 이별을 맡아 달라니. 결국 상황을 정리하는 건 윤이의 몫이었다.

"그건 안 될 것 같네요."

계속 보챌 것 같았던 중개인도 윤이의 단호한 말에는 그 이상의 고집을 피우지 않았다. 그저 이 젊은 여자는 여전히 무섭구나, 생각했을 뿐이었다.

중개인이 돌아가자마자 현은 윤이에게 말했다.

"병원부터 가 보자."

그러면서 바닥에 부딪힌 어깨를 만지작거리며 상태를 확인했다. 윤이는 기분이 이상해서 그를 밀어내었다.

"이제 괜찮아. 안 아파."

"그래도 혹시 모르잖아."

이현은 다시 어깨를 만져 보려 했으나 윤이는 그의 손을 밀어내며 단호하게 말했다.

"됐다고 했다."

이현은 이내 포기하며 말했다.

"또 아프면 가는 거다."

윤이도 이번엔 가볍게 고개를 끄덕여 보였다. 순식간에 공기가 어색해졌다. 이현은 급히 햄버거가 든 쇼핑백을 가지러

갔고, 윤이는 자리로 돌아가 컴퓨터 키보드를 두들기며 딴청을 부렸다.

"점심 먹자."

윤이는 알겠다고 대답하면서도 모니터에서 시선을 떼지 않았다. 조금 전 사무실을 뛰쳐나가던 수미가 떠오른 탓이었다. 그리고 중개인 아저씨도.

수미는 어떻게 될까, 윤이는 생각했다. 얽히고설킨 그들의 인생은 그들 스스로 풀어 나가야 했다. 어디부터 잘못된 걸까.

모든 것을 참아 준 아버지도 잘한 것은 없었다. 자식이 원한다고 해서 밥을 굶으면서까지 보석을 사 줄 순 없는 것 아닌가. 수미의 대학 등록금부터 용돈, 오피스텔까지. 그는 수미에게 가족으로서의 책임감을, 현실을 인식할 수 있는 기회를 주지 않았다.

그녀는 허황된 사랑에 빠져 제 청춘을 낭비하고 있었고, 자신에게 비싼 선물을 안겨 주며 섹스를 즐기는 유부남이 유일한 사랑이라고 믿고 있었다.

윤이는 그녀가 걱정스러웠다. 그 상사에게서 그녀가 꿈꿨던 근사한 아버지를 보고 있는 것은 아닐까. 자신을 위해 헌신한 아버지에겐 감사한 마음도 잊은 채 그저 이상 너머의 세계에서 방황하고 있는 것은 아닐까.

윤이는 그녀에게 더 많은 이야기를 들어 보지 못한 것이 아쉬웠다. 언제부터 가난이 죄가 된 걸까. 그녀에게 철들 기회가 없었던 것 역시 안타까웠다.

"그런 애들한텐 매가 약인데."

그 아버지, 머리칼은 차지게 휘어잡던데. 이 사달이 나기 전에 수미를 제대로 혼내 보긴 했을지.

그날 하루 종일 윤이는 그들 부녀의 생각으로 머릿속이 복잡했다.

중개인 부녀가 돌아간 지 한 시간도 지나지 않은 시점에 윤이가 외출을 했다. 그녀는 상담 시간 전까지 올 거라는 말만 남긴 채 나갔다. 정수혁. 이현은 그녀의 뒤통수를 노려보며 그 이름을 떠올렸다.

그를 만나는 게 분명하다고 생각하면서도 훼방꾼들의 영업시간이었기 때문에 차마 따라나설 수도 없었다. 그는 그저 창문 너머로 멀어지고 있는 윤이에게 손을 뻗어 볼 뿐이었다.

"이씨, 한윤이……."

그는 그제야 깨달았다. 지난밤 자신의 취중진담을 윤이가 시답잖게 넘겨 버렸다는 것을 말이다.

"당당하게 만나든가. 거짓말을 왜 해?"

윤이가 거짓말을 했다며 흥분을 한 자신도 잘못이었다.

"바로 만날 거면서 거짓말은."

이현은 속이 상해서 결국 책상에 엎드려 버리고 말았다.

윤이는 안나를 만나러 가는 길이었다. 미루고 미뤄 온 약속이었다. 수혁과 몇 번 만났다는 이야기는 비밀로 할 생각이었다.

안나는 도무지 일할 기운이 나지 않아 월차를 냈다고 연락을 해 왔다. 좀 갑작스럽긴 했지만 윤이도 더 미루기엔 마음이 불편했다.

갑자기 들이닥친 수미 부녀로 인해 정신이 좀 없었지만 일단은 그녀를 만나기로 했다.

안나가 홍대로 왔다. 그들은 맛있다고 소문 난 파스타 가게로 갔다. 야윈 안나의 모습에 윤이는 그녀 못지않게 수척해진 수혁을 떠올렸다.

마침 안나가 수혁의 이야기를 꺼냈다.

"휴대폰 번호를 바꿨나 봐."

번호가 바뀌었던가? 윤이는 자신의 휴대폰을 떠올렸다.

안나는 휴대폰 통화 목록을 보여 주었다. 윤이는 빠르게 수혁의 번호를 확인했다.

"어제 내가 술 먹고 전화를 했거든요. 봐요, 통화됐죠? 나도 내가 취해서 잘못 들었나 했는데, 다른 사람이더라고요.
왜 자꾸 전화하느냐고 한 소리 듣고…… 난 그것도 모르고
그 사람 번호인 줄 알고 계속 전화했었는데."

윤이가 알고 있던 수혁의 번호와는 다른 번호였다.

바꾼 거였구나. 그녀는 처음부터 수혁의 새로운 번호로 연
락은 받은 것이었다.

안나는 연신 한숨을 내쉬었고, 윤이는 애초에 그녀에게 하
려던 말을 죄다 잊고 말았다.

좀 괜찮냐며 위로를 건넬 생각이었는데, 설마 안나가 전날
까지 수혁에게 전화를 걸어 봤을 줄이야. 윤이는 내내 하소
연을 들어야 했다.

그러는 사이에 한 시간 반이 흘렀다. 조금 있으면 상담이
시작될 시간이었다.

"언니, 저 화장실 좀."

윤이는 끝없이 이어지던 안나의 하소연을 좀 쉬어 들을 겸
화장실로 갔다. 생각할 시간이 필요했다.

윤이는 이별을 원했던 사람들이 더 괴로워하는 이 상황을
어떻게 받아들여야 하나 고민이었다.

민수의 경우도 그렇고, 안나도 그랬다. 자신들이 원해서
이별을 의뢰해 놓고 후유증은 본인들이 다 겪고 있는 듯했
다.

반면 수혁은 다소 힘들어 보여도 잘 이겨 내는 중이었고, 안민수의 아내 장선경 역시 이혼에 담담한 입장이었다.

늘 착각 속에서 사는 건 아닐까. 관계가 영영 끝나지 않을 거라는 그 착각이 우리를 이별로 이끄는 것은 아닐까.

우리 인생의 끝에 죽음이 있다는 사실만으로도 인간의 관계는 언제고 끝이 나게 돼 있다.

그러나 끝나지 않을 거라는 생각이 진부함을 만들고, 누군가는 이별이 어렵다며 괴로워해. 이별 뒤에 기다리는 것은 저마다 모양이 달랐다.

윤이는 요즘 완벽하지 않아도 되는 이별에 대해 생각하는 중이었다. 한순간 베어 낼 수 없는 것이 만남인데, 만남을 관계로 정의하기 때문에 그 관계를 끊어 내야 한다고만 생각하는 건 아닌지, 이런 이별 방식을 훼방꾼들에 도입할 순 없는지.

칼같이 끝내야 이로운 이별도 있겠지만 세상엔 다양한 사랑만큼 다양한 이별이 존재했다. 어떤 이별은 천천히 멀어져야 서로에게 이롭기도 한 것이다. 특히나 너무 오랜 시간 만난 사람들의 이별은 더더욱 그랬다.

훼방꾼들은 이제 시작 단계였고 미숙했다. 능숙하게 의뢰인들을 돕고 싶은 마음과는 달리 쉬이 해결되는 것은 없었다.

어떤 면에선 훼방꾼들의 이별 대행은 실패한 것일지도 몰랐다. 윤이는 반성하는 중이었다. 훼방꾼들은 더 다양한 이별 방식을 고민해야 했다.

그녀가 화장실에서 돌아왔을 때 안나의 표정이 싸늘하게 굳어 있었다.

"언니, 왜 그래요?"

윤이가 놀라서 물었지만 그녀는 대꾸가 없었다. 그저 화를 식힐 뿐이었다.

윤이는 테이블 위 자신의 휴대폰에 문자가 도착했다는 것을 알았고, 안나의 눈치를 살피면서 일단 문자를 확인했다.

의뢰인이 벌써 왔나?

그때 안나가 물었다.

"윤이 씨, 수혁 씨 만났어?"

"네?"

안나를 향해 고개를 들던 윤이는 이내 다시 제 휴대폰 액정을 보았다.

〈정수혁 만나냐?〉

대체 어떻게. 윤이는 너무 놀라 제 입을 틀어막고, 설마 하는 얼굴로 안나를 보았다. 그녀는 여전히 윤이를 째려보고 있었다.

"언니……."

문자를 보낸 사람은 이현이었다.

윤이는 눈앞에 안나도 곤란했지만, 자신이 수혁과 만난 적이 있다는 걸 이현이 어떻게 아는지도 황당했다.

"윤이 씨, 설명 좀 해 줘야겠는데?"

조금 전, 안나는 갑자기 화면이 켜진 윤이의 휴대폰 액정을 보았다. 보려던 건 아니었다. 불빛에 자연히 보인 것이 현의 문자였다.

정수혁이라는 이름에 안나는 보고도 믿을 수 없어 윤이의 휴대폰을 집었지만 패턴이 걸려 있어서 다시 확인할 순 없었다.

그러나 문자 내용이 워낙 간결하고 강렬했던 탓에 잘못 봤다 의심할 수도 없었다. 더군다나 문자를 확인하며 화들짝 놀란 윤이의 표정이 모든 사실을 말해 주고 있었다.

"언니, 그게……."

"설마 일을 이용해서 사랑을 쟁취한 건 아니겠죠?"

안나가 사무적인 어조로 물었다. 윤이는 이 상황에서 설명 없이 안나를 그냥 두고 갈 수 없다는 것을 알았다. 그녀야말로 훼방꾼들의 진짜 의뢰인이었다.

다음 의뢰인이 도착할 시간이 가까워졌다. 바로 출발해도 늦을 가능성이 높았다.

이현이 잘하겠지.

하지만 또 그 이름을 생각하고 나니 골치가 아팠다. 과연 이현이 저 상태로 제대로 상담을 할 수 있을까 싶어 걱정이었고, 안나를 두고 가자니 너무 많은 오해가 쌓일 것 같았다.

윤이는 모든 것을 설명했다. 이별 대행을 하던 날 마주쳤었고, 당신들이 비밀번호를 공유했던 이메일 계정 주소록에서 내 얼굴과 전화번호를 보고 연락을 했더라고.

그 역시 당신과의 이별을 힘들어 하고 있고, 나는 당신의 이별을 대행한 사람이기도 하니까 그의 이별로 위로하는 차원에서 몇 번 만났다고도 했다.

그러는 사이 편하게 말을 주고받게 된 건 사실이지만 그를 남자로 느끼는 일은 없었다 전했다. 그 이야기를 듣는 안나의 표정은 여전히 굳어 있었지만 이전보다 화가 나 보이진 않았다.

"처음부터 말했으면 좋았잖아. 그 얘길 왜 안 한 거야?"

안나가 답답하다는 듯 물었다. 윤이는 차마 대충 둘러댈 수 없었다고 솔직하게 말했다.

말이 길어지진 않았다. 의뢰인이 온다는 이야기는 안나도 알고 있던 차라 윤이의 사정을 잊지 않고 있었다. 그녀는 도리어 윤이를 재촉해 돌려 보냈다.

홀로 앉아 있는 안나가 걱정스러워 뒤를 돌아봤지만 그녀는 허공만 응시하였다.

윤이가 뒤늦게 훼방꾼들 사무실로 왔을 때 이현이 홀로 사무실에 앉아 있었다.

"갔어? 상담은?"

이현은 건조하게 대답했다.

"취소됐어. 일이 있다고 다음에 다시 온대."

윤이는 약속 시간보다 30분 늦게 도착한 상태였다.

"연애하느라 일도 뒷전이냐? 이러면 곤란해."

이현은 훼방꾼들 카페에 달린 댓글을 확인하고 있었다. 마침 윤이의 글에 달린 댓글을 확인하던 차였다.

〈글이 참 좋네요. 전 패션 잡지 편집자인데 차왕님 글에 반했어요. 혹시 한 번 뵐 수 있을까요? 〉

이현은 그 댓글을 보며 미소를 짓고 있었다. 하지만 윤이가 사무실로 들어오는 순간 모른 척하며 표정을 굳히고 있었다.

윤이는 그러거나 말거나, 이현에게 다가오더니 물었다.

"어떻게 알았어?"

이현은 새침한 표정으로 일관하는 중이었다.

"너 나 미행했어?"

그녀가 말한 단어가 너무 정확해서 그는 다시 어리바리한 표정이 됐다. 그녀는 이현을 내려다보고 있었다.

"아니면 그걸 어떻게 알아? 내가 정수혁 씨랑 만난 거?"

이현은 그제야 자신이 큰 실수를 했다는 것을 깨달았다. 자신에겐 거짓말을 하고 수혁을 만난 게 너무 미워서 문자를 보내긴 했는데, 설마 미행이라는 단어가 나올 줄은 몰랐던 것이다.

윤이는 지난밤 그의 말을 떠올렸다. 만나는 남자가 있냐고 묻던 것부터 시작해서 자신이 거짓말을 했다며 노발대발하던 말까지. 그 장면들이 마치 파노라마처럼 머리를 스쳤다.

"그래서 그런 소릴 한 거야?"

지난밤 윤이는 그가 가는 모습을 지켜보았다. 골목을 빠져나가는 그를 물끄러미 보다가 도무지 진정되지 않는 가슴을 몇 번이고 두드려 봤다.

"네가 다른 남자 만나는 거 싫어."

설마 얘가 나한테 고백을 한 건가 싶어 혼란스러웠다. 이현과 애인이 된다니. 그런 건 상상도 해 본 적이 없었다. 지난밤 그녀는 사라지지 않은 감정들과 함께 밤새 전전긍긍했다.

개랑 사귀는 게 가능할 리 없잖아. 그런 생각을 하다 보면 불현듯 또 그런 마음이 왔다.

그래서 너 개랑 못 잘 거 같아? 그렇게 생각하면 온몸에 소름이 돋았다.

"나 지금 개랑 자는 생각을 한 거야?"

아니야, 그건 아니야. 지금 이대로가 딱 좋아. 팔에 돋은 닭살을 문질렀다.

윤이는 눈치채지 못했지만 그녀의 마음은 9년 전과 상당 부분 바뀌어 있었다. 이현과 친구로 지내는 것조차 버거워했던 그녀는 이제 지금이 딱 좋다며 그와 함께하는 일상을 긍정하고 있었다.

그렇게 아침이 왔을 때, 사무실에서 마주친 이현이 너무나 어색했다. 그가 말했던 키스 사건이 떠올라 부딪히는 그의 시선도 부담스러웠다. 그래서 점심으로 먹을 햄버거나 사 오라며 그를 등 떠밀어 내보낸 것이었다.

"어쨌든 그런 사이 아니야."

윤이가 다시 말을 꺼냈을 때 휴대폰으로 전화가 걸려 왔다. 그녀는 이현과 전화를 번갈아 보았다.

그는 윤이가 또다시 거짓말을 하고 있는 건지 확신할 수 없었지만, 난처해 보이는 그녀를 외면할 순 없었다.

"전화부터 받아."

발신자는 윤이의 엄마였다.

윤이는 그의 말대로 전화를 받았다.

"어, 엄마."

그간 윤이네 모녀 사이엔 별다른 대화가 없었다. 이럴 거면 이혼 얘기는 뭐하러 한 거냐고 윤이가 쏘아붙인 탓에 진숙은 딸의 눈치를 보고 있었다.

—윤이야.

수화기 너머 진숙의 목소리는 한없이 낮았고 가늘게 떨리기까지 했으나 이상하다 여기지 않았다.

윤이도 자신의 부모가 이혼 절차를 잘 밟고 있는 건지 궁금하던 차였고 진숙의 그런 목소리를 듣고도 이혼 서류를 접수하고 우울한 모양이네, 하고 생각했을 뿐이었다. 그래서 그런 비보를 듣게 될 줄은 생각도 못 했다.

—아빠가 사고가 났대.

윤이는 이건 또 뭔 소린가 싶었다.

"뭐? 무슨 사고?"

—일단 좀 와.

하지만 그녀의 엄마는 구체적인 대답을 피했다. 인근의 종합병원 이름을 덧붙이고는 전화를 끊었다.

윤이가 꺼진 화면을 멍하니 보자 이현이 심각한 얼굴로 물었다.

"누가 사고가 났대?"

윤이는 이 불길한 느낌을 뭘까 생각하다가 이현에게 처음으로 부탁했다.

"나 차 좀 태워다 줄 수 있어?"

이현은 이내 차 키를 집어 들었고, 그들은 함께 사무실을 나섰다.

그때 이현의 휴대폰에도 전화가 오기 시작했다. 석범의 전화였다. 현은 급히 이동하며 전화를 받았다.

"아빠, 나 지금 일이 좀 있어서 있다가 다시……."

하지만 이내 그는 자리에 우뚝 섰다. 멍하니 승강기를 기다리던 윤이가 뒤늦게 그를 돌아보았다. 이현은 수화기에 대고 멍하니 물었다.

"어느 병원인데?"

그들이 주고받은 시선은 복잡 미묘했다. 이현은 전화를 끊더니 애써 밝은 말투로 말했다.

"같은 병원이네."

❖   ❖   ❖

윤이의 아빠가 세상을 떠났다. 너무나 갑작스러운 죽음이었다.

윤이는 '대체 왜?'라는 생각밖에 들지 않았다. 사고가 난건 알겠는데 그 결과가 왜 하필 죽음이었는지 이해가 되지 않았다.

무엇보다 그녀를 미치게 하는 건 동행인이 왜 이현의 엄마였냐는 것이었다.

의문을 남기고도 물을 수 없게 그녀의 아버지는 세상에서 사라졌다. 그나마 답변을 할 가능성이 있는 희정은 혼수상태였다.

그들은 강원도에서 돌아오는 길이었다고 했다. 운전은 희정이 했고 그녀의 옆엔 윤이의 아빠인 경석이 있었다.

윤이는 장례식장에서야 아빠의 이름을 불러보았다. 한경석. 늘 아빠라고만 부르던 남자가 이름 세 글자로 남아 있었다.

너무 갑작스러운 탓에 윤이는 눈물도 나지 않았다. 왜 이렇게 거짓말 같은 일들만 일어나는 것인지. 자신이 꿈을 꾸고 있는 건 아닌지. 이제는 눈을 뜨고도 보고 현실을 믿을 수가 없었다.

더 믿을 수 없는 건 진숙이었다. 분명 이혼 서류를 접수한다고 한 게 몇 주 전의 일인데 진숙은 눈물만 흘리지 않았을 뿐 경석의 아내로서의 역할을 모두 감당하고 있었다. 심지어 다른 여자의 차 안에서 죽은 남편의 장례식임에도 말이다.

아빠는 행복했을까.

윤이는 생각했다. 사랑하는 여자와 함께였으니 행복했을까. 동시에 윤이는 언젠가 아빠가 했던 말을 떠올렸다.

"언젠가는 세계 일주를 할 거야. 광활한 대지 위에서 죽는 게 내 꿈이야."

광활한 대지는 아니었지만 길 위에서 죽었으니 꿈은 이룬 건가. 그런 생각을 하다 보니 결말은 같았다. 역시 거지 같은 상황이었다.

장례식장엔 이현의 아빠인 석범도 왔다.

"애인이 있는 건 알았지만 아들 친구의 아버지일 거라곤 생각도 못 했어요. 내가 미안해요."

석범은 윤이에게 자신들이 사실혼 관계를 끝냈다는 것을 알려 주었다. 윤이는 처음 듣는 이야기였다.

"현이도 알아요?"

석범은 그렇다고 했다. 윤이는 뒤늦게 이현이 괴로운 시간을 보냈다는 것을 알고 마음이 아팠다.

왜 말을 안 했지.

하지만 이내 윤이는 생각을 바꿨다.

하긴, 나도 안 했지.

석범이 돌아가고 나서야 윤이는 깨달았다. 지금껏 한 번도 없었던 훼방이 시작되었다는 것을.

그때까지 윤이와 이현 사이를 훼방하는 것은 없었다. 그들 스스로 밀어내는 것 외엔 헤어질 이유가 없었고, 어쩌면 그런 이유로 그들은 서로를 연인이라는 관계로 재정의할 필요가 없었는지도 모른다.

장례가 끝나던 날, 윤이는 희정이 있는 중환자실 근처를 서성거렸다. 이현은 보이지 않았다.

대체 어디 있는 거야.

장례 직전 이현이 말했었다.

"아무래도 난 안 가는 게 좋겠어. 어머니도 좋아하지 않으실 것 같고, 너도 아무래도……."

윤이는 대답 대신 그의 손을 잡았다. 그의 손은 차가웠다. 그게 안쓰러워 잠시 놓지 못했었다.

윤이가 겨우 손을 놓으려는 순간 이현이 그녀의 손을 꼭 쥐었다. 그들의 마음이 닿아 손을 잡은 건 그날이 처음이었다. 이현은 나머지 한 손까지 포개며 말했다.

"장례 잘 치르고 만나."

윤이는 잠시 그를 보다가 가만히 고개를 끄덕였다. 정말 그럴 수 있을까. 그 순간 떠오른 질문은 잠시 접어 두기로 했다.

윤이는 이현이 없는 중환자실 앞을 서성이며 희정을 떠올렸다. 유방암 수술을 막 끝내 놓고도 화장을 곱게 하고 있던 얼굴, 수척한 얼굴은 결코 보이지 않으려던 강인함. 윤이는 그의 엄마를 좋아했다.

결혼을 하지 않고 동거를 선택해 일과 결혼한 여자.

그로 인해 이현이 다소 외로운 유년 시절을 보낸 건 사실이었지만 엄마에게도 본인의 인생이 있는 것이 당연하다고 생각했다.

어른이 된 이현은 자유분방이 다소 과하기는 해도 그만큼 밝고 유연하게 자란 것은 분명했다.

윤이는 엄마도 희정처럼 제 인생을 살았으면 했다. 자식이나 남편에게 밥을 차려 주는 인생은 접고, 이제라도 자신의 발전을 위해 남은 인생을 사용했으면 했다. 그래서 이현의 엄마가 더 멋져 보였는지도 모른다.

그런 희정에게 아빠가 끌린 이유는 알 것 같았다. 또 다른 사랑을 시작한 아빠를 이해 못 할 부분은 없었다. 더군다나 윤이의 부모는 이혼을 약속한 상태였다. 그저 왜 그 사람이 하필 이현의 엄마였나, 운명의 장난 같은 이런 일이 왜 벌어졌는지만이 괴로울 뿐이었다.

결국 이현을 만나지 못한 윤이가 장례식장으로 돌아왔을 때 누군가 수군거리는 소리가 들렸다.

"근데 진짜 와이프가 3일 내내 눈물 한 방울을 안 흘리더라."

그 누구도 경석이 다른 여자와 마지막 순간을 함께했다는 걸 알지 못했다.

그것은 진숙의 뜻이었다. 남편의 마지막 순간에 대해 침묵하는 것으로 경석의 아내로서의 마지막 자존심을 지켰다.

윤이는 엄마가 이해가 가지 않으면서도, 그것이 그들 부부의 마지막 방식이라면 어쩔 수 없다는 데 뜻을 합쳤다.

장례가 끝난 후부터 진숙은 집에서 쌀 한 톨도 씻지 않았다. 단지 쌀만 씻지 않는 게 아니라 그 무엇도 하지 않았다는 것이 더 정확했다.

며칠째 머리를 감지 않아 두피에 눌어붙어 있었고, 집 안에는 과자 봉투가 넘쳐 났다.

엄마의 상태가 걱정된 윤이는 꼬박꼬박 저녁 시간에 맞춰 퇴근을 했다. 그나마 그녀가 있어야 배달 음식이나마 먹었기 때문이었다.

그랬던 진숙이 훼방꾼 사무실을 찾아온 건 그 후로 보름이 지난 어느 날이었다.

그날은 이현이 아침부터 여행 얘기를 꺼냈다.

"우리 여행 가자."

"지금 이 상황에 여행은 무슨."

아직 희정은 혼수상태였고, 두 달 후면 석범의 결혼식이 있었다.

그가 이별 여행을 얘기했을 때 윤이는 반 건조 오징어를 질겅질겅 씹고 있었다.

사무실 문을 잠그고 카페와 SNS에도 하루 임시 휴업을 한다는 공지를 올렸다. 그리고는 둘이 마주 앉아 낮술을 퍼마시는 중이었다.

그런 대책 없는 짓이라도 하지 않으면 단둘이 있기엔 너무 울적한 시간이 흘러가고 있었다. 조금씩 나아질 거라고 믿는 것 외엔 견딜 방법이 없었다.

"간다고 해도 너랑 나랑?"

윤이로선 그가 왜 이런 소리를 하는지 알 수 없었다. 충격적인 사건 때문인지 그녀의 주량은 한창때로 돌아가 있었다. 그런 윤이를 보며 이현은 장난스럽게 생각했다.

폭탄 머리로 돌아와서 그런가.

특히 요즘처럼 제대로 정리조차 되지 않은 그녀의 폭탄 머리는 반쯤 터지다 만 폭탄 머리라고 불러도 충분할 정도로 무시무시한 기운을 뿜고 있었다.

왜 갑자기 여행을 가자는 거야. 그것도 둘이? 겉으로 보기에 윤이는 그의 여행 발언을 듣는 둥 마는 둥 태연해 보였지만 머릿속은 상당히 복잡했다.

그들의 관계는 어정쩡한 상태로 멈춰 있었다. 친구 관계를 유지하는 것조차 버거운 상황이었다. 그런데 그가 여행이라는 단어를 꺼낸 것이다.

그런 그녀의 표정을 이현이 모를 리 없었다. 그가 뒤늦게 덧붙였다.

"이별 여행."

그들은 오랜만에 시선을 마주했다. 평소처럼 농담도 주고받고 술도 먹고 밥도 먹는데 묘하게 시선은 주고받지 않았다. 그들도 자신들이 그런 상태라는 것을 알고 있었다.

이현이 그녀에게 물은 적도 있었다.

"나 왜 안 봐?"

윤이는 여전히 그를 보지 않은 채 말했다.

"너는 나 보고 있냐?"

그때 이현은 윤이를 보고 있었다. 그러나 윤이가 고개를 든다면 이내 시선을 피해 다른 곳을 볼 것이었다.

"아니, 의식만 하고 있지."

윤이도 고개를 끄덕이더니 말했다.

"나도 그래."

그들은 서로의 상태를 존중하기로 했다. 그러면서도 그 이상으로 멀어지지 않기 위해 애쓰는 중이었다. 때때로 도망치고 싶은 순간들도 이겨 내고, 밀어내고 싶은 순간들도 이겨 내면서.

그날 윤이는 이왕 사무실 문도 닫은 김에 이현에게 그간 하지 못한 이야기를 할 생각이었다.

이를테면 자신의 부모님이 이미 이혼을 결정한 상태였고,

아빠에게 다른 여자가 있었다는 건 엄마도 각오했던 부분이었다는 점을 말이다.

하지만 그의 말을 듣는 순간, 윤이는 자신이 하려 했던 모든 이야기를 잊고 말았다.

"우리 이별 여행 가자."

머릿속이 새하얘진 윤이가 다시 물었다.

"무슨…… 여행?"

"이별 여행."

윤이가 단어를 못 들은 게 아니라는 걸 알면서도 이현은 한 번 더 말해 주었다. 그러면서 그가 덧붙였다.

"나도 필요하고, 너도 필요할 거 같고. 우리 의뢰인들도 필요하지 않을까?"

윤이는 그제야 그가 말하는 이별이 단순히 두 사람에게만 해당하는 이야기가 아니라는 것을 알 수 있었다.

"의뢰인들?"

이현이 고개를 끄덕이더니 말했다.

"이별이라는 게 칼로 자르듯이 되는 게 아니잖아. 최근에 생각이 든 건데, 의뢰인들에게 이별 여행을 시켜 주면 어떨까? 상황에 따라 이별한 사람도 초대할 수 있고."

이현의 말은 이별 대행의 애프터서비스를 하자는 말이었다. 윤이는 그제야 그의 이야기에 집중할 수 있었다.

"하지만 의뢰인들의 옛 애인을 초대한다는 건 이별 대행의 사실을 밝혀야 한다는 뜻이잖아."

윤이가 묻자 이현이 말했다.

"언제까지고 대행을 숨길 순 없잖아. 사실을 알아야 하지 않을까?"

윤이는 과연 의뢰인들이 동의할지 의아했다. 자신들이 이별 대행업체를 섭외해서 이별을 계획하고 성공했다는 것을 그 대상에게 알린다?

윤이는 몇 번이고 눈만 깜박였다.

물론 이현도 확신을 갖고 하는 이야기는 아니었다.

"이건 어디까지나 선택 사항이야. 다만 우리 의뢰인들이 이별 후에 상태가 영 좋지 않잖아. 어쩌면 의외로 설득 가능할지도 모른다는 생각이 들었어. 의뢰를 받을 때도 굳이 말할 필요도 없어. 그저 일정 시간이 지났을 때 의뢰인들에게 의견을 물어보는 거지. 참석을 희망하는 사람을 받고 또 그 사람이 이별 상대가 나와 주길 바란다면 우린 그들의 이별을 대행한 책임감으로 이별의 상대도 초청하도록 노력해 보는 거야. 뭔가 의미 있는 시간이 되지 않을까? 스스로 이별을 대행했지만 아직 이별하지 못한 의뢰인들에겐 특히."

윤이는 한동안 잊고 있었던 완벽하지 않아도 될 이별에 대해 다시 떠올렸다. 이별 여행이라면, 이별 대행의 부족한 점을 채울 수도 있을 것이었다.

하지만 걸리는 것이 있었다.

"나도 필요하고, 너도 필요할 거 같고."

조금 전 이현의 말 때문이었다. 그가 말한 우리에게 필요한 이별은 어떤 이별일까. 윤이는 마음이 심란했다.

그때였다. 누군가 훼방꾼들 사무실 문을 두드렸다. 그들은 휴가라는 이유로 사무실 문을 잠가 둔 상태였다. 심란한 마음에 정신이 딴 곳에 있는 윤이 대신 이현이 문으로 가며 물었다.

"누구세요?"

윤이의 시선이 자연스레 이현을 따라갔다. 늘 곁에 있었던 모습일 텐데 그토록 정성껏 그를 본 것은 처음이었다. 윤이는 현이 문으로 다가가는 모습부터, 그가 눈을 동그랗게 뜨고 문 너머를 보는 표정, 그리고 자신을 돌아보는 표정까지 물끄러미 관찰했다.

벌써 취했나.

늘 보던 사람들이 내 곁에 있다는 거, 실은 매일매일의 기적이라는 것을. 그녀는 이별 여행이라는 단어를 마주하고서야 그의 존재를 온몸으로 체감했다.

감상도 잠시, 그가 윤이에게 눈짓을 해 보였다. 문 너머에 굉장한 것이 있다는 듯한 표정이었다. 윤이가 뭔가를 상상하기도 전에 사무실 문이 열렸다. 그리고 한 중년 여자가 모습을 드러냈다.

"여기가 이별을 대행해 준다는 훼방꾼들 맞죠?"

순간 윤이는 그를 보았다. 그도 상당히 당황한 걸로 보아 윤이의 시력엔 문제가 없는 듯했다.

진숙이 서 있었다. 윤이가 정말 놀란 이유는 그녀의 행색이 너무 말끔해서였다. 분명 아침까지만 해도 떡 진 머리로 거실 바닥을 굴러다니고 있었던 그녀였다.

진숙은 하얀색 투피스에 금색으로 빛나는 구두를 신고 있었다. 머리도 새로 한 것인지 어깨까지 닿은 머리는 펴져 있었고, 화장도 곱게 한 모습이었다. 윤이는 믿을 수 없어서 물었다.

"미용실 갔다 왔어?"

이현은 윤이가 폭탄 머리를 한다던 동네 미용실을 떠올렸다. 진숙은 아랑곳하지 않고 얌전하고 조신한 투로 말했다.

"오진숙이에요. 이별을 의뢰하러 왔어요. 그리고 사장님."

윤이는 자신의 얼굴을 손가락으로 가리키며 물었다.

"저요?"

분명 자신의 엄마인데 윤이는 차마 '나?' 하고 물을 수 없었다. 진숙이 고개를 끄덕이더니 말했다.

"네, 사장님. 촌스럽게 미용실이 뭐예요. 샵 다녀왔어요."

순간 이현이 웃음을 터뜨렸다. 그는 이내 눈치를 보며 입을 틀어막았지만, 진숙은 이현을 향해 밝은 미소를 지어 보였다.

윤이는 아무래도 엄마가 정신 줄을 놓은 게 분명하다고 생각하면서도, 그를 향해 미소를 지어 주는 그녀에게 내심 고마웠다.

진숙은 의자로 와 앉더니 손에 든 빨간색 애나멜 클러치를 테이블 위에 올려놓았다. 윤이는 정말이지 믿을 수 없어서 물었다.

"서둘러 새 남자라도 찾으려고?"

진숙은 그게 뭐 문제냐는 듯 말했다.

"일단 완벽하게 헤어지고."

이현이 진숙의 곁으로 와 앉으며 물었다.

"누구랑 헤어지시게요?"

"내 전남편이랑 헤어지려고."

진숙의 말에 윤이는 한숨을 내쉬었다. 이현은 좀 당황스럽긴 했지만 재빨리 머리를 굴리기 시작했다.

"엄마, 지금 우리 회사가 장난으로 보여?"

물론 윤이는 정말 엄마가 장난을 치고 있다고 생각하진 않았다. 다만 엄마가 이현에게 복수라도 하려는 건가 싶어 가슴이 서늘해졌다.

그러나 이현은 진숙의 의뢰를 진지하게 생각하는 중이었다.

죽은 사람과 헤어지겠다.

의뢰에서부터 진숙의 상처가 느껴져서 그는 작게 한숨을 내쉬었다. 세상에서 가장 어려운 의뢰였다.

윤이는 단호하게 말했다.

"엄마, 나랑 집에서 얘기해."

윤이는 일단 이현이 없는 곳으로 가서 다시 이야기를 할 생각이었다. 하지만 먼저 말을 이은 건 이현이었다.

"어떻게 하면 될까요?"

윤이는 놀라서 이현을 보았다. 그는 평소처럼 웃으려 노력하고 있었다. 그게 훤히 보여서 이 순간이 참 잔인하게 느껴졌다. 그에게도 진숙에게도 괴로운 순간일 것이었다.

"의뢰비도 낼게."

진숙의 말에 이현이 손사래를 치며 말했다.

"아니에요! 이건 공동 사장의 권한으로 무조건 무료로 진행할게요."

하지만 진숙은 말했다.

"아니, 의뢰비를 지불하는 것도 내 이별의 핵심 요소야."

그는 진숙의 말을 완전히 이해할 순 없었지만 자신을 보는 눈빛에 조금의 악의도 없다는 것은 알 수 있었다. 그는 비로소 진짜 미소를 지었다.

"알겠습니다. 열심히 해 볼게요. 어떻게 하면 될까요? 이번 의뢰는 워낙 특이해서, 어머니께서 저희한테 힌트를 좀 주셨으면 해요."

윤이는 다시 한 번 진숙을 말려 보려고 했지만 오히려 그녀를 말린 건 이현이었다.

"의뢰비도 주신다잖아. 잘 생각해, 차왕. 우리 돈 버는 거야."

진숙이 이제야 마음에 든다는 듯 말했다.

"역시 우리 현이가 나랑 말이 통한다니까."

이현이 하이파이브를 제안했고, 진숙은 호탕하게 그의 손을 마주쳤다.

윤이는 기가 찬 표정으로 그들을 보고 있었다. 두 사람은 이전과 조금도 다르지 않은 얼굴로 웃고 있었다.

정말 괜찮은 건가.

윤이는 아직 이 상황을 안도해야 할지, 불안해해야 할지 결정할 수 없었다.

그녀는 엄마와 함께 이른 퇴근을 했다. 이현은 어쩐 일인지 데려다주겠다는 말을 하지 않았다. 두 모녀가 다정히 걸으며 데이트라도 하길 바라는 모양이었다.

모녀는 집으로 가는 길에 마트에 들러 장을 보았고, 집에 도착하자 진숙이 밥을 짓기 시작했다. 마치 일상으로 돌아온 것처럼 모든 것이 자연스러웠다.

"현이도 와서 같이 먹을 걸 그랬다. 너무 많이 했네."

윤이는 참 새삼스럽다며 말했다.

"누가 들으면 양 조절에 늘 성공한 사람인 줄 알겠네."

진숙은 늘 배부르게 먹고도 남을 양의 음식을 했다. 손이 커서 그렇다는데, 윤이는 엄마가 양 조절에 실패할 때마다 늘 장난스럽게 비웃곤 했다.

오랜만에 집 안에서 밥 냄새가 났다. 엄마의 입맛이 떨어질 수 있다는 걸 알면서도 윤이는 이 점에 대해 꼭 묻고 싶었다.

"이현한테 화풀이하려는 건 아니지?"

윤이가 겨우 말을 골라 물었지만 진숙은 한술을 입에 넣으며 말했다.

"걔가 뭘 잘못했다고 화풀이야."

진숙이 태연히 대꾸하는 것에 안도하며 윤이도 밥을 한 술 떠 입에 넣었다.

"그런 거 아니야."

진숙의 대답은 깔끔했다. 윤이가 다시 물었다.

"그럼 뭔데. 아빠는 이미 세상에 없어. 정서적인 이별을 시켜 달라는 거야? 그건 타인이 할 수 있는 게 아니잖아."

윤이도 엄마의 이별 의뢰에 대해 계속 생각하는 중이었다. 뭔가 도움이 필요하니까 훼방꾼들을 찾아왔을 것이다. 그러나 답이 나오지 않는 의뢰였다.

마음을 이별하게 하는 법, 그것을 타인이 할 수 있는 방법이 존재할까.

사실 집으로 오는 내내 머릿속이 복잡했다. 그러는 사이 그녀는 이현이 말했던 이별 여행에 대해선 까맣게 잊고 있었다.

윤이는 윤기가 도는 엄마의 피부를 보다가 화들짝 놀라 물었다.

"마사지도 받았어?"

진숙이 반찬을 입에 넣으며 말했다.

"마사지도 받고, 메이크업도 받고, 머리도 하고, 옷도 사고, 신발도 사고, 가방도 샀어."

윤이는 그 돈이 다 어디서 났느냐고 물으려다가, 하긴 엄마가 저축을 꽤 잘하는 사람이었지 하고 생각하던 차였다.

"네 아버지 사망보험금 받았거든."

"컥!"

윤이가 막 삼켜 넘기려던 밥알이 목구멍에 걸렸다. 윤이는
한참이나 기침을 했고, 진숙은 무심하게 물 잔을 건넸다. 윤
이는 겨우 기침을 진정시킨 뒤 물었다.

"사망보험? 엄마가 들어 둔 거야?"

진숙은 아무렇지 않게 대답했다.

"응."

윤이의 입이 떡하니 벌어졌다. 진숙은 태평하게 식사를 계
속했다.

"언제? 대체 언제?"

진숙은 대수롭지 않다는 듯 말했다.

"네 아빠만 든 줄 알아? 내 것도 들었어. 나 죽으면 그 돈
네 거야."

윤이는 고개를 절레절레 저으며 말했다.

"자식한테 그게 할 소리냐!"

진숙이 피식 웃었다. 그녀의 웃는 얼굴은 정말이지 오랜만
이었다.

한동안 망가진 가구처럼 집에 틀어박혀 움직일 줄 모르던
진숙이었다. 그러다 자리를 박차고 일어나 가장 먼저 간 곳
이 보험사였다.

"절반은 의뢰비로 줄게."

윤이는 또다시 믿을 수 없어서 진숙을 보았다.

"절반이나?"

"네 몫이야."

윤이는 갑작스러워도 너무 갑작스러운 엄마의 변화를 받아들이기가 영 어려웠다.

"내가 아빠 사망보험금을 뭐하러 받아? 그리고 줄 거면 그냥 주면 되지, 왜 의뢰비로 주는데?"

진숙이 다시 밥 한술을 입으로 밀어 넣으며 말했다.

"너도 상처 받았으니까."

진숙은 의외로 홀가분해 보였다.

"그리고 현이도."

그녀는 그 이름마저도 아주 가뿐하게 말하고 있었다.

그날 밤 윤이는 잠이 오지 않았다. 아직 엄마에게 물어야 할 것이 많았다. 윤이는 조용히 안방으로 침입했고, 진숙이 귀찮다는 듯 중얼거렸다.

"징그럽게 왜 이래."

안방의 침구는 이미 새것이었다. 윤이는 이것도 새로 산 것이냐고 장난스럽게 물으려다가 그만두었다. 아빠와 함께 쓰던 침구를 바꾸고 싶었을 심정을, 윤이라고 모를 리 없었다.

"우리더러 돈으로 치료하라고?"

윤이가 장난을 섞어 묻자 진숙이 슬며시 눈을 뜨더니 말했다.

"없는 것보단 낫다, 지금은. 돈으로 스트레스도 풀고."

윤이는 엄마가 이별을 의뢰한 진짜 이유가 궁금했다.

"제대로 말 좀 해 봐. 엄마 속내가 뭔지. 정말 의뢰를 한 이유가 뭔지."

지난 보름 내내 엄마의 괴로움을 목격한 유일한 사람이었다. 다만 그녀 스스로의 상처도 감당이 안 되어 적극적으로 엄마를 돌보지 못했다.

그래서 머리를 하고 피부를 가꾸고, 빨간 클러치 백을 스스로 든 엄마가 대견하고 고마웠다.

진숙이 차분히 말했다.

"나도 현이를 보는 게 마냥 쉽기야 하겠니. 근데 걔가 뭔 잘못이야. 걔 엄마가 보통 자유분방한 사람이었어? 그 녀석도 자라면서 외로웠을 거고, 그 엄마가 사고까지 쳤으니 얼마나 골이 아프겠어. 그런 마음을 생각하면 또 괜찮아져."

실은 윤이도 현을 보는 것이 마냥 쉽지는 않았다. 그와 그의 엄마를 별개로 생각하고 싶어도, 세상을 떠난 아빠를 생각하면 마음이 참혹했다.

더구나 그 곁에 현의 엄마가 있었다는 사실은 괴기스럽기까지 했다.

"죽은 네 아빠는 지금 우릴 보며 미안해하고 있을까."

윤이는 죽은 사람이 뭘 아느냐고 대꾸하고 싶었다. 아빠의 마음 같은 것도 우리가 생각해야 하냐고.

그런데 생각해 보니 죽었기 때문에 아무것도 해결하지 못하는 아빠가 조금 가엽기도 했다. 죽는다는 건 그런 일이었다. 내가 수습하고 싶은 것조차 누군가에게 떠넘길 수밖에 없는 것.

윤이는 아빠의 죽음이 또다시 실감이 나서, 장례가 끝난 밤 홀로 방 안에서 쏟아 냈던 눈물을 떠올렸다. 윤이는 다시 눈물이 나려고 해서 눈을 감았다.

어둠 속에서 진숙이 말했다.

"우리 모두의 기억 속에서 그 일을 지우면 좋겠지만 어차피 그건 어려운 거고. 어찌 됐든 현이는 제 엄마가 깨어나길 바랄 거야. 깨어나서 모든 일에 책임을 지는 한이 있더라도 살아 있기를 바랄 거야."

윤이는 결국 눈물을 쏟고 말았다. 거기까지는 생각도 해 본 적이 없었다. 차라리 그의 엄마가 영영 눈을 뜨지 않기를, 그래서 어떤 진실도 알게 되지 않기를 바라기도 했다.

현은 자신의 엄마에 대해 말을 하지 않았고 평소처럼 태연하게 굴었기 때문에 윤이는 어쩌면 그도 자신과 같은 마음일지 모른다고 생각했다.

그에겐 세상에 존재하는 유일한 엄마라는 것을 알면서도 이기적인 생각을 가졌었다.

그에게 미안해서 윤이는 눈물이 났다. 딸이 훌쩍이자 진숙도 한동안 말이 없었다.

만약 윤이와 현의 입장이 바뀌었다면, 그녀의 아빠가 살고 그의 엄마가 세상을 떠났다면 어땠을까. 그녀 역시 현의 눈치를 살필 수밖에 없었을 것이다.

자신의 부모는 살았으니까 앞으로도 볼 수 있을 테니까 말이다. 윤이의 눈물이 그친 뒤에야 진숙이 다시 말했다.

"다른 의도 없어. 나는 그냥 네 아빠랑 완전히 헤어지고 싶어. 그러기 위해서 너희들이 도와줘야 하는 게 있어."

윤이가 의아해서 물었다.

"우리가 도와줄 게 있다고?"

그런 거였다면 진즉에 말하지 그랬냐고, 윤이가 말하려던 차 진숙이 말했다.

"너희들이 완전히 잊어 주는 거."

결국 윤이는 자리에서 일어나 앉았다.

"뭐?"

진숙은 그대로 누운 채 말했다.

"행여 그 여자가 깨어난다고 해도, 너희 사이는 변치 않는 거. 아무 일도 없었던 것처럼 니들은 니들이 원하는 대로 살

아. 계약금 반 먼저 지급하고, 내 의뢰에 성공하면 남은 금액
도 바로 지급할게. 계약서는 내일 들고 오고."

진숙은 영리한 의뢰인이었다. 윤이는 불현듯 자신의 엄마
가 궁금해졌다. 엄마가 이런 사람이었던가, 이렇게 멋진 생
각을 하는 어른이었나 싶었다.

커리어 우먼으로 사는 이현의 엄마가 멋져 보이던 때가 있
었다. 그런데 바로 옆엔 더 멋진 여자가 있었다.

윤이는 자신의 엄마가 자기 인생을 돌보지 않는 한심한 사
람인 줄 알았다. 가족에게 밥을 먹이는 일 외에는 자기 인생
이 없는 사람, 그래서 아빠의 배신과 죽음이 엄마의 인생을
송두리째 흔들어 놓을 것이라고 착각했다.

묵묵히 고통을 이겨 낸 진숙은 이제 스스로의 인생을 시작
하는 중이었다.

"너도 현이를 그 애 엄마와 연관 짓지 마. 그 애 엄마는 아
들을 버린 거야. 자기 인생을 살기 위해서. 아들 친구의 아버
지라는 걸 알면서도 만났으니까. 현이에게도 말해. 낳아 주
고 키워 준 엄마로서 고마워하고 엄마가 아닌 여자로 저지른
실수는 별개로 생각하라고."

진숙은 타인의 고통을 이해하는 성숙한 사람이었다. 타인
의 고통을 이해할 줄 안다는 건 자신 안에 내재된 고통도 돌
볼 줄 아는 사람이라는 뜻이었다.

아빠의 충격적인 죽음 속에서 윤이가 깨달은 것은 하나였다. 고통 속에서 몸부림치고 있는 사람에게 자신이 해 줄 수 있는 일은 그저 그 곁을 지키는 일뿐이라는 것. 만약 진숙이 끝내 회복하지 못했다면 자신이 무엇을 할 수 있었을지 알 수 없었다.

실은 그 고민을 현과 함께 이야기하고 싶었다. 그는 분명 윤이에게 필요한 대답을 해 줄 수 있는 사람이었다. 하지만 이번만큼은 그가 해 줄 수 있는 일이 없었다.

진숙은 자신의 감정을 추스른 뒤에야 뒤틀렸을 윤이와 현의 관계를 생각할 수 있었다. 진숙은 오랜 시간 맺어 온 그들의 관계를 망치고 싶진 않았다.

진숙이 단호하게 말했다.

"의뢰비는 딱 반으로 나눠 가져."

그 감동적인 순간, 진숙의 한마디로 윤이의 눈물은 쏙 들어가고 말았다.

"왜?"

그때부터 모녀의 실랑이가 다시 시작되었다.

"니들 같이 사업하는 거 아니야? 의뢰비라니까."

"엄마가 나한테 주는 거잖아."

"바람피우다 죽은 네 아빠 몸값에 유산이라는 의미라도 붙이고 싶냐?"

"엄마는 말을 해도 참. 그리고 엄마도 다 못 잊었으면서 우리더러만 잊으래?"

"내 의뢰는 니들이 잊는 거야. 막말로 바람피우다가 딴 여자 곁에서 죽은 남자를 어떻게 쉽게 잊니?"

"뭐 좋은 거라고 기억을 해."

윤이는 자신도 모르게 그런 말을 했다. 그 말이 엄마의 마음을 아프게 할 거라는 걸 알면서도. 경석의 죽음은 모녀에게 지나간 일이 될 수 없었다.

"나는 기억할 거야. 어디 죽어서도 편히 지내게 해 주나 봐라."

윤이는 피식 웃고 말았다. 엄마와 이렇게 친하게 지낼 수 있다는 걸 그제야 깨달았다.

조금 더 일찍 다가섰다면 엄마의 고통을 조금 더 많이 나눌 수도 있었을 거라고 생각하면서도 엄마는 스스로 이렇게나 단단해졌으니까 점점 더 괜찮아질 거라고 마음을 다독였다.

"너희 둘이 괜찮아지면 나만 잊으면 되잖아. 너희들 먼저 해. 그다음 몫은 내가 해낼 테니까."

윤이는 다시 진숙의 곁에 누우며 말했다.

"해 볼게."

그녀는 현을 떠올렸다. 그는 지금 뭘 하고 있을까. 어떤 생각으로 밤을 지새우고 있는 건 아닐까. 그녀는 홀로 있을 그가 걱정되었다. 그럼에도 익숙한 엄마의 냄새를 맡으며 그녀는 잠들었다.

진숙도 마찬가지였다. 그 밤, 모녀는 아주 오랜만에 꿈도 꾸지 않을 정도로 단잠을 잤다. 가족을 잃고 절망 속에서 몸부림쳤던 그녀들에게 비로소 한 번의 위로가 내린 밤이었다.

7. 첫 번째 이별 여행

7. 첫 번째 이별 여행

이별 여행은 10월 말 주말에 1박 2일 일정으로 결정되었다. 장소는 윤이의 외할머니 댁이었다.

여행에는 역대 의뢰인 중에 가장 많은 의뢰비를 낸, 아마 앞으로도 깨지지 않을 것 같은 금액의 주인공인 진숙도 동행했다.

윤이의 외할머니는 진숙의 통 큰 지원으로 동네 할머니들과 온천 여행을 떠났다.

밥이나 해 주겠다고 따라나선 진숙에게 이현은 무슨 말씀이냐며 어머니도 엄연한 의뢰인이라고 치켜세워 주었다. 밥도 자신이 다 하겠다고 큰소리를 떵떵 쳤지만 도착하자마자 쌀을 씻은 건 진숙이었다.

사실 두 사람은 챙겨야 할 것이 많았다. 자신들의 이야기는 잠시 배제한 채 참석할 사람들을 추리고 인원을 통솔하는 데 대부분의 시간을 쏟았다.

이별 여행에 참석을 확정한 사람은 안나와 민수, 그리고 수미였다. 수미는 정식 의뢰인은 아니었지만 어쩐지 마음에 걸려서 윤이가 연락을 넣었다. 한 번의 거절도 없이 참석하겠다는 답이 왔다. 그사이 그녀는 회사에서 퇴출을 당했다고 했다.

—저 백수예요. 시간 많아요.

여전히 당찬 모습이, 다소 철은 없어도 차라리 그편이 나을지도 모른다는 생각이 들 만큼 다행이었다.

이별 여행에는 수혁도 동행했다. 안나는 떠나기 전날까지도 이 사실에 대해 몰랐었다. 하루 전에 윤이가 전화를 해서 동의 여부를 물었다.

"정수혁 씨도 동행하기로 했어요. 원래는 사전에 양쪽 동의를 구하는 게 맞는데, 언니랑 수혁 씨는 그냥 내 맘대로 했어요. 언니가 싫다고 하면 정수혁 씨는 오지 않을 거예요."

안나는 잠시 생각할 시간이 필요하다고 했다. 그 얘기를 들은 뒤 안나는 심장이 벌렁거려서 한 시간 넘게 아무것도 하지 못했다. 그러나 그녀의 진심은 결국 한곳으로 향해 있었다.

—그 사람이, 오겠대요?

안나의 물음에 윤이는 그렇다고 했다.

여행 당일 수혁이 차에 올랐을 때, 두 사람은 어색한 인사를 주고받았다. 그들을 보며 윤이는 안민수를 떠올렸다.

민수는 여행지까지 자신의 차로 따로 가겠다며 연락해 왔다. 윤이는 그의 전 부인인 선경에게도 연락을 했었다. 선경은 동행을 거절하며 말했다.

"제안은 고마운데 우린 앞으로도 볼 일이 좀 있어요. 애들 결혼도 시켜야 하고, 집안 행사는 같이 참석하기로 약속한 것도 있고. 내 이별 대행에 대해선 그 사람한테 끝까지 비밀로 해 줘요. 만약 그 사람이 나한테 말을 한다면 그땐 나도 말할게요."

그렇게 안민수와 장선경의 재회는 무산되었다.

윤이 외가에 도착한 뒤엔 각자 짐을 풀었다. 그사이 윤이와 현은 민수를 기다렸다.

조금 뒤 민수의 차가 보이기 시작해 이현은 여기라며 손을 높이 흔들어 보였다.

그러나 그 차의 보조석에서 그녀가 내리는 순간 윤이는 반사적으로 제 머리를 매만졌다. 놀란 건 이현도 마찬가지였다.

차에서 내린 사람은 안민수의 미술 선생이었다. 그는 조금 난처한 얼굴로 말했다.

"선생님이 이별 여행을 그림으로 그리고 싶다고 하셔서요. 괜찮겠죠?"

그녀가 먼저 윤이에게 다가와 활기찬 인사를 건넸다.

"어머! 진짜 나랑 머리 모양이 비슷하네? 반가워요. 전 홍지윤이에요."

지윤은 불과 이틀 전에 한국으로 돌아왔다고 했다.

"절대 방해 안 할게요! 그냥 이별 여행이라는 말을 듣자마자 너무 궁금했어요."

윤이는 이게 어떻게 된 일인가 싶어 민수를 보았다. 그는 여전히 쓸쓸해 보였지만 그럼에도 약간의 미소는 지을 수 있는 상태인 듯했다.

민수가 그간 있었던 일을 들려주었다. 이틀 전 지윤에게서 전화가 온 것이 그 시작이었다.

"저 오늘 한국 왔어요. 예정보다 늦었죠? 일이 좀 있었어요. 오늘이라도 오실 수 있으면 바로 레슨해 드릴게요."

시름시름 앓던 그는 급히 미술 도구를 챙겨 지윤의 작업실로 갔다.

전보다 조금 더 까무잡잡해진 지윤이 그를 반겨 주었고, 그는 자신도 모르게 그녀를 와락 끌어안아 버렸다. 민수는 그간의 괴로웠던 심경이 한순간에 녹는 것을 느꼈다. 그러나 얼마 지나지 않아 그는 뒤늦게 자신의 행동이 경솔했다는 것을 깨달았다.

그는 황급히 떨어지며 둘러댔다.

"제가 그…… 선생님께 무슨 일이 생긴 건가 걱정을 많이 했거든요. 그러다 보니까 저도 모르게 그만."

불쾌했을 거라 생각한 그의 예상과는 달리, 그녀가 방긋 웃으며 말했다.

"그냥 솔직하게 저 좋아한다고 말씀하시면 되죠. 우리 나이에 그런 말 아껴 두면 안 되는 거 아니에요?"

그때 민수는 선경과 이혼 합의 서류를 제출한 상태였다. 그러나 아직 완벽히 정리가 된 건 아니라 그녀에게 마음을 전할 생각은 없었다.

지윤은 그가 자신을 좋아한다는 걸 이미 알고 있었다. 그가 유부남이라 자신에게 다가오지 못하고 있다는 것까지 눈치챘다.

그러나 그가 자신을 끌어안는 순간, 지윤은 긴 여행길에서 그를 자주 떠올렸다는 걸 인정하지 않을 수 없었다.

그녀는 여권을 분실하는 바람에 귀국이 늦어지게 되었었다. 그 시간동안 그에게 몇 번이고 연락을 하고 싶었다. 이러이러해서 레슨을 좀 미뤄야겠다는 핑계였지만 실은 그의 목소리가 듣고 싶었던 것이다.

하지만 민수가 아내와 합의 이혼 서류를 제출했다는 것을 몰랐기 때문에 행여나 그가 아내에게 오해를 살까 걱정이 되어 연락을 하지 못했다.

지윤의 얘기를 듣고서야, 그는 그간의 일들을 그녀에게 털어놓을 수 있었다. 그녀는 이별 대행업체가 있다는 말에 놀라는 한편, 아내에게 직접 이별을 말하지 않은 그를 책망하기도 했다.

"그래도 그건 좀 별로였네요. 직접 만나서 얘길 했어야죠."

민수도 내내 마음이 좋지 않았다. 사실 그는 이별 대행을 하기 며칠 전, 아내의 건강 상태를 알게 되었다. 선경을 시종 일관 모른 척하던 민수에게 보다 못한 아들이 말했다.

"아빠, 엄마 아픈 거 모르죠? 엄마 갑상선 암이에요."

그날부터 민수의 고민은 시작됐다. 민수는 이별 대행을 거의 포기하는 쪽으로 가닥을 잡아 가고 있었다.
그런 그에게 선경이 말했다.

"당신이 요즘 빠진 게 미술이야, 미술 선생이야?"

민수는 선경의 집요함에 또다시 정이 떨어지려 했다. 선경은 경멸하는 듯한 민수의 시선을 느끼며 말했다.

"그게 나를 향한 당신의 현재 감정이야. 지금껏 나를 벌레처럼 보던 사람이 내가 겨우 병 하나에 걸렸다고 그런 눈빛으로 보는 건 예의가 아니지."

그렇게 민수는 아내의 곁에 남을 수 없는 입장이 되었다. 그러나 아픈 아내에게 이별을 고할 자신은 없어서 그는 이별 대행 자리에 나가지 않았던 것이다.

모든 이야기를 들은 지윤은 묵묵히 그의 손을 잡아 주었다. 조만간 선경의 암 제거 수술이 있을 예정이다. 민수는 아직 선경에게 하지 못한 말이 있었다.

이혼 서류를 제출하러 간 날도, 끝내 입이 떨어지지 않아 못 한 말이었다.

당신에게 못되게 군 거 미안해. 그냥 내 감정에 솔직했으면 됐는데, 말할 용기가 없어서…… 당신이 소중했던 순간까지 없었던 것처럼 굴었던 거, 정말 미안해.

가식적이라고 할지 모르지만 당신이 아픈 거 정말 걱정돼. 당신은 내 청춘의 모든 시간을 함께한 사람이잖아. 그걸 이제야 깨달아서 미안하고, 좋게 마무리하지 못해서 또 미안해.

민수는 자신이 아내였던 선경에게 할 말이 미안하다는 말뿐이라는 사실을 깨달았다. 결국 더 많이 받은 쪽은 자신이었던 것이다.

뒤늦게 밀려온 후회로 지쳐 있던 민수를 달랜 사람이 지윤이었다.

"말할 수 있는 시간이 올 거예요."

그리하여 그들의 관계는 아직 진행 중이다. 그들이 언제 연인이 될지는 조금 더 두고 지켜봐야 할 문제였다.

윤이 외할머니 집은 방이 세 개였다. 할머니의 귀중품이 있는 안방은 엄마가 사용하기로 하고, 여자들은 사랑방을, 남자들은 별채를 사용하기로 했다.

현대식으로 개조한 집들 사이에서 윤이 할머니네 집은 아직 대청이 있는 옛집의 형태를 유지하고 있었다.

예전에는 동네에서 몇 안 되는 기와집이었다는 게 할머니의 오랜 자랑이었고, 이제는 동네에서 유일한 기와집이라며 더 자랑하고 다녔다.

자식들이 몇 번이고 사용하기 편한 현대식 주택으로 개조하자 말해 보았지만 할머니의 입장은 단호했다.

윤이 외할머니의 기와집은 한때 마을에서 가장 잘 살았던 가족의 흔적이자 잠시 지상과 천당으로 갈린 부부의 유일한 추억의 공간이었다.

진숙은 오랜만에 온 고향집이 반가운 듯 연신 추억에 잠겨 방에서 나오지 않았고 의뢰인들은 모두 한옥이 신기해 이리

저리 구경하기 바빴다.

저녁상은 푸짐했다. 윤이의 외할머니가 미리 반찬을 만들어 둔 덕이었다.

사실 윤이는 이별 여행의 식단까지는 크게 신경을 쓰지 않았는데, 일정을 짜던 이현이 말했다.

"바베큐 파티…… 같은 건 좀 이상하지?"

윤이는 그제야 이별 여행에 있어 식단도 상당히 중요하다는 것을 깨닫고는 진숙에게 조언을 구했다. 진숙은 한심하다는 듯 말했다.

"넌 헤어지고 바베큐 파티하고 그러냐?"

그래서 식단은 가장 무난한 집 밥으로 결정되었다.

이별 여행은 조촐하지만 푸근한 분위기 속에서 진행되었다. 지난 시간을 돌아보며 맛있는 집 밥을 먹고, 편안히 대화하는 시간을 갖는 게 취지였다.

앞으로 훼방꾼들이 더 많은 의뢰인을 만나게 된다면 이별 여행에서 탄생하는 커플이 생길지도 모를 일이었다.

함께 밥을 먹은 뒤엔 자유롭게 여행을 즐겼다. 안나는 홀로 산책을 시작했고, 그 뒤를 수혁이 따랐다.

윤이는 마당 평상에 앉아 일정한 간격을 두고 걷고 있는 안나와 수혁을 보고 있었다.

이별 여행 참석 의사를 물을 때 윤이는 수혁에게 취지를 설명하면서 안나의 상태에 대해 알려 주었다.

"언니한테는 천천히 헤어질 시간이 필요한 것 같아요."

그래서 수혁은 자신의 꿈을 실현하기 위해 집중하는 중이었지만 안나를 생각해 여행에 동행했다.

그들이 어떤 이야기를 나눌지 윤이로선 알 수 없었지만 행여 어떤 이야기도 나누지 못한다 해도 분명 두 사람에게 특별한 순간으로 남을 것이었다.

진숙은 이웃 할머니 집에 친구가 와 있다며 길을 나섰고, 민수는 낚싯대를 챙겨 바다로 갔다.

지윤은 그런 풍경을 사진으로 찍기도 하고, 그리던 그림을 그리기도 하면서 관찰하는 중이었다.

평상시엔 상당히 활달하고 사교적으로 보였지만 그림을 그리거나 관련된 작업을 하는 중엔 오로지 일에만 집중하는 사람이었다.

윤이는 그녀의 이야기가 궁금해졌다. 장담은 할 수 없지만 언제고 들을 수 있는 날이 올지도 모를 일이다.

그사이 이현은 진숙을 바래다주고 돌아왔다. 그가 윤이의 옆에 앉으며 말했다.

"다들 돌아오면 장작불 피워서 고구마도 구워 먹고 그럴까? 어머니가 알려 주셨어. 집 뒤편에 장작도 있고 창고에 고구마랑 감자도 많대."

"응. 좋네."

윤이는 사랑방 쪽을 보았다. 수미는 내내 방 안에 틀어박혀 있었다. 현도 그녀의 시선을 따라 사랑방을 보며 물었다.

"왜? 수미 때문에?"

"그냥 두는 게 낫겠지?"

"이따 모였을 때는 내가 데리고 나올게."

그가 자신 있다는 듯 말했다. 순간 윤이가 째려보았지만 그는 그런 눈초리도 모른 채 벌러덩 누우며 말했다.

"여기 진짜 좋다. 앞에 바다도 보이고."

윤이도 다시 바다 너머를 보았다. 익숙한 풍경이었다. 다만 그 풍경 안에 있는 사람들이 새로웠을 뿐.

어느새 간격을 두고 걷던 안나와 수혁이 나란히 걷고 있었다.

밤이 되자 모두가 평상에 마주 앉았다. 이별 후의 이야기를 나누기 위해서였다. 진숙은 술에 취해 돌아와서는 흥이 오른 목소리로 말했다.

"아줌마는 딱 한마디만 하고 빠질게요. 나는 다른 거 없고 그냥…… 사는 거야. 막말로 부부 사이가 차가워진 거, 둘 다 잘못한 거잖아요. 그걸 반성하면 고칠 수도 있고, 어떤 사람은 반성 못 하고 그냥 살고. 모양새 좋은 쪽이 분명 있긴 해도 답은 없는 거니까. 그냥 그 시간을 통해서 뭔가를 얻으며 사는 거잖아요. 나는 살림밖에 모르는 여자였지만 이대로 연애 안 하고 늙어 죽을 생각은 없어요. 남편이 웬 여자랑 바람이 났었고 그 여자랑 여행을 갔다가 죽었어요. 죽었다고 다 용서되나?"

윤이는 순간 숨이 턱 막히는 기분이었다. 말려야 하나 싶어 엄마를 부르려던 차 현이 그녀의 손을 잡았다. 그가 눈으로 말했다. 괜찮으니까 그냥 두라고.

"죽었다고 용서하고 싶지도 않고, 살았다고 다 내 탓으로 만들고 싶지도 않아요. 그냥 아직은 괴로운 것뿐이야."

모인 사람들은 다소 놀란 눈치였지만 이내 그러려니 했다. 다들 이별이라면 한 가닥씩 해 본 사람들이어서 수긍이 빨랐다.

다만 윤이의 손을 잡은 이현은 무언가를 골똘히 생각했다.

한마디만 하고 빠지겠다던 진숙은 넋두리 같은 말을 이어 갔다.

"그게 다야. 지금은 어떤 생각도 할 수가 없어. 그냥 나를 추스르고 돌보고. 그게 내 일상의 다예요. 딸내미는 다 컸으니까. 그렇다고 저 애가 내 고통을 다 이해할 수도 없을 거고. 그러니까 내가 돌봐야지 뭐. 미움도 후회도 그다음에 할래요. 난 여기까지. 잠이 쏟아져서 앉아 있질 못하겠네. 자, 아줌마는 여기서 빠집니다!"

진숙이 비틀거리며 평상을 내려가자 이현이 그녀를 부축했다.

두 사람의 모습이 사라지자 윤이는 다시 의뢰인들을 보다가 물었다.

"언니는 어땠어요?"

윤이는 안나를 보고 있었다. 그녀가 씁쓸한 미소를 짓더니 말했다.

"저는 많이 후회했어요. 이 사람이랑 한 5년 만났거든요. 사는 게 빠듯해서 번듯한 직장 하나 없는 남자랑 결혼하는 게 엄두가 안 났는데. 이 사람이 내 옆에 없으니까 멀쩡하다고 믿었던 혼자만의 일상도 와르르 무너지더라고요."

어느새 돌아온 현이 다시 윤이의 곁으로 와 앉았다. 안나는 제법 다정해 보이는 두 사람을 보며 계속 말했다.

"그래서 알았어요. 내 일상이 멀쩡했던 건 정수혁이 있어서였구나. 내가 힘든 순간에 이 사람에게 늘 기댔었구나. 회사에서도 잘리게 생겼거든요. 올해도 이제 겨우 두 달 정도 남았는데 나더러 올해 안에 1억짜리 계약 하나를 성사시켜야 한다고, 안 그러면 자리가 위험할 거라고요."

그 자리에 있던 모든 사람들이 꽤 놀랐다. 갑자기 1억 매출을 달성하라니, 이게 관두라는 게 아니면 무슨 뜻이냐고 저마다 한마디씩 거들었다.

하지만 안나는 쓸쓸한 미소를 지으며 남은 이야기를 담담하게 이어 갔다.

"왜 그렇게 자주 잊고 사나 몰라요. 우리 다 위태롭게 살고 있는데. 인생에 안전한 게 어디 있다고. 안전한 것만 고집하고 찾고, 그러다 소중한 걸 잃고…… 결혼은 무슨. 지금은 결혼할 애인도 없어요. 그리워만 하고 있지."

그 말을 끝으로 안나는 말이 없었다. 살며시 고개를 숙인 그녀의 어깨를 수혁이 감싸 주었다. 이제 연인이 아니기에 더 서글플 수 있는 순간이지만 그럼에도 안나는 그에게 진심을 전했다.

그리고 5년을 함께했던 연인이자 친구에게 위로를 받고 있었다.

내내 시무룩하던 수미가 안나에게 말했다.

"만약에 언니, 직장에서 잘리면 우리도 이런 사업이나 같이 할까요? 우린 연애 대행!"

윤이는 수미가 내내 시무룩한 게 신경이 쓰였는데, 그녀는 금세 팔팔한 청춘답게 거침없이 말을 했다.

대기업에서 불명예스럽게 잘리고, 사랑이라 믿었던 사람에게 배신을 당하고. 어린 나이에 맛보기엔 세상이 너무 썼을 법도 한데 다행히 수미는 사랑을 많이 받은 여자였고 잘 이겨 내는 중이었다.

"아빠한테 실컷 혼났어요. 오피스텔은 처분했고, 아빠가 돈도 가져갔어요. 그래도 이런 사업한다고 하면 투자해 주지 않을까요?"

그러면 그렇지. 윤이는 수미를 보며 한숨을 내쉬었다. 이별 여행 기간에는 어렵겠지만 조만간 그녀를 따로 불러 중개인 아저씨의 재정 상태를 좀 알려 줘야겠다고 생각했다.

그때 수미가 다시 말했다.

"근데 오빠."

수미의 시선은 이현을 향해 있었다. 순식간에 시선이 이현과 수미에게 향했다.

"어?"

이현이 너무나 자연스럽게 수미에게 반말로 대꾸했고, 윤이의 턱에도 자연스럽게 힘이 들어갔다.

"오빠는 여자의 과거에 대해 어떻게 생각해요?"

순간 지윤이 웃음을 터뜨렸고 시종일관 말도, 웃음도 없었던 민수의 얼굴에 웃음이 번졌다. 이현은 태연하게 대답했다.

"그런 건 감싸 줘야 하는 거지!"

이현은 쪼그려 앉아 은박지에 싼 고구마를 나무 막대기로 굴리며 말했다. 윤이는 싸늘한 시선으로 그를 째려보았다. 수미는 그런 윤이의 시선은 보지 못한 채 다시 물었다.

"오빠, 애인 있어요?"

질문을 받은 이현은 중심을 잃은 채 휘청거렸고 윤이는 깜짝 놀라 수미를 보았다.

잠시 정적이 흘렀다. 그들 모두의 시선은 꼬이고 꼬여 움직이다가 결국 이현과 윤이가 있는 쪽에서 멈췄다.

그녀는 그들의 시선을 느끼면서도 애써 모른 척을 했고, 이현도 자신들에게 쏠린 시선을 둘러보며 수미에게 뭐라고 말해야 할지 고민했다.

"아, 그러니까……."

그때였다.

"옆에 있잖아요."

안나가 턱으로 윤이를 가리키며 말했다. 수미는 어느새 울상이 되어 따져 물었다.

"언니가 현이 오빠 여자 친구였어요?"

윤이는 당황해서 안나를 보았다. 그녀는 장난스러운 미소를 지어 보일 뿐이었다. 수미는 이내 이현에게서 쏘아붙였다.

"오빠 취향이 저래요? 저런 머리 좋아해요?"

이현은 귀 뒤를 긁적거리며 말했다.

"어? 뭐……."

윤이와 이현은 보지 못했지만 민수도 웃음이 터져서 혼이 났다.

수혁은 다소 당혹스러운 표정으로 윤이와 현을 보다가 조용히 안나에게 물었다.

"둘이 사귀는 사이였어?"

안나가 새초롬하게 되물었다.

"왜, 아쉬워?"

당황한 얼굴로 머리를 긁적이는 수혁을 보며 안나는 선뜻 대답하지 못하는 그에게 섭섭함을 느꼈다. 하지만 동시에 깨달은 게 있었다.

그와 친구로 지낸다면 결국 이런 기분을 자주 느끼게 될지도 모른다고 말이다. 그럼에도 안나는 그런 수혁이라도 봐야 할 것 같았다.

여전히 반듯해 보이는 얼굴과 정직한 시선. 그녀는 수혁에게 첫눈에 반했었다. 태어나 처음 느껴 본 감정이었다.

이별 대행을 한 것을 알고도 자신을 위해 이 길에 동행해 준 남자였다.

안나는 그를 친구로 받아들일지, 아니면 다시 애인으로 만들기 위해 노력할 것인지 결정하지 못했다. 아마 한동안은 결정하지 못할 터였다.

윤이는 무안한 마음을 감추고 이현의 헛소리도 미리 막을 겸 말했다.

"타서 재가 되겠다. 그만 꺼내."

"어? 어, 그래."

여전히 수미는 윤이를 째려보고 있었지만 모른 척 이현의 행동만 보고 있었다. 아니라고 하면 그만일 텐데, 윤이는 자신이 왜 그 말을 하지 않는지 알 수 없었다. 그러면서도 저런 폭탄 머리를 좋아하냐는 수미의 말에 그녀는 새삼 깨달았다.

여전히 이현은 여자들 눈에 매력적으로 보이는 게 분명하다고 말이다.

깊은 밤, 윤이는 여성 의뢰인들과 함께 사랑방에 누웠다. 맥주도 한 캔씩 나눠 먹은 탓인지 다들 일찌감치 잠들었다. 윤이는 술이 워낙 센 탓에 뜬눈으로 멀뚱멀뚱 천장만 보았다.

엄마도 자려나?

그녀는 이제라도 엄마와 함께 안방에서 잘까 하다가, 지금
은 어디까지나 훼방꾼들의 대표로 왔음을 떠올렸다. 고민하
던 그녀는 의뢰인들과 함께하는 것이 옳다고 결론을 내렸다.

어릴 적엔 삼촌, 이모에게 무서운 이야기를 들었던 외가의
사랑방이었다. 그들도 아빠의 죽음에 대해 모르고 있을까.
그런 생각을 하는데 문자가 도착했다.

〈산책할래?〉

이현이었다. 윤이가 잠시 망설이는 사이 그에게서 또 문자
가 도착했다.

〈밤바다, 좋아하잖아.〉

윤이는 자리에서 일어났다. 하긴, 언제까지고 피할 수 있
는 일이 아니었다.

그들에게도 진짜 이별 여행의 순간이 다가오고 있었다. 저
마다 어떤 순간과 이별하는 때, 오늘의 마지막 이별 이야기
는 이제 시작이었다.

윤이는 외투를 들고 밖으로 나왔다. 이현이 등을 진 채 서

있다 돌아보았다. 씨익 미소를 짓는 그의 얼굴에 달빛이 쏟아졌다. 그 모습을 물끄러미 보던 그녀는 가만히 시선을 거두며 신발을 신었다.

가을의 공기가 다소 쌀쌀했다. 선선하다는 말로는 설명이 안 되는 그리움의 무게가 공기에서부터 눌러왔다. 윤이는 밀려오고 또 밀려 나가는 파도 소리도 마냥 쾌청하지 않다고 생각하며 걷고 있었다.

어두운 해변은 간간이 선 가로등 불빛이 전부였다. 모래 사이로 푹푹 빠지는 발 때문에 계속 걷는 게 쉽지 않아 결국 방파제로 방향을 틀었다. 그들은 나란히 방파제에 걸터앉았다. 발밑으로 까맣게 물든 바닷물이 찰랑거렸다.

윤이는 어릴 적 이곳에 이모와 온 적이 있었다. 이제는 이모부가 된 이모의 애인과 셋이 이 근방을 걸었었다.

그때 막연히 언제고 좋은 사람이 생기면 함께 오고 싶다고 생각했었다. 윤이는 제 옆에 앉은 남자를 보며 중얼거렸다.

"슬프다."

현이 피식 웃으며 물었다.

"나랑 와서?"

윤이가 당황하며 물었다.

"네가 그걸 어떻게 알아? 내가 너한테 이 얘기도 한 적 있어?"

그는 뭘 그렇게 놀라냐는 식으로 대꾸했다.

"우리가 알고 지낸 지 10년이야. 한 번만 한 줄 알아? 서너 번은 얘기한 것 같다. 네 주량이 점점 줄어 가던 어느 날에."

"그래도 여전히 내가 너보다 술은 세지."

윤이가 코웃음을 치며 말했다. 그는 여전히 그녀가 왕, 자신이 군이라는 것을 떠올리며 입을 다물었다.

어느새 그들의 만취 야구 배팅 날이 또다시 다가오고 있었다. 시간이 참 빨랐다.

"맞다, 너 그 댓글 봤어?"

이현은 훼방꾼들 카페에 올린 윤이의 글에 패션 잡지 편집자라며 달렸던 댓글을 떠올렸다. 그가 자세히 설명하자 윤이가 '아아' 하고 알은체했다.

"봤어. 메일도 보내 놨더라. 내 글을 자기네 잡지에 싣고 싶다던데."

그가 기뻐하며 말했다.

"역시, 넌 재능이 있었어."

하지만 윤이는 아직 자신의 글에 확신이 없었다.

"근데 그게 잡지에 실릴 만한 글인가?"

"한 번 실어 보고 별로면 그쪽에서 빼겠지. 실으면 훼방꾼들 홍보 효과도 있지 않을까? 재능도 실험해 보고. 해 봐야 더 잘 알 수 있는 거니까 얼른 시작해. 그런 기회 절대 흔하지 않다?"

그녀는 대답 대신 고개를 끄덕였다. 그의 시선이 새삼 따뜻했다.

그사이 편집자에게서 계속해서 댓글이 달리고 있었다. 댓글을 달다 지친 그에게서 메일까지 왔지만 그녀는 무엇도 결정하지 못한 상태였다. 그사이 많은 일이 있었던 탓도 있었다.

이현이 불현듯 물었다.

"근데 나는 뭘까?"

먼바다를 보는 그의 눈 속에서 가로등 빛을 받은 바닷물이 일렁였다.

"내가 잘하는 건 뭘까."

"왜, 여자 꼬시는 거 잘하잖아."

윤이는 불쑥 수미가 떠올라 속이 부글거렸다. 그는 또 분위기를 깬다며 윤이를 타박했다.

"야, 넌 지난번에 내가 고백했을 때도 그렇고. 어쩜 그렇게 적재적소에 적합한 멘트로 분위기를 깨냐? 내가 보니까 네 재능은 그거야."

그러면서 잠시 씩씩거리더니 이내 그가 다시 물었다.

"근데 내가 또 누굴 꼬셨다고 이러냐? 너야말로 정수혁이랑 뭔데. 그 자식 아까 안나 씨랑 산책하던데. 넌 왜 그렇게 만나는 사람마다 그러냐?"

대답은 없었다. 말이 좀 심했나 싶어 눈치를 보던 그에게 윤이의 매서운 손이 날아왔다. 윤이는 그의 등짝을 내리치며 말했다.

"넌 여자는 잘만 꼬시면서 그렇게 눈치가 없냐?"

"으윽!"

"어딜 봐서 내가 정수혁이랑 사귀는 걸로 보이디? 안나 언니 때문에 몇 번 봤어. 그러다 보니 서로 사정 얘기도 하게 되고 그런 거지."

이현은 그 이야기를 듣고도 안도할 수 없었다. 자신에게도 하지 못한 가족의 이야기를 수혁에게 했다니. 하지만 뭐라 따져 물을 수도 없었다. 그녀가 이야기하지 못한 이유를 그는 누구보다 잘 알고 있었다.

윤이는 그의 어깨에 머리를 기댔다. 그는 제 어깨에 닿은 딱딱한 촉감을 느끼며 물었다.

"너 지금 나한테 기댄 거야? 왜 이러는 건데!"

하여튼 여러모로 눈치가 없는 남자였다.

"가족 얘기 좀 당장 안 하면 어때. 조금 더 지나면 자연스럽게 하게 될 텐데."

그는 그제야 조금 안도한 얼굴로 그녀를 보았다. 단순해서 참 다루기는 편한 인간이긴 했다.

생각해 보면 이현은 그야말로 이별 대행업에 아주 적합한 사람이었다. 자신은 사업을 하기엔 감정의 기복도 있었고, 동시에 이별에 대해 부정적인 인식이 있어 좀처럼 이 사업이 생각처럼 쉽지 않았다.

하지만 그의 경우는 달랐다. 그는 항상 웃는 얼굴로 사람들을 대하는 재능이 있었다. 이별 대행에 있어서도 냉철했다. 일은 일로, 규칙은 규칙으로. 정확한 선을 그을 줄 아는 사업가의 기질을 갖고 있었다.

그녀가 말했다.

"그냥 지금처럼만 해."

"지금처럼?"

"응. 너도 이미 잘하는 걸 하고 있는 것 같으니까."

그는 몇 번이고 눈을 깜박이더니 고개를 끄덕였다. 그러더니 또 장난스럽게 말을 던졌다.

"연애도?"

그들의 이야기는 비로소 시작되었다. 그들은 어쩌다 이렇게 오랜 시간을 함께했을까. 어쩌다 훼방꾼들이라는 말도 안 되는 사업을 시작했으며, 또 어떻게 의뢰인들을 만나서 이렇게 이별 여행까지 함께 오게 된 걸까.

돌이켜 봤을 때 다시 하라면 할 수 있을까 싶은 과정들의 연속이었다.

"참 알 수 없다, 사는 게."

윤이의 말에 그가 수긍하며 말했다.

"그러게. 나도 이번에 느낀 게 좀 많네. 우리 엄마한테 되게 실망했고."

그의 매끄러운 콧날이 다시 먼바다를 향했다. 조금 미루자꺼낸 지 얼마 되지도 않았건만 곧장 가족 이야기를 하게 될줄은 몰랐지만 지금이야말로 놓쳐서는 안 되는 순간이라는 것을 깨달았다. 결론이 무엇이든, 이제 이야기해야 할 때였다.

"우리 엄마 아빠, 이혼 준비하고 있었어."

그는 놀란 눈으로 봤다.

"정말?"

윤이가 고개를 끄덕였다.

그는 언젠가 윤이의 집에 찾아간 날을 떠올렸다. 윤이 대신 수척한 얼굴의 진숙과 마주쳤고, 이상하게도 그녀의 얼굴이 평소보다 유독 어둡다고 생각했었다. 그는 비로소 그날의 느낌이 무엇을 뜻했는지 알 수 있었다. 그렇다고 이현의 마음이 가벼워지는 것은 아니었다. 이 말을 한 윤이의 마음이 가벼워지지 않는 것처럼 말이다.

이현은 제 어깨에 기댄 윤이를 보다가 그녀의 손을 쥐었다. 늘 함께 걸었는데 손잡는 법은 몰랐던 사이였다. 늘 손이 닿는 곳에 있었음에도 그녀도 그가 잡은 손을 꼭 쥐어 보았다.

"네가 정말 힘들다면 내가 포기할게."

그가 말했다. 동시에 그녀는 그날을 떠올렸다.

"네가 다른 남자 만나는 거 싫어."

그녀는 겨우 웃음을 참으며 그를 보았다. 그는 아주 진지한 얼굴이었다.

"물론 이젠 네가 다른 남자 만나는 거 정말 못 볼 거 같지만……."

"내가 힘들고 말고의 문제가 아니잖아."

그는 황당하다는 얼굴로 되물었다.

"그럼?"

정말 황당한 쪽은 윤이었다.

"야, 우리 관계에 문제는 너랑 나랑 친구에서 애인이 되는 게 아니라……."

하지만 그는 도대체 뭐가 문제냐는 식이었다. 윤이는 답답하다는 듯 주저했던 말을 꺼냈다.

"야, 우리 아빠랑 너희 엄마랑……."

그도 그제야 알겠다는 듯 말했다.

"우리 의뢰 받았잖아. 어머님한테."

"그걸 곧이곧대로 받아들이겠다고?"

"그럼? 우리가 편해져야 어머님도 편하시다잖아."

"얼씨구? 어머님? 언제부터 우리 엄마가 네 어머님이야?"

그들의 실랑이는 계속됐다.

"나는 의뢰를 성공시킬 거야."

그녀가 그의 말을 막으며 말했다.

"좋아. 내가 설명할게. 그건 우리 엄마의 배려인 거고. 넌 아무 감정이 없니? 그게 잊혀져? 우리가 그걸 깨끗하게 잊은 채 사귈 수 있겠냐고. 그냥 친구로 지내는 거면 그럴 수도 있어. 근데 너는 지금 나더러 사귀자고 말하는 거잖아."

그는 얌전히 고개를 끄덕이더니 말했다.

"응. 사귀자고."

그는 그제야 용기를 내 말했다. 사귀자는 말이 이렇게 어려운 말이었던가. 물론 윤이는 그에게 용기를 내라고 한 말은 아니었다.

어쨌든 그의 생각은 변함이 없었다. 그는 그녀를 결코 놓치고 싶지 않았다.

물론 전부 잊을 수는 없을 것이다. 아직 희정은 깨어나지 않았고 들어야 할 말도 많았다.

하지만 자신의 부모에게 생긴 변화도 온전히 받아들이기

위해 노력하고 있었다. 그는 여전히 설득되지 않는 윤이에게 솔직한 심정을 말했다.

"아픈 엄마를 찾아가 보는 건 의리야. 우리 엄마도 내가 아프다고 하면 와 볼 거고."

윤이는 아직 그가 엄마에게서 들은 이별 통보에 대해 모르고 있었다.

"엄마도 이미 나한테 본인의 인생을 살겠다고 말했었어."

그는 이제 웬만큼 담담해진 상태였다.

"사고가 났다고 해서 달라질 건 없어. 그래도 엄마는 깨어날 거라고 믿고 싶어. 깨어나서 우리가 아직 모르는 이야기도 들려줬으면 싶고, 계획대로 자기 인생도 잘 살았으면 좋겠어. 이런 말이 너한테는 좀 미안하긴 해."

이현이 눈물을 흘렸다.

"난 나 버린 엄마보다 네가 좋아. 당장 결혼하자고 안 할게. 그냥 같이 있자. 항상 그랬잖아. 네가 싫다고 하면 손도 안 잡을 테니까, 그냥 같이 있자. 그래도 결혼은 생각해 줘. 넌 우리 엄마랑 다르다는 거 알지만, 결혼은 절대 안 한다는 엄마를 둔 아들이라 트라우마가 좀 있거든."

윤이는 그가 안쓰러우면서도 코에서 흘러나오는 콧물을 보곤 웃음을 터뜨렸다. 손을 뻗어 코에 가져다 대자 눈만 껌벅인다.

"코 나왔어?"

그가 화들짝 놀라며 자신의 코 아래를 만져 보았다.

"조금?"

윤이는 그의 고백에 어떻게 대답을 해야 할지 알 수 없는 기분이었다.

결혼.

결혼은 정말이지 생각해 본 적도 없었다. 하지만 그들은 곧 30대를 맞을 것이고, 결혼을 논하기에 아주 어린 나이도 아니었다.

과연 극복할 수 있을까. 윤이는 그를 보며 생각했다.

그녀는 그들 사이에 놓인 문제를 그처럼 간단하게 생각하기 어려웠다.

그녀의 표정을 읽은 현이 말했다.

"엄마는 외가 어른들이 간호하고 있어. 나도 가끔 들여다볼 거야. 아빠도 한 번씩 오고 있고. 그래도 두 사람, 꽤 오래 함께했으니까."

그녀는 이젠 세상에 없는 아빠를 떠올렸다. 만약 살아 있었다면 그녀와 엄마 역시 그 병실을 지키는 의리 정도는 발휘했을 것 같았다.

세상에는 정의된 관계보다 정의되지 않은 관계가 더 많다는 것을, 그들은 점차 알아 가고 있었다.

"그러니까 같이 있자. 응?"

그의 말에 결국 윤이도 눈물을 터뜨렸다.

그들은 함께 울었다. 눈물도 흘리고 콧물도 흘리면서. 그들은 서로의 체액을 닦아 주며 못생겨진 얼굴을 놀리기도 했다.

그런 농담으로 겨우 눈물이 멈췄을 즈음, 윤이가 빨개진 눈으로 물었다.

"근데 수미는 언제 꼬셨냐."

"내가? 나 그런 적 없어. 나도 너처럼 오늘 본 게 딱 두 번째인데?"

그가 기겁하며 말했다. 이 자식을 진짜 믿어도 되는 걸까. 윤이는 또다시 불안해졌다.

그는 그녀의 손을 고쳐 잡았다. 행여나 윤이가 손을 뺄까 싶어서였다. 그러나 그녀는 손을 놓을 생각이 없었다. 그만 몰랐을 뿐, 언제나 그의 손을 더 세게 잡고 있었던 것은 그녀였다.

에필로그

에필로그

　최근 이현에게는 또 한 통의 청첩장이 도착했다. 첫사랑 주희에게서 온 것이었다.

　얼마 전 중학교 동창회에서 만난 그녀는 선뜻 그의 연락처를 물었다. 이현은 오랜만에 만나 반가운 마음에 번호를 교환했었다.

　이현은 주희가 첫사랑이라는 사실을 윤이에게 밝히지 않았었다. 그런데 훼방꾼들 사무실에 도착한 것은 청첩장만이 아니었다. 청첩장이 도착하고 이틀 뒤, 주희가 그들의 사무실에 찾아왔다.

　그녀는 이별 대행을 의뢰하고 싶다고 했다. 청첩장도 나왔고 식장도 잡아 놨는데 아무래도 그와 헤어져야겠다는 말이었다.

이유를 묻는 그들에게 그녀는 이유는 말할 수 없다며 그저 헤어지게 도와 달라고만 했다. 그리고 얼마 뒤 이현은 그녀에게서 고백을 들었다.

"동창회에서 널 보고 난 다음부터 심란해 죽겠어. 이런 마음으로 어떻게 결혼을 해?"

이 사건에 대해 윤이의 엄마는 이렇게 말했다.

"원래 결혼하기 전엔 다들 그래. 쟤가 더 괜찮은 놈 같고, 막 옛사랑에 설레고. 차라리 식장에 들어가기 전에 끝나는 게 다행일 수도 있어. 근데 주희? 걔 혹시 현이 첫사랑 아니니? 전에 얘기한 거 같은데."

엄마와 현이 그토록 친한 사이였을 줄은 생각도 못했다. 그 덕에 윤이는 주희가 그의 첫사랑이라는 것을 알게 되었고, 그날부터 그는 윤이의 레이더망 안에서 사시나무 떨듯 떨어야 했다.

"주희 씨가 첫사랑이었어?"

그녀는 툭하면 그렇게 물었다. 나중엔 참다못한 그가 거의
울기 직전으로 외쳤다.

"첫사랑 아니야! 내가 기억을 착각했어. 내 첫사랑은 초등학교
때야. 초등학교 때…… 아무튼 이름도 기억 안 나. 머리를 묶고
다녔고, 피부가 희고…….'

하필 또 다른 여자를 떠올리는 바람에, 그는 윤이의 잔소
리 세례를 피해 갈 수 없게 됐다.

"내가 이래서 너랑 안 만나려고 한 거야! 내가 미쳤지! 어?"

그런 날이면 이현은 손이 발이 되게 비는 수밖에 없었다.

이별 여행 후 이현은 수혁과 어느정도 친해졌다. 이런 사
연을 수혁에게 털어놓는 날도 있었는데 그들은 꽤 잘 맞았
다.

꼭 두 사람만 보는 것은 아니었다. 때때로 안나가 동석하
는 날도 있었고, 어떤 날은 지윤이나 민수도 함께하곤 했다.

그가 과거의 일로 이렇게까지 구박을 해도 되는 거냐고 하

소연을 하자 수혁이 말했다.

"인과응보지 뭐."

수혁은 윤이의 편이었다. 그는 헤어지기만을 기다리고 있다며 이현을 긴장시키는 것도 잊지 않았다.
결국 훼방꾼들은 주희의 이별 대행을 맡지 않았다. 그는 주희에게 자신의 입장을 솔직하게 털어놓았다.

"나 사귀는 사람 있어."

하지만 주희는 대수롭지 않다는 듯 말했다.

"난 결혼할 사람도 있는데 뭐."

그는 섬뜩했다. 얘는 또 뭔가 싶었다.

"윤이랑 결혼할 거야. 사업만 좀 더 안정되면."

그러나 주희는 쉽게 물러설 것 같지 않았다.

"당장 한다는 건 아니네. 하고 싶으면 당장 해야지, 왜 단서를 붙여?"

그러나 이것은 그가 가장 억울한 부분이었다. 사실 이현은 윤이에게 결혼하고 싶다는 의사를 벌써 몇 번이나 비친 상태였다. 이제 다른 여자는 더 만나고 싶지도 않다고, 나에게 오피스텔 전셋집도 있으니 결혼부터 하자고 말이다. 그러나 윤이는 단호했다.

"아직 내가 충분히 만나 보질 못했어."

그는 얼마나 더 만나야 하냐고 그녀를 한참이나 닦달했다. 그런 그를 달래며 윤이가 말했다.

"너희 어머니 일단 깨어나시고 나서. 우리 엄마도 이제 막 새 애인 만나기 시작했고. 좀 기다려 줘도 되잖아. 우린 아직 어리니까."

윤이는 꾸준히 그의 엄마를 찾아갔다. 처음엔 병원 앞까지 갔다가 돌아왔다. 두 번째에는 병실 앞까지 갔다가 돌아왔다. 세 번, 네 번을 그런 식으로 갔다가 되돌아오기를 반복하다 겨우 병실 안으로 들어갈 수 있었다.

그의 어머니는 일반 병실로 옮겼지만 의식이 돌아오진 않았다. 담당 의사는 조만간 그녀가 의식을 회복할 것 같다고 말했다. 희정의 의식이 돌아오면 또 한바탕 치러야 할 일이 생길지도 모를 일이다.

머릿속이 복잡한 상황에서도 윤이는 주희의 고백을 받고 자신에게 달려온 이현이 귀여웠고, 동시에 여전히 여자들의 눈에 수시로 매력적인 그가 불안했다.

도대체 이런 기분을 언제까지 느껴야 할지 막막하면서도 한편으로는 감당하고 싶다고 생각했다. 그에게 틈틈이 긴장감을 줘야 하는 것은 인기 많은 애인을 둔 여자의 부득이한 연애 방식이었다.

이제 안나는 수혁과 친구가 되었고, 회사는 계속 다닐 수 있게 되었다. 일이 잘되어서 매출 달성에 성공했는데, 전화위복으로 지금 다니던 회사보다 더 괜찮은 회사에서 스카우트 제안도 받은 상태였다.

고단했던 그녀의 인생에 그런 날도 있어야 하는 건 당연하다고 윤이는 진심으로 기뻐했다. 수혁은 소설을 쓰다가 다시 사법 고시를 준비하고 있다. 그의 목표는 소설을 쓰는 변호사였다.

민수의 전 부인인 선경은 갑상선 암 수술을 받았다. 다소 쉰 목소리를 내고 있지만 수술은 잘 됐다고 했다. 민수가 자녀들에게서 전해 들은 것이었다. 그는 조만간 선경을 찾아갈 예정이었다. 지윤도 그의 선택을 응원하고 있다.

이별 여행 후 수미는 지윤에게서 그림을 배우기 시작했다. 심신 안정에 꽤 도움이 된다나 뭐라나.

첫 번째 이별 여행을 떠났던 그들 모두는 친구가 되었다. 간격의 차이는 조금씩 다르겠지만, 그들은 각기 다른 방식으로 교류할 수 있는 무리가 된 것이다.

저녁 8시, 또 다른 이별 대행 의뢰인과 상담을 마친 훼방꾼들의 일과가 끝났다.

"애인, 갈까?"

윤이는 모니터를 뚫어져라 보고 있었다. 이현은 의자를 끌고 윤이의 곁으로 갔다.

"뭐가 잘 안 돼?"

윤이는 잡지사에 보낼 연애 칼럼을 붙들고 며칠째 씨름 중이었다. 연애 칼럼의 끝에는 연애 상담 글이 항상 딸려 왔다. 답을 달아 줘야 했는데 도무지 답을 달 수 없는 글이 하나 있었다.

"이것 봐."

윤이가 손가락으로 모니터를 가리키며 말했다.

"십년지기 친구가 고백을 했습니다. 근데 전 애에 대해서 조금도 마음이 없어요. 근데 너무 친한 친구라 막무가내로 거절을 할 수도 없어서 고민입니다. 전 친구의 연애사까지 다 알거든요. 제가 어떻게 하면 좋을까요?"

이현은 마른침을 삼키며 윤이를 보았다.

"그냥 데이트라도 해 보라고 하지 왜."

조언을 하는 그의 말에 자신감이 영 없었다. 그녀가 의미심장한 투로 말했다.

"그러다 얼결에 사귀게 되면 후회할지도 모르잖아?"

그가 경직된 얼굴로 말했다.

"에이, 설마. 남자가 노력하겠지."

그녀는 한껏 여유로운 투로 말했다.

"그러니까 말이야. 잘해야 할 텐데. 기회가 생긴다면."

그는 자신의 겉옷과 가방을 챙긴 뒤 윤이의 가방까지 살뜰히 챙기며 말했다.

"가실까요? 차왕님?"

"언제까지 차왕이야! 왜 이번에도 차이라고? 너한테?"

이현이 윤이의 겉옷을 펼쳐 내밀며 말했다.

"아이고, 죄송합니다. 제가 말이 헛 나왔습니다, 애인님. 애인님께서 하도 제 기를 죽이시니까요."

윤이는 그런 이현을 더 째려볼 수도 없어 결국 웃음을 터뜨렸다.

"입으시죠, 여왕님."

현은 윤이가 옷을 다 입자마자 허리를 감싸 안았다. 그녀의 팔도 자연스레 그의 목을 감쌌고, 두 사람의 입술이 가볍게 닿았다 떨어졌다. 그들이 또다시 입을 맞추려던 차였다.

똑똑똑.

누군가 문을 두드렸다. 그들은 화들짝 놀라며 떨어졌다.

"불 먼저 끌걸."

그가 괴롭다는 듯 중얼거렸다.

"빨리 가서 문 열어. 의뢰인 모셔야지."

그는 세상 가장 억울한 표정으로 다시 허리를 끌어안았다. 윤이는 그런 그의 입술에 가볍게 입을 맞추고는 말했다.

"좀 이따 다시 해."

그는 그제야 문으로 달려갔다. 그를 보던 윤이가 중얼거렸다.

"하여튼 귀여워 가지고."

훼방꾼들의 의뢰인들은 나날이 늘어가고 있다. 결국 이별은 끝이 아니라 시작이라는 것을 알리듯이, 누군가는 이별을 위해 왔다가 사랑을 찾아가기도 한다.

아이러니하게도, 이별 대행업체 훼방꾼들은 이별이 아닌

사랑으로 꽉꽉 채워져 가는 중이었다.

그들은 오늘도 바라고 있다. 자신들을 찾아온 모든 의뢰인들에게 새로운 사랑이 찾아오기를. 숱한 이별 끝에 진짜 사랑을 찾은 차왕과 카레군, 자신들처럼 말이다.

— *Fin*

작가의 말

소설 〈훼방해 드립니다〉는 두 청춘 주인공이 이별 대행업체 훼방꾼들을 시작하면서 그들만의 방식으로 세상을 살기 시작하는 이야기입니다. 사회에서, 친구에게, 애인에게, 심지어 가족에게까지 끊임없이 청춘을 훼방받는 청춘들의 이야기를 로맨스 소설이라는 형식을 빌려 유쾌하고 재미있게 풀어 보고 싶었습니다.

이 이야기가 출간이 되기까지 시간이 좀 걸렸어요. 그만큼의 시간 동안 틈틈이 수정을 하긴 했지만 한참 전에 구성을 잡고 완성했던 이야기라, 실은 출판 수정을 하는 게 참 쉽지 않았습니다. 쭈뼛거리며 다가간 저를, 그럼에도 이 이야기는 친한 친구처럼 달갑게 맞아 주었어요. 그래서 미안하고 또 고마운 이야기이기도 합니다.

이 이야기가 세상에 나오기를 응원해 주신 분들이 있습니다. 책을 통해 감사 인사를 전할 수 있는 날이 올까? 전혀 확신할 수 없었던 시간이 꽤 있었는데, 드디어 인사를 전할 수 있게 됐습니다. 이 이야기를 응원해 주시고 저에게 용기를 주셨던 모든 분들, 정말 감사합니다.

끝으로 이 이야기가 부디 행복한 이야기였기를 바라며, 읽어 주실 모든 분들에게도 미리 감사의 인사를 전합니다. 감사합니다.